LE ROMAN DE VIENNE

DU MÊME AUTEUR

AUX ÉDITIONS DU ROCHER

S.A.S. Rainier III et Monaco : 700 ans d'histoire des Grimaldi.
Inoubliable Grace de Monaco.
Colette et Monaco.

AUX ÉDITIONS PERRIN

Louis II de Bavière ou le Roi foudroyé, couronné par l'Académie française.
Haussmann, la gloire du Second Empire, Prix Historia.
Sissi ou la Fatalité, Prix des Ambassadeurs.
La Princesse Mathilde, Prix Napoléon III.
Eugénie, la dernière impératrice, Grand Prix de la Fondation Napoléon.
Rodolphe et les secrets de Mayerling.
Albums illustrés de photographies de Jérôme da Cunha :
Sur les pas de Mozart, en collaboration avec Frédéric Pfeffer.
Les Châteaux fous de Louis II de Bavière.
Sur les pas de Sissi.
À Saint-Pétersbourg sur les pas des tsars.

AUX ÉDITIONS DE FALLOIS

Malesherbes, gentilhomme des Lumières, Grand Prix de la Biographie d'Histoire de l'Académie française.

AUX ÉDITIONS JULLIARD

Sleeping Story, la fabuleuse épopée des Wagons-Lits.

AUX ÉDITIONS DENOËL

en collaboration avec Jean-Paul Caracalla :
L'Orient-Express, couronné par l'Académie française.
Le Transsibérien.
Les Trains des Rois et des Présidents.
Le Train Bleu et les grands express de la Riviera.
La Tour Eiffel (Album du Centenaire).

AUX ÉDITIONS FLAMMARION

Mémoires d'un Palace. Photographies de Jérôme da Cunha.

AUX ÉDITIONS JEAN-PIERRE BARTHÉLÉMY/
CAISSE NATIONALE DES MONUMENTS HISTORIQUES ET DES SITES

Le Haut-Kœnigsbourg, en collaboration. Photographies de Robert César.

AUX ÉDITIONS CHRONIQUE/DARGAUD

Chronique de Paris, Rédacteur en Chef.

JEAN DES CARS

LE ROMAN DE VIENNE

ÉDITIONS DU ROCHER

Collection « Le roman des lieux magiques »
dirigée par Vladimir Fédorovski

Déjà parus

Le Roman de la Russie insolite, Vladimir Fédorovski.
Le Roman de Saint-Pétersbourg, Vladimir Fédorovski.
Le Roman du Kremlin, Vladimir Fédorovski.
Le Roman d'Athènes, Marie-Thérèse Vernet Straggiotti.
Le Roman de Constantinople, Gilles Martin-Chauffier.
Le Roman de Shanghai, Bernard Debré.
Le Roman de Berlin, Daniel Vernet.
Le Roman d'Odessa, Michel Gurfinkiel.
Le Roman de Séville, Michèle Kahn.

À paraître

Le Roman de la Maison-Blanche, Philippe Vallet.
Le Roman de l'Orient-Express, Vladimir Fédorovski.
Le Roman de Bagdad, Geneviève Moll.
Le Roman de Hollywood, Jacqueline Monsigny et Edward Meeks.
Le Roman de Chambord, Xavier Patier.
Le Roman du 11 Septembre, Olderog.
Le Roman de l'Élysée, Dorcival.
Le Roman de la Bretagne, Gilles Martin-Chauffier.
Le Roman de la Gascogne, Christian Millau.
Le Roman de la Bourgogne, François Cérésa.

ISBN 2-268-056-198

Pour Jacques Crépineau,
qui aime la Vienne que j'aime.

AVANT DE PARTIR...

Mon premier voyage à Vienne date de l'automne 1967. Journaliste, j'étais l'envoyé spécial du magazine *Marie-Claire* pour couvrir, comme on dit, le tournage du film *Mayerling* avec Catherine Deneuve et Omar Sharif. Tout un programme... Mais c'était surtout mon premier reportage hors de France. Avoir rendez-vous avec Catherine Deneuve et aussi Ava Gardner (arrêtez : c'est trop !) aurait dû suffire à expliquer mon enthousiasme et mon excitation ! Mais, après ces inoubliables obligations professionnelles et plus discrètement, je tombai amoureux de Vienne. Je le suis toujours. Et cependant, la capitale d'un empire jadis neuf fois plus étendu que l'Autriche actuelle était triste, sombre, endormie dans ses souvenirs, ceux des heures brillantes et ceux des périodes noires. Les bâtiments, monuments et immeubles, témoins d'une ancienne puissance assassinée en 1914, n'avaient pas retrouvé l'éclat d'aujourd'hui ; les séquelles de la Seconde Guerre mondiale, en particulier les bombardements alliés de 1945, se voyaient encore ; l'éclairage restait rare et la nostalgie presque poignante. On y jouait une valse triste. Timidement, en sourdine.

Un libraire affable, près du Graben, cet ancien fossé devenu une artère élégante, m'avertit, dans un français soigné :

– N'oubliez pas qu'il n'y a pas si longtemps, les chars soviétiques étaient toujours chez nous, comme les troupes américaines, anglaises et les vôtres avec ces patrouilles de quatre soldats à bord de Jeep... Vienne, comme l'Autriche, était divisée en quatre secteurs, occupée par les vainqueurs de la guerre. On nous répétait que l'Armée rouge nous avait libérés en 1945 mais c'était faux ! Nous étions sous le contrôle des Alliés, notre pays n'existait plus et notre ville attendait de renaître. Revoyez le film *Le Troisième Homme* et vous comprendrez. Nous n'avons été vraiment libérés qu'en 1955, lorsque fut signé le traité du Belvédère qui reconnaissait le nouvel État, la République Fédérale d'Autriche. Neutre, elle pouvait enfin être libre. Les armées d'occupation sont parties. Oui, pour nous, en fait, la guerre a duré dix ans de plus. Une punition prolongée... Alors, Vienne s'est réveillée !

Je n'ai jamais oublié ces réflexions pertinentes d'un authentique Viennois.

Depuis, mes innombrables voyages, ceux que j'anime ou ceux nécessités par mes recherches d'historien, n'ont fait qu'accroître le plaisir d'y séjourner. Capitale retrouvée, littéralement réanimée, la ville qu'aimait Talleyrand et que détestait Hitler a su reprendre une place primordiale. Parfois pour d'obscures et inquiétantes raisons quand, au temps de la guerre froide, l'Est et l'Ouest y échangeaient des espions. Nikita Khrouchtchev et John Kennedy s'y rencontrèrent en 1961 ; ce n'était pas un hasard mais une nécessité. On parla, à l'époque, de détente... Puis, des siècles d'histoire et d'art, y compris d'art de vivre, furent remis à la mode. Le chocolat, Sissi, les valses, les cafés paisibles ou animés, les guinguettes, les mondanités élégantes, les restaurants hongrois et turcs, l'imposant Opéra reconstruit, les fantastiques collections, l'Art Nouveau et même le Dr Freud semblaient redécouverts – il avait enfin son musée, lui aussi – et appréciés. De nouveau, les États-Unis et l'URSS y négocièrent, en 1979, le traité de non-prolifération des armes atomiques, paraphé par MM. Leonid Brejnev et Jimmy Carter. Comme on le sait, l'affaire est toujours d'actualité.

J'y étais en reportage lors du triomphal retour de Zita, la dernière souveraine d'Autriche-Hongrie, en novembre 1982. J'étais encore à Vienne peu avant la chute du Mur de Berlin et j'ai vu un ministre cisailler le *Rideau de Fer*, au sens propre, en l'occurrence de sinistres barbelés marquant la proche frontière hongroise. J'y étais encore lorsque, dans l'hiver 1999-2000, le changement de majorité impliquait la défaite des socialistes après treize ans de pouvoir et transmettait, démocratiquement, le gouvernement à une coalition qualifiée d'extrême mais qui s'ancrait dans le nationalisme, ce qui n'est plus bien vu en France. Ce choix, qui était celui des électeurs, provoqua un tollé et une réprobation insensée. L'ingérence de l'Union européenne dans les affaires autrichiennes fit beaucoup de mal à Vienne. La ville n'avait pas de leçon à recevoir, surtout de la part de ceux qui en donnent volontiers et dont l'indignation est sélective. Il s'ensuivit 233 jours de *« sanctions »*, aussi indécentes et grotesques qu'inutiles. Des intellectuels français s'empressèrent de gagner Vienne et d'y prêcher la bonne parole, selon eux. Certains eurent des hallucinations, voyant ce qui n'existait pas. La parution de l'édition spéciale d'un célèbre guide touristique français, qui faisait fausse route avec une couverture noire, en signe de deuil (!), provoqua la rancœur et l'incompréhension de nombreux Viennois, atterrés et furieux d'être à nouveau traités de pestiférés et de politiquement incorrects... Ils n'ont pas compris ce mauvais procès. Moi non plus et je l'ai écrit dans une chronique publiée par le journal *Le Monde*, les 6 et 7 février 2000. Lors d'un de mes séjours à cette époque agitée, des amis viennois me firent remarquer que les Autrichiens et leur capitale ne s'étaient pas permis des commentaires sourcilleux ou scandalisés sur la présence de quatre ministres communistes dans le gouvernement français après 1981... Et ils n'avaient pas davantage envoyé leurs bonnes consciences nous infliger des mauvais points. Certaines démocraties occidentales, dont la France, entendaient ramener les Viennois dans la bonne voie, parce qu'ils se trompaient. Comme l'a dit, cyniquement, Bertolt Brecht, *« Quand le peuple se trompe, il faut changer le peuple »*. De nouvelles élections ont calmé les esprits. Vienne est de nouveau fréquentable. Moi, je l'ai toujours fréquentée. C'est une ville superbe et passionnante, d'une richesse et d'une diversité exceptionnelles. N'est-ce pas ce qui compte avant les spasmes de la vie publique et les allers-retours du balancier qu'est l'opinion ?

J'y ai donc vu aussi de délicieuses opérettes – genre pétillant, typiquement viennois – dans le ravissant théâtre de Schönbrunn et sur de grandes scènes, d'excellentes comédies musicales, qui tiennent la comparaison avec celles de Londres et de Broadway ; j'y ai côtoyé des gens de tous les pays, aimables et cultivés, au *Naschmarkt*, ce marché qui s'étale parallèlement à une ligne de métro à ciel ouvert. Les gourmands y font leurs provisions auprès de ces petites échoppes vertes en bois. Chaque boutique a sa spécialité et je suis resté intrigué devant celle qui propose une centaine de... vinaigres différents avant la partie consacrée au marché aux puces où l'on déniche tout ce que l'Europe a produit d'horreurs amusantes. En levant la tête, j'ai essayé de compter les motifs qui décorent la *Maison aux Médaillons* et la *Maison aux Majoliques*, deux merveilles de l'Art 1900. Et au *Café Central* comme dans le Salon Rouge du luxueux restaurant *Sacher*, où il est chic d'aller souper après l'Opéra, j'ai dégusté un savoureux *Wiener Schnitzel*, l'escalope de veau finement panée. Évidemment, je n'ai pas oublié de m'asseoir sur une banquette en velours usé du *Café Hawelka*, fondé en 1939. Chaque soir, jusqu'à sa mort, la fondatrice, Mme Hawelka, continuait d'avoir l'œil à tout au milieu d'une clientèle bohème. Au *Café Landtmann*, rendez-vous des intellectuels et des gens de théâtre, on m'a assuré que je pourrais toujours m'y faire adresser mon courrier. Au rythme posé de deux chevaux dont les oreilles sont coiffées de gaines colorées, j'ai apprécié la bonhomie rustique et rusée des cochers de fiacre portant tous – c'est obligatoire – le chapeau melon. J'ai admiré le Karl-Marx Hof, l'un des ensembles architecturaux impressionnants de « Vienne la Rouge », cette municipalité socialiste des années vingt et trente. Au *Prater*, en m'installant dans une nacelle de la fameuse Grande Roue, il m'a semblé apercevoir la silhouette inquiétante d'Orson Welles dans *Le Troisième Homme* tandis que le thème, obsédant, d'une des plus célèbres musiques de films, s'échappait des cordes pincées de la cithare d'Anton Karas, son auteur.

J'y ai applaudi Ruggiero Raimondi en inoubliable *Don Giovanni* au légendaire théâtre An der Wien et une remarquable *Carmen* mise en scène par Franco Zeffirelli et dirigée par Lorin Maazel avec une maestria impressionnante à l'Opéra ; le public fit une ovation au chef qu'il avait pourtant malmené à son arrivée au pupitre. C'est cela aussi, l'esprit viennois, mélange d'humour et de causticité, de critique et d'estime devant la belle ouvrage. J'ai passé des heures au musée des Sciences et des Techniques, face au château de Schönbrunn, rêvant devant la voiture-salon de Sissi qui prétendait voyager incognito en faisant accrocher à son train un fourgon hébergeant des vaches et des chèvres pour boire du lait frais ! À Schönbrunn même, les occasions de rêver au passé sont innombrables. J'en choisis une, souvent oubliée : la renonciation au trône d'Autriche de l'empereur Charles Ier, le 11 novembre 1918, écrite au crayon sur un petit bureau. Ce qui fit dire à un politicien : « *Maintenant, l'Autriche est une république sans républicains.* » C'est encore cela l'esprit viennois, ce sens aigu des formules et des surnoms.

Un hiver, j'ai fait le tour de la ville dans un vieux tramway, buvant un vin chaud à la cannelle et aux zestes d'orange, le salutaire *Glühwein*, tandis que des musiciens embarqués ressuscitaient, entre les cahots et le bruit de ferraille, une polka de Strauss à l'accordéon. J'ai fouiné chez les libraires près de la Kärtnerstrasse à la recherche de vieux journaux et de mémoires qu'on ne trouve que là. J'ai admiré les évolutions des lippizans dans le Manège d'hiver, là où l'impératrice Marie-Thérèse s'était découverte devant le maître écuyer pour lui signifier son estime et son respect après une reprise équestre sans faute. Depuis, le cavalier, qui porte toujours la tenue marron et blanche, salue le public de son bicorne barré d'or. J'ai encore suivi les expositions qui font courir les visiteurs, par exemple en 2004, à l'ouverture du Palais Liechtenstein, somptueux écrin de trésors artistiques accumulés pendant des siècles. Chez le docteur Freud, dont les malles, la canne et les chapeaux sont revenus de Londres, j'ai constaté que la grille noire qui barre la porte de son appartement paraît aussi bien verrouillée que nos inconscients. Pourtant, le fondateur de la psychanalyse affirmait qu'il en avait les clés. Depuis 1989, un divan en fer attend les visiteurs, certainement moins confortable que le légendaire canapé offert par le détective Sigmund à ses patients, telle la princesse Marie Bonaparte... Entre le Jardin de l'Empereur et la façade baroque du musée de l'Albertina, j'ai eu la surprise de trouver un escalier roulant que surplombe une immense aile d'avion. Décidément, à Vienne l'art est au coin de la rue, pour tous les goûts.

Au moment où Vienne s'apprête à commémorer le 250e anniversaire de la naissance de Mozart (qui y fut moins malheureux qu'à Salzbourg mais moins célébré qu'à Prague) et l'Autriche à présider, pour six mois, l'Union européenne (une jolie revanche), Vienne est, plus que jamais, le cœur battant de cette Europe qu'elle incarne à travers les vicissitudes et les fastes de l'Histoire. Et je partage l'avis de Mérimée, écrivain voyageur qui appréciait les monuments de l'Histoire. Jugeant Paris ennuyeux *« à mort »*, il déclara, en 1854 : *« J'ai conclu que Vienne est, après Madrid, la ville la plus civilisée d'Europe, celle où l'on vit le mieux. »* C'est, me semble-t-il, toujours exact... Ajoutons quelques remarques essentielles de Stefan Zweig. Ce prodigieux écrivain a su peindre, comme personne et à des heures sombres, sa ville natale, cette *« Vienne d'hier »* : parce qu'elle était *« composée de tant d'éléments étrangers, elle fut le terrain idéal pour une culture commune »* et devint, en deux mille ans, *« la capitale de plusieurs nations »*. C'est encore Zweig qui révèle : *« On n'était pas un vrai Viennois sans cet amour de la culture, sans ce don de joindre le sens du plaisir à celui de l'examen critique devant ce plus sain des superflus qu'offre la vie. »* Vienne d'hier ? Vienne de toujours...

I

LA MENACE TURQUE

Vienne, 10 mars 2005, de nombreux Viennois sont en colère, au minimum émus et stupéfaits. Ce matin, au cœur du quartier des musées, la façade baroque de la Kunsthalle qui abritait, jadis, les écuries impériales, est entièrement recouverte de drapeaux rouges. Nostalgie communiste un peu voyante ? Non, les drapeaux sont ornés d'une étoile et d'un croissant blancs, symboles de l'Islam ; ce sont donc ceux de la Turquie. Certains mesurent 2,70 mètres de long, d'autres 3,40 mètres. Cette décoration inattendue ne passe pas inaperçue, ce qui est exactement le but de son auteur, Feridoun Zaimoglu, artiste et écrivain de nationalité allemande mais né en Anatolie, en 1964. Son initiative est une réponse au refus autrichien à l'entrée de la Turquie dans l'Union européenne. Une prise de position qui commence à empoisonner les relations entre ses membres et le gouvernement d'Ankara. M. Zaimoglu veut susciter un débat. Dans l'immédiat, il provoque l'irritation des Viennois et des Autrichiens qui, à plus de 80 % (les trois partis représentés au Parlement à l'exception des Verts) sont hostiles à l'intégration de la Turquie actuelle, successeur de son ennemi héréditaire, l'Empire ottoman qui avait assiégé la ville deux fois, en 1529 et en 1683. Deux sièges qui ont fait trembler presque toute l'Europe chrétienne. L'opération diligentée par M. Zaimoglu s'inscrit dans ce douloureux souvenir puisqu'il l'identifie à la troisième occupation turque : *« La deuxième et la troisième génération de Turcs en*

Europe ne sont plus forcées de vivre entassées mais elles constituent désormais une force sûre d'elle-même, un mouvement offensif. Quand le barbare entre en vainqueur dans un pays, il laisse flotter ses pavillons, signe de son pouvoir complet. » Cet habillage, qualifié d'« installation », porte le nom de code de *Kanal Attack* que l'on pourrait traduire par *Attaque de bougnoules* ; il se propose de faire sortir de leur ghetto les Viennois d'origine turque et de casser l'image passéiste que les habitants ont de leur ville, limitée à Mozart et à Sissi. Si cela était exact, ce serait réducteur donc faux. Or, le patrimoine viennois ne se limite pas à ces deux icônes.

En quelques heures, la direction de la Kunsthalle reçoit des centaines de compliments et de récriminations. De jeunes musulmans issus de parents immigrés félicitent la direction de son courage tandis que des Viennois, qui se disent de souche, protestent contre une « ottomanisation » d'un bâtiment public, financée avec l'argent du contribuable. Les critiques les plus violentes viennent du FPÖ, le parti de la droite nationale. Le dirigeant de sa section viennoise, Heinz-Christian Strache, en qui certains voient un nouveau Jörg Haider, saisit l'occasion pour lancer une vaste campagne d'affichage sur les murs de Vienne avec ce slogan : « *Vienne ne doit pas devenir Istanbul !* » Les esprits s'échauffent lorsqu'on apprend que cette mise en scène insolite doit rester en place jusqu'au 28 mars, soit pendant plus de deux semaines. C'en est trop pour le FPÖ qui, dans l'hebdomadaire *Observer*, déclare : « *Si nous, Autrichiens, acceptons ces développements, nous mettrons en péril la survie et la sécurité de notre identité culturelle.* » Le lendemain, le quotidien *Heute (Aujourd'hui)* avertit ses lecteurs que « *La Kunsthalle devient une tente turque* ». Le directeur du musée, Gerald Matt, dont les nationalistes exigent la démission (sans succès) se félicite de ce brassage qui sert de prélude à un festival littéraire sur le thème de l'Islam et l'Occident. Venus des quartiers populaires dans celui de la Kunsthalle fréquenté par les touristes et les intellectuels branchés, des écrivains organisent des lectures publiques d'auteurs musulmans, des Palestiniens et des Bosniaques, des Libanais et des Irakiens, des Égyptiens et des Afghans et même des Libyens. Cependant qu'une étudiante de

16 ans calligraphie des mots viennois en arabe, M. Matt, le directeur ravi du tapage, réplique aux mécontents : *« L'exposition est un test pour la société viennoise, largement embourgeoisée. Ici, on n'a pas l'habitude de ce mélange social. On se croirait en France ! »*

Pourquoi des réactions d'une telle ampleur en 2005, positives ou négatives ? À Vienne, la Turquie est un sujet sensible. Parce que Vienne est la seule capitale occidentale ayant affronté des assauts ottomans de grande ampleur mais ayant réussi à les repousser. La ville avait craint de subir une occupation, comme ce fut le cas, par exemple, pour Budapest pendant un siècle et demi. Mais, on va le voir, les deux échecs ottomans devant Vienne n'ont pas laissé que des mauvais souvenirs. L'Islam est la troisième religion autrichienne avec 300 000 fidèles, en grande majorité (200 000) à Vienne et il suffit de se promener aujourd'hui par exemple dans le Graben ou de visiter un musée pour constater que le nombre de femmes voilées d'origine turque a considérablement augmenté en dix ans. On oublie souvent que dès 1912, sous le règne de l'inamovible François-Joseph, la confession musulmane était déjà reconnue dans l'Empire. Et l'armée des Habsbourg a compté dans ses rangs des imams militaires dès l'annexion de la Bosnie-Herzégovine, en 1906.

Face aux promesses du chancelier conservateur Wolfgang Schüssel, en décembre 2004, d'organiser un référendum sur la candidature de la Turquie, voyons l'enseignement de l'Histoire. On peut presque le lire dans les murs de Vienne puisqu'en allant vers Schönbrunn, un connaisseur vous montrera, fiché dans la paroi d'un immeuble, un boulet de canon ottoman tiré par la plus redoutable artillerie du XVIe siècle, celle-là même qui avait éventré les murailles de Constantinople le 29 mai 1453... et provoqué sa chute. D'autres boulets, incrustés dans des plaques de rues, prouvent l'étendue de la menace. Le plus symbolique est sans doute le projectile encastré au-dessus de la sacristie de la cathédrale Saint-Étienne... Au cas où l'on ne comprendrait pas, la chaire présente un saint François piétinant un Turc...

Pour évoquer ces heures héroïques, qu'il s'agisse des attaques ou des résistances, le mieux est de s'installer à la table d'un de ces merveilleux cafés de Vienne. Les plus connus sont une bonne vingtaine. Selon l'heure et l'établissement – chacun a sa spécificité –, l'atmosphère sera paisible ou animée Un chroniqueur l'a noté : *« Dans les cafés viennois, il y a des gens qui veulent être seuls mais qui ont, pour cela, besoin de compagnie. »* Mais ils ont un point commun : on peut y passer la journée avec une seule consommation, notamment en lisant les journaux montés sur une baguette de bois et à votre disposition. Aucun garçon ne viendra vous réclamer le renouvellement de votre commande au bout d'une heure ou deux. En revanche, afin de ne pas passer pour un touriste ignare mais pour un voyageur attentif aux usages de la ville qu'il visite, ne demandez pas seulement « Un café ! »... Ce serait aussi navrant que de demander de la viande chez un boucher ! Un café ? Lequel ? Il y en a au moins une quinzaine, du petit noir au café au lait, appelé mélange, du capucino à celui, noir ou au lait mais onctueusement viennois, surmonté de crème fouettée... Il sera toujours accompagné d'un verre d'eau. Et selon votre appétit, des pâtisseries, d'une finesse aérienne mais généreuses en crème, ou des plats simples mais roboratifs vous seront proposés, comme à peu près partout, par exemple le Tafelspitz. Cet aloyau de bœuf bouilli et mijoté pendant une bonne heure et demie, servi avec des pommes persillées, une sauce à la ciboulette et du raifort, était le mets favori du mari de Sissi car lui, souverain à la solide santé, ne suivait pas un régime draconien... François-Joseph raffolait tellement du Tafelspitz que vers 1890, les meilleures maisons viennoises en servaient, comme si l'empereur, convié à un dîner privé – cela lui arrivait – serait heureux de se restaurer chez ses sujets de la même façon que s'il était dans son palais, à une table immense. On sait qu'il se livrait à quelques comparaisons gastronomiques sur le dosage du poivre, du laurier, du genièvre, de la muscade...

Pour commencer, donc, un café accompagné d'une spécialité qui peut être un croissant, lequel est viennois avant d'être parisien puis français. En effet, vous vous doutez que la « viennoiserie » a été inventée à Vienne. Mais pourquoi ? À cause des Turcs ! Ou grâce aux Turcs, dirais-je. Il est ainsi prouvé que certaines invasions ou occupations et même certains sièges peuvent laisser d'agréables souvenirs qui deviennent des spécialités. En 1814, selon une tradition maintenant contestée mais plaisante, les Cosaques russes du tsar Alexandre Ier qui occupaient Paris et notamment les Champs-Élysées, manifestaient leur envie de manger vite par un terme russe, qui sonnait comme « bistro ». Les Cosaques sont partis, le bistro est resté, maintenant menacé par d'autres formes de restaurants ! De même que le bistro parisien est d'origine russe, le café viennois est d'ascendance turque.

Vous êtes dans un café viennois et devez donc savoir ce qui s'est passé pas loin d'ici il y aura bientôt cinq siècles. À deux reprises, l'Europe, inquiète, a retenu son souffle ! À une exception notoire, celle du roi de France, l'élégant François Ier qui recherchait une entente avec ce qu'on appelait alors la Sublime Porte et ne considérait pas le sultan comme son ennemi mais bien comme un allié. De circonstance, certes...

Le site de Vienne, puissant camp militaire romain sous le nom de Vindobona, a toujours été convoité. Les fouilles romaines que l'on peut voir aujourd'hui près du Vieux Marché, un ancien forum devenu la plus ancienne place viennoise, attestent la présence des légions de Rome, comme les travaux plus récents devant la Hofburg. À 171 mètres d'altitude, la ville se trouve à la croisée de deux routes essentielles, l'une, est-ouest, qui suit le cours du Danube, irremplaçable voie de communication naturelle. L'autre, selon un axe nord-sud et dite aussi la route de l'ambre jaune, unit la mer Baltique à l'Italie. À l'est des Alpes, au début de l'immense plaine d'Europe orientale, Vindobona est proche de la frontière septentrionale de l'Empire romain, le fameux *limes*, qui a donné le substantif limite. En l'an 180 de notre ère, Marc-Aurèle, en guerre contre divers envahisseurs, y trouve la mort. Dans l'épopée mythique des Nibelungen, que Richard Wagner mettra en musique, Attila et Krimhilde célèbrent leurs noces dans la région. Au terme du IIe siècle, le très oublié empereur Probus autorise ses légionnaires qui veulent se fixer à Vindobona à commencer la culture de la vigne. C'est le début d'une tradition qui se perpétue encore par les vieilles chansons populaires, reprises en chœur dans les guinguettes...

Inutile de dire que ce carrefour politique et commercial souffre des Grandes Invasions, notamment celles des Huns puis, au VIe siècle, des Lombards. Les envahisseurs arrivent de partout ; aucune défense naturelle ne peut protéger la cité sans cesse ravagée, détruite, incendiée et reconstruite. Il faudra la poigne de Charlemagne, couronné empereur d'Occident à Rome en 800, pour que la ville renaisse et cesse de trembler. On commence à parler de Wiena, mot sans doute d'origine slave désignant une rivière, appelée aujourd'hui Wien en allemand (Vienne). À nouveau, le port danubien, même si le fleuve ne traverse pas la ville comme c'est le cas à Budapest ou à Belgrade, marque la pointe extrême de l'expansion franque en Europe centrale. À la fin du Xe siècle, la cité, qui a réussi à se débarrasser des Hongrois et à intégrer le Saint Empire romain germanique, est, après Cologne, la plus importante ville de langue allemande au nord des Alpes. Quelque deux cents ans plus tard, à la demande de l'empereur Frédéric Ier Barberousse, le premier duc d'Autriche transfère sa cour en un lieu-dit Am Hof (« À la cour »). C'est le moment où ce qui était appelé l'Ostmark (la Marche ou frontière de l'est de l'Empire) est érigée en duché. Cette place, la plus vaste de ce qu'on nomme la ville intérieure – son noyau historique – existe toujours, presque à portée de tuyau de la surprenante caserne centrale des pompiers, un bâtiment baroque doté d'un fronton grec et de fresques ! Précisons ici que l'on parle alors du duché d'Autriche car, jusqu'à 1804, il n'y a pas d'Empire d'Autriche mais un conglomérat de possessions et de territoires qui font partie d'un Empire germanique et s'étendront de l'Alsace et l'Istrie à la Carinthie et au Frioul notamment.

Promue capitale du duché au temps de Léopold VI le Glorieux, membre de l'illustre famille des Babenberg, Vienne est protégée par six solides murailles, six portes et dix-neuf tours. En visitant, aujourd'hui, le palais impérial, la Hofburg, vous longerez les parties les plus anciennes de ce dispositif de défense. Bien à l'abri, le duc entretient des troubadours et des ménestrels qui se livrent à des joutes d'excellente tenue. Vers 1200, de nouvelles murailles sont élevées ; leur financement n'est pas banal : en effet, huit ans plus tôt, Richard Cœur-de-Lion, le roi d'Angleterre qui revenait de la croisade, a été démasqué et enfermé par le duc d'Autriche dans une prison dominant le Danube. La rançon exigée et obtenue par le rusé duc sert, entre autres, à payer ces murs et quelques constructions du centre actuel, autour des animés Kärtnerstrasse, Kohlmarkt et Graben que vous ne cesserez d'emprunter. Ces défenses sont alors destinées à se protéger du principal ennemi du XIIIe siècle, le Hongrois.

Car les relations commerciales privilégiées entre la ville de Vienne et les Magyars venus de l'autre rive de la Leitha, une rivière à environ cent kilomètres à l'est et qui constituera la frontière austro-hongroise, n'empêchent pas les batailles. Le dernier des Babenberg y perd la vie, en 1246. Voici donc les Hongrois prêts à investir Vienne. Mais un autre candidat est plus rapide que Bela IV de Hongrie, c'est Ottokar de Bohême. Vienne tombe entre ses mains en 1251. Remarquons que se constituent alors des relations, belliqueuses pour le moment mais appelées à un grand développement avec la création de ce que j'appellerai le Triangle d'Or de l'Europe centrale, Vienne-Budapest-Prague, chacune des pointes étant presque à la même distance des deux autres. Un triangle géopolitique isocèle. Du Moyen Âge au début du XXe siècle, ses trois cents kilomètres de côté vont régir des millions d'hommes et de femmes, créant un style Mitteleuropa. Interrompus et piétinés d'abord après 1918 puis après 1945, ces échanges et ces appuis mutuels n'ont cessé de revivre depuis 1989. La Géographie se venge toujours de l'Histoire.

L'époque est violente. Le trône du duc d'Autriche est âprement revendiqué. C'est au vainqueur, le roi de Bohême Ottokar II que l'on doit la construction de la Hofburg, une forteresse comparable à celle du vieux Louvre sur les bords de la Seine. De même, une première enceinte est tracée autour du cœur de Vienne. Elle inspirera confiance à des générations puisqu'elle subsistera jusqu'en... 1858 !

1273. Une année essentielle puisqu'elle voit l'arrivée, mouvementée, d'un seigneur originaire du canton helvétique d'Argovie, un Suisse allemand en termes d'aujourd'hui. Voici Rodolphe de

Habsbourg, né en 1218. À 55 ans – ce qui est âgé pour l'époque de la septième et dernière croisade –, il a exigé que le roi de Bohême lui rende hommage. Mais au lieu de l'allégeance imposée, les deux hommes s'affrontent. Ottokar II meurt à la bataille du Marschfeld, une plaine marécageuse à l'est de Vienne, en 1278 ; il n'a contrôlé Vienne que pendant deux ans. Son vainqueur est le premier Habsbourg qui fasse de Vienne sa résidence officielle en 1282. Ainsi commence la plus longue union entre une ville et une dynastie : pendant six siècles et demi, Vienne devra son essor, son rayonnement et son prestige aux Habsbourg. Sa chute et ses souffrances également... Avec les fils de l'empereur, on va désormais utiliser l'expression de Maison d'Autriche. En effet, Rodolphe II entend limiter les privilèges des habitants de Vienne. Ils se révoltent – pour la première fois – et obtiennent une charte municipale. Désormais, un échevin, autrement dit un maire, va administrer la cité qui avait eu la fièvre. Au cours du XIVe siècle, de nombreuses constructions sont entreprises, signe d'une stabilité politique et militaire ; on ne craint plus les envahisseurs. L'église des Augustins, la nouvelle église Saint-Étienne, l'Université sortent de terre.

Mais en 1356, un messager, venu du sud, atteint Vienne porteur d'une très inquiétante nouvelle : les Turcs ont franchi le Bosphore ! Sur le Kohlmarkt, le marché aux choux devenu, avec le temps, une rue commerçante entre la Hofburg et le Graben, la population, qui croyait en avoir fini avec les menaces d'invasions, commente cet événement avec angoisse. Il est, en effet, considérable. Déferlant d'Asie, en traversant le détroit les Turcs se rendent maîtres de la Thrace, ancien grenier de l'Empire romain qu'on appellera plus tard la Turquie d'Europe et qui est aujourd'hui une très petite portion du territoire turc, frontalier de la Bulgarie. Ainsi, des armées musulmanes ont pris pied sur le sol européen, menaçant l'Empire byzantin et sa séduisante capitale, Constantinople. La vérité oblige à rappeler que ce sont ces mêmes Byzantins, en lutte contre les Serbes, qui avaient appelé les Ottomans à l'aide ! Et les Serbes avaient été battus à Kosovo en 1389. Plusieurs régions balkaniques sont désormais soumises au paiement d'un tribut au sultan. L'élimination des Génois en mer Noire accroît encore l'expansion ottomane. Il ne fait donc aucun doute à Vienne, résidence officielle des Habsbourg depuis soixante-quatorze ans, que l'objectif essentiel des Turcs est de progresser vers le nord, en remontant le cours du Danube. Pour la chrétienté, c'est là un péril nouveau. Il alourdit un climat déjà troublé par des querelles internes connues sous le nom de Grand Schisme d'Occident. Mais que faire ? Rodolphe IV se contente de consolider ses défenses, d'envoyer des guetteurs et de poursuivre l'édification de monuments à la foi catholique. On attend. Signalons qu'un peu plus tard, en 1421, à la suite d'incidents dont l'origine demeure obscure, le premier quartier juif est rasé ; l'affaire est d'autant plus curieuse que les Habsbourg leur réserveront une remarquable tolérance religieuse, digne d'éloge et pour ainsi dire unique au monde.

Vienne renforce sa position dominante lorsqu'en 1437, le duc Albert V d'Autriche devient, à 33 ans, également roi de Bohême et roi de Hongrie avant d'être intronisé empereur du Saint Empire sous le nom d'Albert II. Ici apparaît une complexité de titres à l'image de la gigantesque mosaïque que sera l'Empire habsbourgeois. Pour simplifier, disons que Napoléon, en 1806, avec son esprit rationnel et la volonté d'effacer les anciennes puissances, est lassé des confusions. Il supprime, d'un trait de plume, le Saint Empire romain germanique qui, même s'il avait perdu de son autorité, comptait huit cent quarante-quatre ans d'existence. Et son futur beau-père, le père de l'archiduchesse Marie-Louise, jusque-là empereur germanique François II, devient François Ier, empereur d'Autriche. On y gagne en clarté... En attendant 1806, le numéro qui suit le prénom du souverain sans autre indication peut nous induire en erreur. En résumé, jusqu'en 1806, il est faux de parler d'empire d'Autriche. Souvenons-nous que la France révolutionnaire de 1792, en guerre contre le souverain Habsbourg, a déclaré les hostilités contre le roi de Bohême...

À la moitié du XIVe siècle, ce qui compte pour notre propos est que Vienne devient le cœur politique du triangle d'or. Malheureusement, la rivalité entre les frères Albert II et Frédéric III tourne à la révolte dans Vienne. La Hofburg de cette époque, dont on peut examiner la maquette en visitant les appartements impériaux, est encore un château fort bien utile puisque le monarque et sa famille s'y réfugient. Ils y subissent un véritable siège qui dure deux mois. N'est-ce pas humiliant d'être enfermé dans sa propre ville ? Les reclus se consolent en songeant que depuis 1453, même si Constantinople est tombée, leurs héritiers portent désormais, d'une manière définitive, un titre établi sur mesure, par eux-mêmes, celui d'archiducs. Pourquoi un archiduché d'Autriche ? Pour montrer la prééminence de leur maison au sein de l'Empire alors que le duc d'Autriche ne fait pas partie des princes qui, par un collège électoral, désignent le monarque germanique puisque cette couronne n'est pas héréditaire. On ignore souvent que le titre d'archiduc, si chargé d'histoire et unique au monde, est né de la vexation d'un duc dont on avait refusé l'avis...

Très affairé par l'élévation de Vienne au rang de duché en 1469, Frédéric III ne mesure pas le réveil des ambitions hongroises. De 1485 à 1490, Vienne est occupée par le roi de Hongrie, Mathias Ier Corvin, après un siège de quatre mois. S'étant installé dans la Hofburg, il n'en profite guère : il y meurt le 6 avril 1490. Toutefois, s'il échoue dans son rêve d'une Grande Hongrie au détriment des Habsbourg, il réussit dans son action humaniste ; autour de lui, il a réuni des savants allemands et italiens, constitué une prestigieuse bibliothèque et fondé l'université de Presbourg[1]. C'est un fils de Frédéric III, Maximilien de Habsbourg, qui reprend Vienne. Son règne, de 1493 à 1519, est aussi celui d'un humaniste. Son ami, le peintre Dürer, fait son portrait et ce tableau est à la base des fabuleuses collections rassemblées par la dynastie qu'on admire dans les musées viennois. Mais le destin de cet homme, surnommé *le dernier chevalier*, est d'une importance sans précédent. En effet, par ses alliances politiques et matrimoniales – les deux sont alors étroitement mêlées –, on doit le considérer comme le véritable fondateur de la puissance des Habsbourg. Il va appliquer le célèbre distique rédigé en latin par Mathias Corvin :

---

1. Posgony en hongrois, aujourd'hui Bratislava, capitale de la Slovaquie, important port fluvial à soixante kilomètres de Vienne.

Bella gerant alii; tu, felix Austria, nube;
Nam quae Mars aliis, dat tibi regna Venus.

Soit :

Les autres font la guerre ; toi, heureuse Autriche, tu épouses.
Et les royaumes que Mars donne aux autres, c'est Vénus qui te les donne.

C'est joliment dit. Et ce sera souvent vérifié mais... pas toujours ! Pour commencer, Maximilien épouse Marie de Bourgogne, fille et unique héritière du redouté duc de Bourgogne Charles le Téméraire. Respectant son principe, il conquiert un peu par amour (on l'espère !), beaucoup par raison d'État (on s'en doute !) et aux dépens du roi de France Louis XI, ancien adversaire de son beau-père, la Franche-Comté et les Pays-Bas. Remarquons que si la Maison d'Autriche s'empare ainsi de l'héritage bourguignon, le duché de Bourgogne proprement dit lui échappe ! Maximilien n'oublie pas Vienne ; il y crée une université, le commandement d'une armée permanente – une nouveauté à l'époque des mercenaires ponctuellement loués – et jette les bases d'une centralisation moderne en instituant une Chancellerie et un Tribunal suprême. La Chancellerie implique que le symbole du pouvoir politique, le sceau du souverain gardé précieusement par un fonctionnaire spécial, doit être conservé à Vienne. De même, la justice sera rendue en un lieu si possible fixe, même si les jugements sont encore soumis aux déplacements de la Cour. Le pouvoir se sédentarise à Vienne.

Et les Turcs ? Ils ont conquis la Morée et le sud de la Grèce continentale avant d'occuper le talon de la botte italienne : les voici à Otrante, en 1480. Même s'ils n'y restent pas plus d'un an, leur souplesse de déplacement grâce à des bateaux rapides et une cavalerie expérimentée ne cesse d'être inquiétante.

Maximilien poursuit ses combinaisons matrimoniales. Son fils, Philippe le Beau, épouse, en 1496, Jeanne de Castille, dite Jeanne la Folle, fille des Rois catholiques. Elle est l'héritière de la Castille et de l'Aragon. Cette union est la première alliance des Habsbourg à la péninsule Ibérique. Deux ans plus tard, Maximilien Ier fonde le Chœur de la Cour, ancêtre des célèbres Petits chanteurs de Vienne que vous ne manquerez pas d'entendre à la messe du dimanche matin, en la chapelle de la Hofburg. Attention ! Depuis cinq siècles, ces voix angéliques ont un tel succès que vous devrez arriver en avance, voire réserver vos places.

Véritable stratège familial – l'impératrice Marie-Thérèse agira de même avec ses enfants –, Maximilien achève son dessein d'unions à l'échelle européenne. Et c'est à Vienne, en la cathédrale Saint-Étienne reconstruite, maintenant coiffée d'une haute flèche, que l'empereur, quatre ans avant sa mort, fait célébrer le mariage de deux de ses petits-enfants avec ceux de Ladislas, roi de Hongrie et de Bohême d'une part et Sigismond, roi de Pologne, d'autre part. Le toit polychrome de l'édifice tranche sur la pierre sombre, pourtant neuve. Il faut imaginer qu'une cathédrale, à l'époque, est entourée d'échoppes et de boutiques, serrées les unes contre les autres. Moins gaie, on ne peut ignorer la présence d'un cimetière sur la place ; on y enterre les victimes des effroyables épidémies, dont celle de la peste noire qui décima l'Europe au XIVe siècle. Il faudra encore trois cents ans avant que l'on ne s'avise des risques de contagion, les inhumations ayant été hâtives... Songez-y en traversant l'actuelle place, zone piétonne où divers « artistes » perpétuent la tradition médiévale des baladins avec plus ou moins de talent... L'aîné des enfants de Philippe le Beau et de Jeanne n'est autre que le futur Charles Quint. C'est lui qui, en confiant à son frère cadet Ferdinand, la partie autrichienne de l'Empire sépare, *de facto*, la branche espagnole de celle qui règne à Vienne. Le soleil ne se couche pas sur les terres des Habsbourg.

Et les Turcs ? Vienne semble les oublier. C'est une erreur. En effet, le 25 août 1526, la progression ottomane se précise. Dans le sud de l'actuelle Hongrie, sur le Danube, la bataille de Mohács rappelle les Viennois à la réalité de la menace. Le roi de Bohême et de Hongrie s'est porté aux devants de la terrible artillerie venue de Constantinople. Courageux, il est tué dans la bataille. Cette victoire turque ouvre la plaine hongroise aux assaillants. La colline de Buda est prise ; les Turcs vont y rester un siècle et demi. On peut encore voir les bains aménagés sur les innombrables sources thermales qu'affectionnaient déjà les Romains. Le vainqueur est un personnage considérable. C'est Soliman II, que les chrétiens, éblouis et craintifs, surnommeront *le Magnifique.* Vienne a peur. Ce sultan légendaire, supposé être âgé de 30 ans, a déjà conquis Belgrade quatre ans plus tôt. Il domine désormais l'espace danubien. Ses sujets l'appellent *le Législateur.* C'est pourtant avec de puissants canons, acheminés depuis des centaines de kilomètres, qu'il conquiert les plaines au cours d'une campagne spectaculaire ; il en fera treize. Où s'arrêtera-t-il ?

Pour comprendre la peur des Viennois, il faut rappeler que Soliman, à la tête d'une armée impressionnante, a déjà chassé de Rhodes les Chevaliers hospitaliers de Saint-Jean qui finiront par se réfugier à Malte sans oublier qu'en Asie, il s'est emparé de la Perse. Sa domination est telle qu'il n'a qu'un rival, un souverain européen, Charles Quint lui-même. Un monarque chrétien. Le 27 septembre 1529, la menace devient une réalité : Soliman met le siège devant Vienne. Comme le rappelle un dossier du service de presse fédéral autrichien : « *Au seizième siècle, les Turcs, oppresseurs et avides de tributs, déferlent sur les pays.* » Promenez-vous aujourd'hui dans le Türkenschanzpark, le parc de la Redoute des Turcs. C'est à cheval sur deux arrondissements, Währing et Döbling, respectivement les 18e et 19e, au nord-ouest. D'ailleurs, la rue des Turcs (Türkenstrasse) vous y conduit, après l'église votive néogothique. C'est là, pour la première fois et après des décennies d'angoisses viennoises, que des armées venues du Bosphore dressent un immense campement. Soliman est à la tête de 120 000 hommes. La manière dont l'alerte est donnée est légendaire. Près du Danube, les boulangers qui, avant l'aube, travaillent à leurs fours, entendent les coups de sapes des Turcs essayant de pénétrer dans la ville par les galeries creusées sous les remparts. En pleine nuit, les artisans du pain avertissent le guet. La résistance des 20 000 hommes du comte de Salm aidé – il faut le dire – de pluies diluviennes annonçant un hiver précoce, sauve Vienne, bastion oriental de l'empire de Charles Quint. Le 15 octobre, les armées de Soliman lèvent le siège. Il a duré dix-huit jours, ce qui est peu mais long car jamais ces guerriers revêtus d'étranges armures, de casques légers couvrant à peine le dessus du crâne coiffés d'une aigrette et qui sont armés d'un sabre à longue lame recourbée ne sont parvenus aussi près de la cathédrale Saint-Étienne. Les Viennois en parleront longtemps. Ferdinand Ier, frère et successeur de Charles Quint, manifeste sa gratitude aux boulangers en leur accordant le privilège de cuire une nouvelle pâtisserie feuilletée et salée, le croissant, par référence au croissant de l'islam. Voilà votre première raison d'être dans un café viennois...

Ayant vu le péril de près, les habitants se hâtent d'achever un mur d'enceinte – les travaux dureront vingt ans – dans la crainte d'une nouvelle tentative d'invasion turque. Ce chantier est si considérable qu'il absorbe presque toutes les ressources disponibles, ce qui explique que Vienne soit plutôt pauvre en bâtiments de la Renaissance. La défense est alors plus importante que les hommages au courant artistique venu d'Italie. Ambassadeur et mécène de la Renaissance en France, le roi François Ier, jaloux de Charles Quint, est devenu son prisonnier après le désastre de Pavie en 1525 où, selon lui, il a tout perdu «*fors l'honneur*». Ayant enfin pris la mesure de son adversaire, François Ier, qui a dû céder le quart de son territoire dans ses guerres malheureuses, décide de s'allier à Soliman. Une association de circonstance, pour gêner l'impérial Charles Quint. À Vienne, cette trahison est ressentie comme un scandale par les autres puissances de la Chrétienté. Or, à cette félonie s'ajoute une terrible division dans les pays de langue allemande. Martin Luther a commencé à prêcher en 1517 et Jean Calvin a publié l'*Institution de la religion chrétienne* en 1535. Les esprits et les consciences sont troublés; le doute s'est emparé des âmes depuis la condamnation par Luther du trafic des indulgences organisé par le catholicisme. Le résultat? Une situation imprévue et gênante: l'empereur Maximilien II est protestant! Et à la fin de son règne, en 1590, on est stupéfait d'apprendre que 80 % des Viennois sont protestants! Le danger est donc aussi à l'intérieur. Qu'adviendra-t-il si les Ottomans assiègent à nouveau Vienne? Appuyés par les Français à l'ouest, vont-ils prendre Vienne dans un étau ? Pourtant, il y a pire encore. Rodolphe II, souverain au tournant du XVIe et du XVIIe siècle, quitte Vienne et fait de Prague sa résidence en 1582. Il veut, intellectuellement, fonder une nouvelle cité. Une volonté contraire à celle de son prédécesseur qui, dix ans plus tôt, avait institué l'École espagnole d'équitation. On imagine la consternation et l'amertume des Viennois, délaissés par un monarque très intelligent, raffiné et visionnaire. À Prague, il attire les plus grands esprits de son temps et grâce à lui, la capitale de la Bohême devient un phare de la civilisation européenne. La petite Moldau, (Vltava en tchèque), modeste affluent de l'Elbe, a soudain des prétentions danubiennes... Et Vienne, abandonnée par sa Cour, se sent victime d'un exil intérieur injuste. La punition va durer trente longues années...

Même si le concile de Trente, qui clôt ses laborieux travaux en 1563, peut être considéré comme le début de la Contre-Réforme, le luthérianisme est victorieux dans les États allemands depuis la paix d'Augsbourg. Ce sont les ordres monastiques qui vont redonner à Vienne son rayonnement effacé. Ils répondent à l'appel d'un cardinal, Mgr Khlesl, qui entreprend de combattre *« l'hérésie »*, surtout quand les protestants sont frappés d'un décret d'expulsion en 1590. Plusieurs congrégations se répartissent le terrain de la reconquête spirituelle, en particulier les carmélites de l'ordre hospitalier des frères de la Grâce dans l'actuel quartier populaire de Léopoldstadt (2e arrondissement, au nord, entre le Canal et le Danube) et les augustins qui bâtissent l'église Saint-Roch. Les franciscains, les dominicains et bien entendu les jésuites sont les artisans du renouveau catholique en confiant des travaux à des architectes et des artistes italiens. Bientôt, le premier baroque viennois s'impose et progressivement, la vieille cité gothique, à l'architecture élancée, pour ainsi dire verticale, disparaît au profit des rondeurs qui serpentent et s'enroulent dans les églises autour de statues d'angelots potelés et de saints ; la façade, transformée, du monastère des Écossais en est un témoignage. Le baroque, par ses volutes, ses dorures et sa surcharge ornementale, reçoit la mission de séduire les âmes rebelles. En 1612, l'empereur

Ferdinand II, exaspéré par les protestants, redonne à Vienne son statut de capitale impériale. Adversaire implacable de Luther, il est furieux du conflit qui éclate en 1618, connu depuis sous le nom de guerre de Trente Ans. Pour des raisons religieuses, les hostilités rognent l'autorité de la Maison d'Autriche, en particulier en Bohême. En 1619, les Tchèques révoltés menacent Vienne ; la ville sera épargnée par la bataille, un an plus tard, dite de la Montagne Blanche où s'affrontent catholiques et protestants. Ces derniers sont battus et chassés de la région. Mais la Suède, dont la reine Christine fait piller les collections de Rodolphe II, ne s'estime pas vaincue ; les troupes suédoises se présentent devant Vienne à plusieurs reprises. Enfin, la paix de Westphalie, signée en 1648, démontre que l'universalisme religieux est une utopie. On en revient au vieux principe latin : « *Cujus regio, ejus religio* » (À chaque souverain, sa religion), autrement dit l'empereur est maître chez lui et choisit sa foi. À Vienne, on fait le bilan. Les Habsbourg ont récupéré la plus grande partie des trésors volés par les Suédois ; Ferdinand II retrouve ainsi la totalité des œuvres de Dürer et hérite de son frère la série, splendide, des Brueghel l'Ancien. Et bientôt, pour la première fois dans l'histoire de la dynastie, les chefs-d'œuvre des galeries viennoises, d'Innsbruck et de Prague sont la propriété d'un seul homme, Léopold Ier. En revanche, le monarque doit désormais reconnaître les libertés germaniques dans le reste du Saint Empire morcelé en de nombreuses principautés. Pire : Vienne perd l'Alsace qui devient française et c'est avec douleur que les Habsbourg constatent l'ingérence obstinée de Louis XIV et d'autres puissances dans les affaires impériales. La réorganisation de l'Europe par les traités de Westphalie oblige Léopold Ier à tenter de compenser sa perte d'influence occidentale par la consolidation de son autorité vers l'est. N'est-il pas, d'ailleurs, roi de Bohême et de Hongrie depuis 1655 ? Or, à peine est-il élu empereur (1658) que la Hongrie est à nouveau menacée par les Ottomans qui ont étendu leur pouvoir depuis Buda et fait de la Transylvanie un vassal. Les Turcs, encore ! Deux défaites ottomanes maritimes à Chypre et à la célèbre bataille de Lépante n'ont fait que ralentir leur progression.

Le danger renaît. La Chrétienté, affaiblie par ses schismes, doit s'unir. De Vienne, des courriers sont envoyés à travers l'Empire car les successeurs de Soliman n'ont pas renoncé, au contraire ; devant le danger commun, il faut s'unir. Et des émissaires sont même envoyés à Versailles. La situation diplomatique est complexe. Prolongeant le même dessein pervers qu'avait nourri François Ier, le Roi-Soleil adopte une stratégie qui protège sa frontière orientale ; en même temps, il encourage des alliances dites de revers contre les Habsbourg, avec, selon les circonstances, la Pologne, la Hongrie et... la Turquie. Ces contacts et ces traités visent à cerner les pays habsbourgeois d'États ennemis avec l'espoir de recueillir, un jour, la couronne du Saint Empire. Le cardinal Mazarin, Premier ministre de Louis XIV, s'était entrepris pour essayer de faire attribuer la dignité impériale au Bourbon après la mort de Ferdinand III. Dans l'Europe centrale dévastée par trente ans d'atrocités, au milieu de régions entières dépeuplées, on observe une bipolarité entre la Maison d'Autriche et la politique française. La situation de l'empereur dépend en grande partie des ressources financières du Saint Empire, lesquelles étaient en piètre état à la paix de Westphalie.

Appelé à l'aide contre « l'ennemi de la Chrétienté », Louis XIV tient compte de ses intérêts en Rhénanie. Il répond à la délégation habsbourgeoise qu'il envoie 6 000 hommes. Ces Français combattront dans les rangs autrichiens, ce qui constitue un spectaculaire revirement dans les relations acides entre les deux monarques. Il est vrai que Louis XIV avait été effaré d'apprendre des Viennois que le sultan Mourad IV avait été assassiné sur ordre de sa mère – d'origine grecque – parce qu'il avait fait noyer, en une fois, ses 280 concubines dans le Bosphore !

Dès 1663, en effet, Vienne est de nouveau menacée. Léopold lève une armée de 60 000 hommes qui se dirige vers le Burgenland, région frontalière de la Hongrie. Elle rejoint une autre armée, également d'environ 60 000 hommes, aux ordres du margrave Léopold-Guillaume de Bade. Sous le commandement du comte Raymond Montecuccolli, originaire de Modène, l'armée impériale, donc forte de 120 000 soldats, remporte une éclatante victoire lors de la bataille, bien oubliée, de Saint-Gotthard, une localité de Hongrie occidentale sur la Raab. On rapportera à Louis XIV que ses 6 000 combattants se sont couverts de bravoure et de gloire, d'autant plus que les troupes de l'Empire n'étaient pas spécialement brillantes. Impressionnés, les Ottomans se hâtent de conclure la paix à Vasvar. Mais cette trêve est limitée à vingt années et Léopold a le tort d'accepter ce délai. Les Turcs tiendront parole... pendant vingt années. Il y aura même un échange d'ambassades. Signalons l'apparition d'une courtoisie diplomatique : jusqu'à cette date, les Turcs ne considéraient pas l'empereur comme porteur d'un tel titre ; ils l'appelaient « le roi de Vienne », une restriction qui rabaissait le chrétien au rang d'un personnage secondaire. Désormais, sur le parchemin des négociations, le Habsbourg a droit à son titre de *Kaiser*. Le plénipotentiaire turc, le pacha Kara Mehmed, fait une entrée solennelle dans Vienne et s'installe dans le quartier de Léopoldstadt. Dans sa suite, il y a un célèbre chroniqueur ottoman, Evliya Celebi. Il est chargé de raconter sur Vienne d'innombrables histoires fantaisistes. Il réussit à forger des récits dignes des *Mille et Une Nuits*. Pour détourner l'attention des Viennois. Il y a aussi un interprète auxiliaire. Lui, en revanche, s'informe des détails de la vie viennoise et apprend à connaître cette ville par cœur ; il en dresse même des plans.

Pendant cette paix étriquée, l'Empire ottoman se relève d'un premier déclin avec la nomination d'un nouveau grand vizir, Kara Mustapha, en 1676. Poussés par Louis XIV et s'appuyant sur les Hongrois mécontents des excès de la Contre-Réforme, les Turcs se préparent à ce qu'ils considèrent comme un assaut décisif contre Vienne.

Léopold, qui se destinait initialement à l'Église mais que la mort de son frère Ferdinand a élevé au premier rang, pratique une politique de catholicisme agressif. Un vrai combat. En 1670, il décrète l'expulsion des juifs de Vienne. Paradoxe de l'histoire : ils reviendront, jusqu'en 1939, dans le quartier qui, justement, porte le prénom de celui qui les a chassés, Leopoldstadt !

Mais voici une nouvelle épreuve. En 1678, à peine les fêtes ayant salué à Vienne la naissance d'un fils de l'empereur Léopold Ier sont-elles terminées qu'une épidémie ravage la capitale. La peste ! Encore ! Cette nouvelle catastrophe est terrifiante. Les cadavres s'amoncellent dans les rues, les survivants s'enfuient. Seuls quelques notables – à leur tête se place le prince Schwarzenberg – décident de lutter. Des mesures d'hygiène énergiques permettent d'enrayer la contagion mais Vienne reste pestiférée pendant... un an. De cette époque date la colonne dédiée à la délivrance que vous verrez obligatoirement sur le Graben, l'ancien fossé. Elle a été érigée en 1682, les habitants ayant voulu exprimer leur reconnaissance à la Vierge Marie ou à la Sainte Trinité qui, selon eux, a mis fin à cette calamité. Le bilan est estimé à près de 10 000 morts dans Vienne même. Les survivants restent traumatisés.

À peine remis, le « deuxième fléau » s'annonce. Cette fois, la fièvre viennoise s'appelle la peur. L'ambassadeur de Louis XIV auprès du sultan lui a donné l'assurance que son roi ne soutiendrait pas l'empereur en cas d'une nouvelle offensive turque. La France a changé de camp et cette décision, qui soulage l'Empire ottoman, fait du Roi-Soleil l'instigateur de cette nouvelle campagne. La route de Vienne est donc ouverte.

Concentrée aux abords d'Istanbul à l'automne 1682, installée dans ses quartiers d'hiver en décembre à Andrinople (aujourd'hui Edirne), une armée ottomane s'ébranle le 31 mars 1683, en direction de l'ouest. Elle comprend 100 000 hommes et un fastueux harem, celui du vizir dont l'éclat est comparable à celui du sultan. Il s'agit d'impressionner l'ennemi par tous les moyens dans ce qui est appelé *cihad* et qu'on prononce *djihad*, la guerre sainte. L'ambassadeur de l'empereur à Istanbul et un envoyé extraordinaire font partie de cet interminable cortège, mais malgré eux : ils sont prisonniers... et seront aux premières loges pour assister à la chute de Vienne...

Immédiatement, devant l'ampleur de cette migration, l'empereur Léopold et le roi de Pologne Jean Sobieski concluent une alliance défensive. Avec l'aide du pape Innocent XI, des subsides pontificaux permettent de recruter des soldats et le duc Charles de Lorraine est nommé lieutenant général des troupes impériales. À Vienne, on apprend que les troupes alliées des Turcs (Bosniaques,

Slaves, Hongrois, Tartares) rejoignent celles du grand vizir à Belgrade le 13 mai pour atteindre le chiffre, considérable, de 310 000 hommes : 250 000 hommes de combat et 60 000 affectés aux équivalents du train et du génie actuels. De longs troupeaux les accompagnent. Le sultan a passé en revue son armée avec solennité. Les objectifs de Kara Mustafa sont Vienne, Prague et le Rhin. Le sort de l'Empire et de l'Europe chrétienne est en jeu. La ville organise sa défense avec de faibles moyens financiers. Le dispositif élève une courtine haute de douze mètres ; en saillie, douze bastions et devant la contrescarpe. On espère que ce sera suffisant, mais les derniers travaux ont été achevés hâtivement parce que les fonds octroyés par les États de l'Empire étaient chichement comptés. Dire qu'il y a encore dix ans, un voyageur français écrivait : « *Vienne est une ville de plaisir ; si je n'étais pas français, je pourrais m'imaginer être allemand ; de même, j'aimerais vivre à Vienne si je ne pouvais pas vivre à Paris.* » L'évocation d'une première douceur de vivre viennoise... Déjà !

Les défenseurs armés – ils ne sont que 24 000 – sont placés sous le commandement du comte Ernest Rüdiger Starhemberg, un homme blessé et malade. Il est aidé du bourgmestre Andreas Liebenberg. Une défense civile, environ 5 000 hommes, est confiée à une sorte de collège secret d'échevins élus présidé par le comte Gaspard Zdenek Kaplir. Il est âgé de 72 ans. Les gens qu'il commande n'ont aucune formation militaire et ils ne sauraient être engagés dans les combats. Ils feront le guet, lutteront contre les incendies et répareront les retranchements. Ajoutons une sympathique Légion académique, c'est-à-dire des étudiants regroupés sous les ordres du recteur de l'Université, Lorenz Gruener. Ils sont dotés de mousquets à mèche sur lesquels on ajuste un poignard pour le corps à corps ; c'est l'ancêtre de la baïonnette. Pour résister, toutes les bonnes volontés sont requises.

L'artillerie viennoise est bien équipée avec trois cent douze canons et mortiers divers.

Les Turcs arrivent début juillet au sud de Vienne. On sacrifie les faubourgs en les incendiant. La terre brûlée. Le 14 juillet, la gigantesque armée de Kara Mustapha est devant Vienne. Son quartier général est à hauteur de l'actuelle église Saint-Ulrich (7e arrondissement). Le campement est dressé avec un luxe inouï : 25 000 tentes, entourées de fontaines à jets d'eau, des bains comme sur le Bosphore et de toutes les commodités, composent une ceinture insolite autour de *la Ville de la Pomme d'Or*, qui était le surnom de Vienne dans les légendes turques depuis cent cinquante ans. Pour les assiégés, la vision de cette incroyable et fastueuse ville de toile est à la fois sublime et démoralisante. De telles installations indiquent que l'envahisseur prépare un très long siège. Les animaux chargés de nourrir les assaillants sont particulièrement gardés car lors des razzias dans les faubourgs, les Turcs ont éliminé tout le bétail au nom de principes religieux ; ils assurent donc eux-mêmes l'intendance de leurs troupes.

L'empereur et sa cour sont en fuite ou comme on essaiera de le dire plus élégamment dans l'histoire officielle, *« Léopold se tient à l'écart des troupes »* ! On peut également expliquer que si, dès le 7 juillet, le monarque s'est réfugié à Passau, sur le Danube, à quelque deux cent cinquante kilomètres à l'ouest, c'était pour préparer une armée de secours. Exact. En même temps que Leurs Majestés Impériales, 30 000 Viennois, disposant d'une certaine aisance financière, ont gagné la campagne. Dans la ville, restent près de 70 000 âmes qui n'ont cessé d'entasser des provisions en tous genres.

Ce même 14 juillet, un incendie éclate dans l'abbaye des Écossais ; on ne peut certifier qu'il ait été provoqué, c'est peut-être un accident, mais il frappe les esprits. Vienne pourrait brûler... Le 16, la ville est totalement encerclée et deux bastions sont attaqués. Canons, cimeterres, étendards, turbans, immenses tentes, petits chevaux rapides, tambourins, châles, couffins. Chose inouïe, sur des manches de poignards recourbés brillent les feux d'émeraudes et de rubis incrustés ! Un Orient riche mais hostile et déterminé... Bizarrement, certaines armes sont gravées ou sculptées d'une croix ; ce sont celles des dissidents hongrois qui espèrent que les Turcs écraseront les Habsbourg. Quelques combattants viennois répandent le bruit – justifié – que les lames d'acier ottomanes sont supérieures aux épées européennes et que l'armure des Turcs est beaucoup plus légère que celle de leurs ennemis, ce qui est également vrai... Les assiégeants, remarquablement organisés, sapent les tranchées. Que font-ils ? Dès le 25 juillet, on le sait : ils font exploser une mine ! Si l'artillerie turque, très précise, est numériquement faible (cent soixante pièces seulement au début du siège), les mineurs sont nombreux, très efficaces et leur savoir-faire dépasse celui des quelques mineurs venus du Haut-Tyrol ; les explosions que déclenchent les artificiers du vizir font de nombreuses victimes.

Pendant ce temps, quelques émissaires rapportent que des hordes tartares mettent à sac toute la Basse-Autriche, massacrant les habitants ou les emmenant en esclavage. Derrière les fortifications, les Viennois en armes résistent, héroïques. Pendant deux mois, ils repoussent tous les assauts. Mais fin août, la situation des assiégés devient critique : ils s'écroulent, victimes de la dysenterie. Tous ne meurent pas (un sur huit tout de même...) mais tous sont hors de combat. Dès le début du siège, les conditions sanitaires étaient déplorables. Avec ruse, quelques courageux, méconnaissables, parviennent à traverser le camp turc et rejoignent le duc Charles de Lorraine qui rassemble l'armée de secours. Son attaque est urgente.

Fin août encore, les Turcs parviennent à prendre pied dans les fossés et à s'emparer d'un ravelin, une fortification en demi-lune qui protège la tour principale du palais.

Début septembre, des mines explosent sur les flancs des bastions. Les assauts turcs sont de plus en plus difficiles à contenir. Les Viennois, désespérés, envoient des fusées pour indiquer aux troupes impériales qu'ils ne tiendront plus longtemps. En effet, les Turcs progressent dans les fossés et ce n'est plus qu'une question de jours pour qu'ils parviennent, à l'aide de mines, à ouvrir une brèche dans la courtine. Alors que le Burg, le palais impérial, est gravement endommagé, on remarque qu'un château (dans le 11e arrondissement actuel) qui avait été édifié dans le style Renaissance par Maximilien II, est non seulement épargné mais encore protégé par une garde turque. Son style rappelle celui d'une tente et il se trouve à l'endroit où, en 1529, Soliman le Magnifique avait dressé la sienne. En l'épargnant, on honore sa mémoire.

À vingt-cinq kilomètres à l'ouest de Vienne, à Tulln, sur le Danube, les contingents de l'armée de secours se rassemblent enfin. On compte 11 000 hommes de Bavière, 9 000 de Franconie et du pays Souabe. Après avoir traversé la Bohême, des troupes saxonnes sont aussi en ordre et le 3 août, les troupes polonaises de Jean Sobieski ont franchi la frontière. Le roi de Pologne assure le commandement suprême. Jean Sobieski, chef militaire de haute valeur, est déjà un héros de diverses guerres contre les Turcs; dix ans plus tôt, plusieurs succès ont affirmé sa réputation. La reine son épouse est d'origine française; elle s'était interrogée sur les rapports complexes entre son pays d'adoption, la Pologne, et la France. Gardant rancune à Louis XIV d'avoir refusé à sa famille titres et honneurs, elle a fini par choisir le parti des Habsbourg. Elle a même influencé son mari en ce sens, bien qu'il ait été, jadis, chef de file du parti favorable à la France. Le 10 septembre, une armée d'environ 65 000 à 80 000 hommes quitte le camp de Tulln en direction de Krems. En souvenir de ces préparatifs, on peut toujours voir, sur le portail occidental de l'église romane, une sculpture d'aigle bicéphale – symbole du Saint Empire – tenant dans ses serres deux têtes de Turcs... Le 11 au soir, la relève est regroupée sur les hauteurs de la forêt viennoise. Ces collines sont celles du Kahlenberg, qui s'élèvent à 483 mètres d'altitude. Les alliés des Habsbourg sont prêts à la bataille finale. La nuit avant l'assaut est très courte.

12 septembre 1683, à l'aube. Pendant que 30 000 janissaires, les troupes d'élite, continuent de harceler les Viennois, le grand vizir se prépare à affronter l'armée chrétienne de secours. Dès l'après-midi, Jean Sobieski sème la panique dans le camp turc; l'équipement de ses quelque 25 000 lanciers, des plumes fixées sur leurs cuirasses, provoque un sifflement qui effraie les chevaux ottomans, pourtant aguerris. Le vizir n'avait songé qu'au siège, négligeant de déployer ses troupes pour protéger ses forces d'une attaque à revers. Il s'est donc retrouvé sous les assauts croisés de la ville et des renforts. Le 12, pris entre deux feux, Kara Mustapha et sa suite s'enfuient. Au grand galop après que le vizir ait déclaré, à la vue des cavaliers polonais, «*Par Allah, le roi est vraiment là !*».

L'échec du siège vient davantage de la faiblesse du commandement turc que de la résistance viennoise, chancelante et sur le point de s'effondrer. Le camp des Turcs, une véritable ville, est totalement abandonné. Dans la panique de la retraite, le vizir laisse sa propre tente dont le divan, de couleur sanguine, était il y a peu gardé par deux terrifiants janissaires. En revanche, il a pu s'échapper avec son or et l'Étendard du Prophète. Le 14, Léopold Ier, revenu par bateau sur le Danube, fait son entrée dans sa ville libérée et le lendemain, il rencontre son allié à qui il doit la victoire, Jean Sobieski. L'entrevue se situe à Schwechat où se trouve aujourd'hui le somptueux aéroport de Vienne. L'empereur est plutôt contrarié de devoir céder le pas au roi de Pologne qualifié de «*Sauveur de l'Occident*»... et qu'il n'a jamais considéré comme son pair ! Le protocole, trop rigide, laisse les deux hommes mécontents. Ajoutons un élément supplémentaire qui indispose l'empereur : Jean Sobieski et ses troupes ont immédiatement fait main basse sur la richesse insensée du camp turc, jonché de tapis, de fourrures et de coffres à bijoux... Le vainqueur donne d'édifiants détails sur ce butin dans une lettre à sa femme. Des renforts d'artillerie avaient porté le nombre des canons à 300 et 15 000 tentes décorées restaient avec leur mobilier et leurs installations... Ce pillage fut réservé aux Polonais ; les autres troupes durent attendre le lendemain avant de se servir. Il y avait encore de quoi faire des affaires... Les pertes chrétiennes sont estimées à 2 000 morts ; du côté turc, on compte environ 10 000 victimes, sans compter les prisonniers dont une partie s'est convertie au christianisme. Mais on a moins souligné ce qui s'était passé avant que les Ottomans ne s'enfuient. Des centaines de prisonniers et d'esclaves furent massacrés, des dizaines de milliers emmenés en esclavage. Un homme fut particulièrement admirable dans ce chaos sanglant, le comte Kollonitsch, qui était devenu l'évêque de Wiener Neustadt, à quarante kilomètres au sud de Vienne. Il recueillit tous les enfants abandonnés et fut pour eux un véritable père. Les défenseurs civils qui avaient survécu reçurent, dès la fin septembre, une solde spéciale versée par l'empereur sur ce qui restait des fonds de secours. En revanche les sommes dues à la garde de la ville, troupes régulières, resta impayée par les États de Basse-Autriche pendant des mois. On compte 3 000 victimes et 3 500 blessés ou malades qui ne supporteront pas l'hiver rigoureux, d'autant moins que pour éviter les risques d'incendie, on avait pris soins d'enlever les toitures de nombreuses maisons. Quelques Viennois s'emparèrent d'armes et essayèrent de les vendre pour survivre. Vienne avait souffert ; des prisonniers turcs furent employés à déblayer les décombres. On craignait de nouvelles épidémies à cause de monceaux d'immondices, des cadavres et des charognes. Prudent, Léopold Ier transféra sa Cour à Linz pendant onze mois... Pour changer d'air.

Plusieurs jours de fêtes improvisées et misérables se passent avant que l'armée turque, regroupée en Hongrie, ne soit poursuivie. Suivant le Danube, les Turcs reculent jusqu'à Belgrade. La défaite de Mustapha le Noir est si grave que le 25 décembre, peu avant minuit, sur ordre du sultan Méhémet V, le grand chambellan arrivé d'Istanbul lui présente la corde de soie, encore appelée le lacet ottoman. Le grand vizir sait trop bien la signification de ce rituel : il avait reçu l'ordre de s'emparer de l'orgueilleuse Vienne, il s'est enfui, il a humilié la Sublime Porte, il est donc condamné à mort. Ses compétences n'égalaient pas ses ambitions. Il retire le sceau qu'il porte sur la poitrine et se débarrasse de symboles religieux de haute valeur, l'Étendard sacré et une clé de la Kaaba, la Pierre Noire de La Mecque. Puis, on déroule un tapis de prière. La délégation du sultan se retire. Peu après, deux bourreaux l'étranglent. Le Musée historique de la ville de Vienne possède de passionnantes collections sur ces événements, entre autres... la tête de Kara Mustapha, déterrée lors de la bataille de Belgrade cinq ans plus tard. Elle a été ramenée à Vienne dans des conditions rocambolesques mais, sincèrement, il n'y a vraiment aucune raison d'aller observer ce macabre trophée...

La victoire des troupes de la Chrétienté a un retentissement considérable en Europe ; elle marque un tournant décisif dans la politique des États à la fin du XVIIe siècle. Les souverains occidentaux reconnaissent la prééminence de l'empereur Léopold, une constatation amère pour Louis XIV obligé de partager sa gloire avec un Habsbourg.

Le Roi-Soleil est informé que le Versailles viennois, Schönbrunn, est ravagé ; homme de goût, l'inspirateur de Versailles sait qu'il faudra le reconstruire. Les relations entre le roi de France et l'empereur sont devenues plus amicales, notamment grâce à la paix de Nimègue qui a ouvert une période de concorde entre les monarques. Louis XIV a même offert à Léopold Ier un magnifique fusil avec fût en noyer incrusté de plaques et fils d'argent. La culasse est ornée d'un buste de jeune homme qui n'est autre que le fils de l'empereur. Ce splendide travail, de l'armurier Gruché, à Paris, a été complété par un second fusil d'apparat du maître armurier Chasteau. Des armes pour célébrer la paix...

En un délai très court, les défenseurs de Vienne ont rassemblé cent canons turcs et les ont fait fondre. Dans leur bronze, ils coulent une cloche de vingt tonnes, la *Pummerin*, et la hissent dans les hauteurs de la cathédrale. C'est elle ou plutôt sa réplique, aujourd'hui encore et après bien des avatars, qui ponctue les grands événements viennois joyeux ou tristes... On l'a entendue, entre autres, en 1983. Trois siècles après le siège de Vienne et la dernière tentative d'expansion de l'Empire ottoman en direction de l'Europe occidentale, de nombreuses manifestations ont commémoré ces heures décisives ; la plus originale fut un étonnant défilé en costumes qui rassemblait les descendants des familles ayant participé à la survie de la capitale impériale. Un de mes voisins, les mains encombrées d'arbres généalogiques, relevant les noms des présents, me dit : « *Le 12 septembre 1683 est la date d'une véritable libération de Vienne...* » De fait, peu après le siège, des jésuites firent jouer une pièce allégorique, *Vindobona libérée*.

Et le café ? Son usage viennois tient du roman d'espionnage. Si, au début du siège, quelques courriers acceptent de franchir les lignes turques pour assurer la liaison entre Vienne et l'armée de secours en formation, les renseignements deviennent rares après l'arrestation d'un certain Jacob Haider, démasqué par les janissaires. Les chrétiens ont du mal à trouver des candidats, même contre une haute récompense (200 ducats). Une vingtaine de missions, au maximum, ont pu réussir ; les agents qui franchissaient l'encerclement de la ville profitaient des origines très disparates de l'armée ottomane et se faisaient passer pour un Hongrois, un Bosniaque ou un Serbe s'ils étaient pris. C'était risqué mais jouable. L'un d'eux traversa même le Danube à la nage. Un seul de ces courriers a bénéficié d'une incroyable renommée, qu'il a entretenue lui-même et qui n'était sans doute pas tout à fait méritée. Une fausse légende mais il faut la connaître quand on entre dans un café de Vienne.

Georges-François Koltschitzky n'a entrepris qu'une seule mission, entre le 13 et le 17 août 1683 et en revint vivant. Né en Galicie (partie de l'actuelle Pologne, région de Cracovie) en 1640, son don des langues l'avait conduit à être interprète du Conseil impérial de la Guerre. Dès la fin du siège, il fait paraître deux rapports sur son exploit qui le font connaître dans toute l'Europe car on se passionne pour cette épopée viennoise. Précisons qu'il est l'auteur de ces rapports élogieux. Il en tire des récompenses, parfois étranges comme le titre de Courrier impérial turc alors qu'il était au service de Léopold Ier de Habsbourg. Un agent double... à retardement. D'après ses récits, il aurait dérobé aux Turcs en fuite des sacs que l'on pensait d'abord contenir de la nourriture pour chameaux. En réalité, ces sacs, qui faisaient partie des bagages abandonnés par les assiégeants, contenaient du café. Koltschitzky prétendait connaître le secret de la torréfaction et aurait ouvert – toujours d'après lui – le premier café viennois à l'automne 1683. En témoignage de gratitude, la ville lui offrit les ruines... d'une maison incendiée dans le quartier de Léopoldstadt, jadis habitée par des juifs expulsés de Vienne en 1670. La maison valait 400 florins et son nouveau propriétaire était exempté de toutes les taxes et impôts. Or, après la mort de Koltschitzky de tuberculose en 1694 dans une misère totale, on découvrit qu'il n'avait jamais reçu une licence de cafetier. Et on s'interrogea sur quelques invraisemblances de son histoire. Il semble plutôt que deux Arméniens immigrés, du nom de Johann Diobato et Isaac de Luca, aient fait connaître le café à Vienne bien avant le siège : dès 1665, c'est-à-dire l'année de l'échange des ambassades entre Vienne et Istanbul, l'aristocratie viennoise aurait lancé la mode du café dégusté dans un endroit portant le même nom que la boisson.

Et en 1685, la Chambre Impériale et Royale, autrement dit le Cabinet de Sa Majesté, leur accorda le droit de *« préparer sous forme de café le breuvage turc »*. Mais dans un cas comme dans l'autre, c'est bien grâce à l'Empire ottoman que le café est arrivé à Vienne... Un peu plus tard, on vit même un cafetier du nom de Charles-Eugène Leopoldstätter, qui s'appelait en réalité Mehmed Efendi. L'osmose viennoise était réussie !

Ayant bu le vôtre, vous continuerez votre découverte de la ville ; vous songerez à tous les apports turcs à l'Occident, des instruments à percussion qui transformèrent les marches militaires aux commodités « *alla turca* », sans oublier des révélations botaniques telles que les tulipes, les lilas et les marrons d'Inde jusque-là inconnus à Vienne. Et pour finir, vous irez entendre une œuvre que Mozart mit un an à composer, *L'Enlèvement au sérail*. Une vraie « *turquerie* » créée à Vienne quatre-vingt-dix-neuf ans après le siège. Une partition ravissante qu'il émailla d'exotisme parfois comique au troisième acte. Le livret met en scène un pacha clément, un palais, des pirates, l'ivrognerie condamnée par le Prophète, des quiproquos amoureux : dans l'opéra, les Turcs ne faisaient plus peur.

II

DES PRINCES ET DES COLLECTIONS

Les pires situations peuvent avoir les plus heureuses conséquences. Sans la menace turque, Vienne ne posséderait pas l'un de ses joyaux, le Belvédère. Ce bâtiment est le siège de la très administrative Galerie nationale autrichienne des arts du XIXe et du XXe siècle, mais personne n'utilise réellement cette appellation, pourtant officielle depuis 1954. Plus simplement, on parle du Belvédère. Et on en parle depuis longtemps ! L'ensemble, son histoire et son contenu sont passionnants. Il serait impensable de ne pas s'y rendre lors de votre séjour. D'abord, le château du Belvédère – château et non palais parce qu'il a été édifié en dehors de la ville au XVIIIe siècle – est double. Et il faut, évidemment, visiter les deux, le Belvédère inférieur, qui était une résidence d'été et le Belvédère supérieur, destiné aux fêtes et aux réceptions. Ils sont séparés par des jardins en terrasses. Ils sont unis par des trésors artistiques.

Et, comme par hasard, à l'origine de ces merveilles, nous retrouvons les Turcs ! Lorsque l'empereur Léopold Ier s'était réfugié à Passau pour organiser une armée de secours, il avait fait ses comptes rapidement : il ne disposait pas des liquidités nécessaires pour rétribuer des soldats professionnels. En cette fin juillet 1683, le moral de Sa Majesté Impériale est donc aussi bas que ses fonds. En attendant que le pape prélève, sans doute par miracle, des sommes destinées à sauver la Chrétienté et que les princes de l'Empire fassent aussi le nécessaire pour leurs armées, quelques centaines de gentilshommes arrivent au bord du Danube, prêts à mettre épée, mousquet, cheval et honneur au service de la cause la plus noble et la plus urgente du moment, repousser l'ennemi héréditaire ottoman... En espérant l'arrivée des robustes Bavarois, cette petite troupe bien née apporte un soutien qui paraît élégant, sympathique mais faible à l'entourage de Léopold Ier. Or, on se trompe lourdement. L'un de ces jeunes princes va s'illustrer de diverses façons, aussi bien militaires que politiques et artistiques... C'est Eugène de Savoie-Carignan, le fameux prince Eugène. Un Français. Il était né à Paris vingt ans avant le siège de 1683 ; sa mère, Olympe Mancini, est une nièce de Mazarin. Ce brillant sujet du Roi-Soleil déplaît au monarque de Versailles, peut-être parce qu'Eugène n'avait pas été attristé que Mazarin ait échoué dans l'attribution de la couronne impériale à Louis XIV. Tenu à l'écart des hautes charges militaires distribuées à Versailles, Eugène, bouillant d'ardeur, offre ses services aux Habsbourg. Il a 20 ans, c'est l'année du siège... Voici donc le fils d'un duc français apparenté aux Bourbons et neveu par alliance du Premier ministre de Louis XIII et de Louis XIV qui passe au service de Vienne. Inutile de dire qu'à Versailles, la nouvelle est reçue avec humeur ! Plus sérieusement, la raison pour laquelle on lui a refusé un commandement sous la bannière aux fleurs de lys pourrait être désespérément simple et stupide : on trouve le prince chétif, sans charme et pour tout dire d'un physique déplaisant ! Et bien sûr trop jeune : il n'a donné aucun gage de ses compétences. Il ferait un parfait ecclésiastique. Bien entendu, on s'est trompé. Personne, semble-t-il, n'a remarqué son front haut et son regard vif, signes d'une réelle ouverture d'esprit et d'une habileté étincelante. Eugène de Savoie va démontrer son insoupçonnée grandeur. Léopold Ier a l'intelligence de l'accepter dans ses rangs, sans doute amusé de jouer un tour à ce félon de Louis XIV. Des parents espagnols soutiennent ce jeune homme qui a des vues militaires pertinentes, une intuition remarquable et des idées claires. Rapidement, dans la reconquête hongroise sur les Turcs qui ne cessent de reculer, Eugène de Savoie obtient un commandement et de brillants succès. En 1686, il reprend Buda et sa statue équestre de conquérant rappelle aujourd'hui l'événement devant le Palais-Royal de Budapest. Un an plus tard, le prince s'illustre à Belgrade disputé entre les Autrichiens et les Serbes. À Mohács, le 12 août 1687, il se distingue, effaçant l'humiliation de la victoire de Soliman le Magnifique cent soixante et un ans plus tôt. Il épaule Charles V de Lorraine et Louis de Bade dans la victoire. Et, en récompense, l'empereur l'élève à la dignité de feld-maréchal. Mais c'est surtout dix ans plus tard, lors de la bataille décisive de Zenta le 11 septembre 1697 qu'il s'impose seul, par sa capacité stratégique et son action fulgurante. Ce triomphe est celui du prince Eugène qui met en déroute le sultan Mustapha III. La conclusion de la paix de Karlowitz, le 26 janvier 1699, est une sorte de couronnement militaire et diplomatique : l'Empire ottoman restitue à l'Autriche presque toute la Hongrie et la Transylvanie.

Arrêtons ici le récit de sa carrière sinon pour rappeler qu'il n'a cessé, plus tard et jusqu'à 1734, de guerroyer contre les Français de Louis XIV qu'il battit souvent et à nouveau contre les Turcs qu'il força à de nouvelles paix. L'emprise de l'Autriche sur les Balkans est son œuvre. Le Belvédère est le plus célèbre témoignage du goût artistique de celui qui fut l'un des plus grands chefs militaires de son temps. Sachez qu'il n'a pas fait construire ces deux bâtiments au hasard ; en effet, les deux Belvédère sont situés, d'une manière explicite, devant les murs de Vienne, sur la route choisie par les Turcs lors de leur arrivée en 1683... D'ailleurs, quelques pavillons sur les côtés sont coiffés de bulbes qui évoquent, vaguement, les minarets d'une mosquée... Certains Viennois assurent même que les longs toits ont adopté le drapé des tentes d'apparat du vizir qui assiégeait la ville ! Décidément !

Devenu un personnage important de la cour impériale (on le surnomme *« l'empereur dans la coulisse »*) et diplomate avisé, Eugène de Savoie participe à la métamorphose de Vienne, meurtrie par le siège. Certes, le caractère d'une place forte n'est pas totalement abandonné et gêne le développement de la ville. Comparée aux cités d'Europe occidentale et en particulier aux villes italiennes qui pouvaient s'étendre plus facilement, Vienne était en retard. À l'intérieur des fortifications, on se logeait mal, dans des maisons à de nombreux étages donnant sur un labyrinthe de ruelles exiguës ; longtemps, les conséquences sociales et économiques de ce carcan se feront sentir. Le Belvédère est le plus ostensible chef-d'œuvre du nouveau style adopté par l'aristocratie, le baroque. Fastueux, il est construit en dehors des vieux remparts, là où il y a de la place pour des bâtiments d'envergure. D'anciens faubourgs font place à des perspectives agréables, agrémentées de jardins, eux aussi nouveaux. Bien que symbolisant la haute noblesse, le quartier va faire le bonheur du commerce et de la petite industrie, lesquels avaient, eux aussi, un urgent besoin d'essor. Leurs activités sont protégées par une barrière douanière instituée en 1703 ; on y perçoit une taxe sur toutes les denrées alimentaires qui franchissent l'octroi et cela pendant un bon siècle.

Le prince Eugène, encore jeune maréchal, achète un terrain en 1693 et charge l'architecte Johann-Lukas von Hildebrandt de ce chantier monumental. Le Belvédère intérieur est achevé en 1716, le supérieur en 1723 et Eugène de Savoie y donne des fêtes légendaires, notamment des bals masqués d'une magnificence vénitienne. On s'y bouscule pour admirer une très belle vue sur Vienne et sa forêt. Statues et jeux d'eau sont un agrément *« à la française »* ; ils ont hélas souffert des conflits ultérieurs. À son époque, le duo des Belvédères vaut au prince une comparaison avec Apollon et Hercule, rien de moins ! C'est dans la partie basse qu'il installe ses collections, dignes de leur écrin aux toits verts.

En 1736, à la mort d'Eugène de Savoie qui avait continué à se battre jusqu'à un âge avancé (71 ans !), l'empereur Charles VI achète l'ensemble. Sous le règne de sa fille Marie-Thérèse, la galerie devient un musée consacré à la peinture et on peut y déceler la première reconnaissance d'un art national autrichien. Sa muséographie est très moderne et didactique ; on apprend en admirant. Dès 1781, ces trésors sont accessibles au public sans distinction de condition certains jours de la semaine ; au plafond du premier étage de la partie supérieure, vous serez accueillis par une fresque italienne représentant l'apothéose du prince qui a doté

Vienne de joyaux. En 1783, il faut signaler une innovation remarquable, la publication des œuvres d'art composant la collection, afin de guider les visiteurs ; cette attention pédagogique impressionnera l'impératrice Catherine II de Russie qui copiera cette idée. Plus tard, la direction du musée sera confiée à de nombreux peintres successifs afin qu'ils puissent restaurer les toiles sur place, si nécessaire. Aujourd'hui, le panorama artistique présenté dans les deux bâtiments est très complet. Il va de l'époque médiévale dans l'Orangerie aux fastes du baroque (Belvédère inférieur) à l'art du XIXe siècle (Belvédère supérieur). Au deuxième étage, on reste ébloui par le graphisme révolutionnaire de Gustav Klimt, artiste majeur du mouvement de la Sécession, qui idéalise le visage et les mains des femmes sans jamais représenter leurs pieds. Un chef-d'œuvre s'impose, dans une débauche rectangulaire dorée et argentée : *Le Baiser*. Cette huile date de 1907-1908. Klimt est un adorateur du corps féminin. Il a son type, une jeune femme entre 20 et 25 ans, parfois plus jeune. Elle a les cheveux longs, de grands yeux, la bouche mince et son visage est souvent dissimulé par un coussin ou la chevelure. En quelques lignes, le buste est galbé, presque maigre, les yeux mi-clos et les lèvres serrées par un spasme. Klimt met en scène le plaisir ; la hanche est saillante, le sexe offert, les jambes écartées ou partiellement repliées, les doigts fouilleurs. Aucun décor, à peine un pli de draps. Certains dessins de Klimt, longtemps cachés, des études de nus exécutées au crayon et à la craie banche en 1904 et qui n'avaient jamais été exposés avant 2005, se situent entre l'exhibition et la stylisation. À ne pas manquer, entre autres, le *Nu couché avec main gauche sur le visage* (1912-1913). Egon Schiele, qui a rencontré Klimt à Vienne en 1907 pendant ses études à l'Académie des beaux-arts, restitue un érotisme plus brutal, souvent morbide ; il unit l'amour et la mort. Les visages cadavériques, les parties sexuelles, les postures des amants soudés, sont beaucoup plus provocants que chez Klimt. Ses audaces lui vaudront d'ailleurs trois semaines de prison, de mars à avril 1912, une sanction qui l'affecta profondément mais contribua à le faire connaître. La censure impériale estimait avoir été patiente et tolérante. N'oubliez pas que la ville où s'expriment de tels artistes, scandaleux selon les principes moraux et religieux des années 1900, est celle de François-Joseph dont la largeur d'esprit a été souvent occultée, voire niée... Enfin, Oskar Kokoschka est un coloriste vigoureux mais d'humeur sombre, célèbre pour ses portraits dits psychologiques. Avant la catastrophe de 1914-1918, il résume son inspiration : *« Les gens vivaient en sécurité mais ils avaient tous peur. Je le percevais à travers leur manière de vivre affinée qui se rattachait à l'époque baroque ; j'ai fait le portrait de ces gens dans leur anxiété et dans leur souffrance. »* Aujourd'hui, l'atelier Augarten est mis à la disposition de l'art contemporain. Dans le Jardin des Suisses, qui devrait être inauguré en 2006, on découvrira un musée réaménagé du XXe siècle. Les Belvédères sont ainsi un fabuleux résumé de sept siècles d'histoire picturale en Autriche en même temps qu'un reflet des convulsions de son passé.

L'Histoire récente, avec un grand H, est également présente d'une manière émouvante mais beaucoup de visiteurs n'y prêtent qu'une attention distraite. C'est regrettable. Montez au premier étage du Belvédère supérieur. Un grand salon ovale de marbre rouge. Des photos en noir et blanc. Que s'est-il passé sous l'allégorie triomphante du prince Eugène au plafond ? Ici, le 15 mai 1955, après de longues tractations, a été signé le traité d'État autrichien restituant à ce pays sa personnalité juridique internationale et son indépendance. Acceptant de devenir définitivement neutre après deux guerres mondiales calamiteuses, l'Autriche devient une autre Suisse. En réalité, cette décision de ne plus jamais s'engager dans un conflit ne sera adoptée que le 26 octobre suivant.

Les quatre puissances alliées, qui occupaient Vienne depuis dix ans, acceptent de se retirer. Les ministres des Affaires étrangères sont enfin d'accord. Le traité est signé sur une immense table style baroque, en bois blanc à filets dorés. Au centre, le ministre autrichien des Affaires étrangères Léopold Figl ; à sa gauche, Harold Macmillan représente le Royaume-Uni, M. Molotov l'URSS. Au coin de la table, à gauche en regardant les immenses fenêtres, le secrétaire d'État John Foster Dulles représente les États-Unis. À droite, se trouve le membre français de cette délégation. Posez donc la question à des Français visitant Vienne aujourd'hui avant qu'ils ne s'approchent des photographies : quel est l'homme politique envoyé par Paris et qui a signé au nom de la France ? Il est très connu mais inattendu dans cette fonction. Vous ne voyez pas ? Allons, le petit homme simple au chapeau, l'argentier qui a redressé les finances de la République, le sage maire de Saint-Chamond (Loire)... Bien sûr, c'est Antoine Pinay ! Avouez que c'est une petite colle pour les Français ! Le piège est le suivant : au contraire de ses homologues présents à Vienne, M. Pinay n'est pas ministre des Affaires étrangères en mai 1955 mais on l'a sollicité, en février, après la chute du cabinet de Pierre Mendès-France, pour occuper la présidence du Conseil. Il est venu à Vienne avec une délégation spéciale du gouvernement pour cette négociation capitale, ce qui montre bien l'instabilité politique de cette époque en France. Autour de la table, une cinquantaine d'hommes debout attendent la fin des paraphes et signatures. Entourant le chancelier autrichien Julius Raab, tout son gouvernement. Dès la signature du traité, le ministre autrichien, Léopold Figl, est apparu au balcon du Belvédère. Il brandit le traité et le présente au peuple autrichien, applaudi par une foule anxieuse qui attendait depuis des heures l'annonce de la véritable libération de Vienne. Les jardins sont noirs de monde. À travers les fenêtres, on aperçoit la flèche de Saint-Étienne. Le bourdon de la cathédrale, la *Pummerin*, sonne joyeusement. Un tableau commémore cette fin définitive des hostilités en Autriche ; c'est une copie de l'original qui se trouve dans les appartements du président de la République, à la Hofburg. Eugène de Savoie, qui avait songé à entrer dans les ordres avant de choisir les armes, a écrit des pages glorieuses de son pays d'adoption. En 1955, l'Histoire s'est encore faite sous son regard visionnaire.

Entre la Hofburg et l'Opéra, vous ne pouvez manquer l'Albertina, d'autant moins que l'entrée de ce bâtiment en épi a été récemment gratifiée d'un auvent disgracieux, sans doute pour abriter la file des visiteurs en cas de mauvais temps. Prenez l'escalier et entrez : la véritable beauté de l'Albertina est à l'intérieur. Ce musée abrite l'une des trois plus remarquables collections de dessins et de gravures que l'on puisse voir au monde.

Et à l'origine, il y a une belle histoire d'amour...

Au début de 1760, Vienne, transformée par l'impératrice Marie-Thérèse, voit sa population passer de 88 000 à 175 000 habitants. C'est l'année où, venant de Dresde, arrive le deuxième prince mécène qui a enrichi la ville d'œuvres majeures. Il a 21 ans, vient d'entrer dans l'armée impériale et se présente à la Cour. C'est Albert de Saxe-Teschen, fils de l'électeur Frédéric Auguste II de Saxe et de l'archiduchesse autrichienne Marie-Josèphe. Immédiatement, il est fasciné par le charme et le rayonnement de l'archiduchesse Marie-Christine, fille préférée de Marie-Thérèse et âgée de 17 ans. Lorsqu'il écrira ses mémoires, Albert évoquera l'instant où son cœur s'est mis à battre très fort en voyant la jeune fille, lors d'un concert dans les appartements privés de sa mère Marie-Thérèse, à Schönbrunn : *« ... Elle joignait à la taille la mieux faite possible tous les agréments imaginables de la figure et une physionomie éveillée et spirituelle tout à fait particulière. Il n'en fallait pas davantage pour que je ne fusse épris dès ce premier moment. »*

C'est charmant mais un peu prématuré pour songer à en faire son épouse. En effet, *a priori*, l'amoureux a peu de chances de prétendre à une union avec une fille de l'impératrice. N'étant que le quatrième fils du duc électeur de Saxe, sa perspective est – il le reconnaît lui-même – *« ... un petit apanage, sans emploi et sans considération dans le monde »*. On sait que Marie-Thérèse est particulièrement attentive à bien marier ses filles, soucieuse de poursuivre l'ascension de l'Autriche au rang de puissance politique majeure. Cependant, elle juge bien les qualités du visiteur et donne son assentiment pour qu'il devienne son gendre dont le père est tout de même également roi de Pologne[1]. Il est à noter que Marie-Christine sera la seule des archiduchesses ayant le droit de choisir son époux selon son cœur au lieu de subir la pesante et

1. Jusqu'en 1791.

inhumaine raison d'État. Pour une fois, l'amour, dans ce XVIIIe siècle de combinaisons matrimoniales et diplomatiques en tous genres, l'amour prend le pas sur les calculs politiques. Le 8 avril 1766 – on a attendu six ans, ce qui est peu pour l'époque ! –, les noces sont célébrées près de Vienne, à Schlosshof. La dot constituée par Marie-Thérèse pour sa fille change l'avenir du prince Albert de Saxe-Teschen. D'une part, ses revenus seront confortables ; d'autre part, le gendre de l'impératrice aura une influence réelle par ses fonctions. Déjà, depuis 1765, il est gouverneur de Hongrie ; à partir de 1780, il gouvernera les Pays-Bas autrichiens. Mais ce qui nous intéresse est sa passion de collectionneur, dans la tradition de ses ancêtres qui ont accumulé des trésors inestimables à Dresde, appelée, grâce à leurs esprits éclairés, la Florence de l'Elbe. Un exemple de ce goût très sûr ? La célèbre et admirable aquarelle d'Albert Dürer *Le Lièvre* (1502), aujourd'hui emblème des richesses de l'Albertina. Le prince ne se contente pas d'apprécier particulièrement les estampes et les dessins ; il dessine lui-même et c'est un goût qu'il partage avec sa femme. Au décès de son père, devenu le duc Albert, il rassemble systématiquement et à grande échelle des chefs-d'œuvre entre 1769 et 1779. Selon l'esprit des Lumières, sa passion suit des critères historiques et chronologiques ; les thèmes sont regroupés aussi selon les époques où ils ont été traités. On y retrouve la volonté didactique manifestée par Eugène de Savoie.

En 1773, au hasard d'un entretien diplomatique qui se tient à Presbourg avec le comte Durazzo, ambassadeur d'Autriche auprès de Venise, le duc parle de quelques-unes de ses acquisitions récentes. Durazzo n'est pas que diplomate ; il est un amateur d'art génois dont on vante la sûreté du goût. Il raconte que « ... *Le Prince, qui avait un esprit éclairé, remarqua combien les gravures anciennes pourraient servir à allier le plaisir de l'œil à l'élargissement des connaissances : et c'est de cette considération que naquit le projet de créer une collection servant des buts plus élevés que les autres et qui se distinguerait donc fondamentalement de toutes.* » Albert de Saxe-Teschen entend donc dépasser le simple divertissement pour diffuser le savoir en histoire de l'Art mais aussi en histoire. Une démarche qui peut nous paraître cohérente mais encore rare à l'époque.

Après cette entrevue, le comte Durazzo est chargé de rassembler les premières pièces. En deux ans, c'est-à-dire à la veille de 1776, il remet au duc un millier d'œuvres diverses. En 1784, séduit par l'ambition et la précision du projet, il offre au duc et à la duchesse un premier fonds de 30 000 estampes à partir du XVe siècle. Ainsi est constituée la base des collections du musée de l'Albertina. Concentré sur le domaine du dessin, le gouverneur qui réside à Bruxelles est au contact d'une métropole active. Revenu à Vienne en 1794, il achète 1 700 dessins dont des œuvres majeures de Léonard de Vinci, Michel-Ange et Raphaël. Elles proviennent des merveilles accumulées par le prince Charles-Antoine de Ligne. Presque parallèlement, le Saxon acquiert 300 dessins, essentiellement des Hollandais avec des Rembrandt mais aussi des Rubens, qui avaient appartenu à un banquier et conseiller municipal de Leipzig, Gottfried Winckler. En 1796, le duc Albert parvient à obtenir les précieux dessins de la Bibliothèque de la Cour impériale en échange d'estampes, qu'il juge secondaires. De nombreuses œuvres proviennent des collections françaises, dispersées depuis la Révolution. Il en a aussi fait acheter discrètement à Paris, alors un haut lieu du marché des dessins.

Après la mort de Marie-Thérèse, la situation politique des Pays-Bas autrichiens ne cesse d'être agitée, en réaction aux réformes de l'empereur Joseph II depuis 1780 et comme un écho à la révolution française. En novembre 1789, Albert et sa femme sont contraints de quitter Bruxelles où ils ne reviendront qu'un an, en 1791. La passion des collectionneurs est évidemment contrariée par les événements. L'art va devoir attendre. La France ayant déclaré la guerre aux États des Habsbourg-Lorraine, après les canonnades en trompe l'œil et les tractations secrètes de Valmy, la Convention décide de passer à l'offensive. Pendant l'automne 1792, le plan du général Dumouriez est de conduire les hostilités en Belgique, terres d'une Autriche que l'on pourra isoler. De plus, en multipliant les points d'attaque, les Français espèrent provoquer un soulèvement contre la tutelle viennoise. Nommé commandant en chef de l'armée impériale, le duc de Saxe-Teschen s'attend à être renforcé par les troupes autrichiennes du général Clerfayt. Et il ne croit pas à une offensive en cette période de l'année ; il prend donc ses quartiers d'hiver. Grave erreur : Dumouriez, à la tête de 40 000 hommes, marche en direction de Bruxelles via Mons et le Hainaut. Le gendre de Marie-Thérèse est en position de faiblesse car il ne peut aligner que 13 000 hommes et 50 pièces d'artillerie contre le double chez les Français. Meilleur esthète que stratège, le duc n'aurait pas dû accepter ce combat et encore moins disséminer ses effectifs. Le 6 novembre, Jemmapes tombe aux mains des Français qui le lendemain entrent dans Mons portes ouvertes. Cette première victoire des armées républicaines françaises – où la bravoure n'a manqué d'aucun côté – est suivie d'une catastrophe artistique. Marie-Christine et son mari ont fait charger leurs trésors personnels sur trois bateaux qui, depuis Rotterdam, devaient gagner Hambourg. L'un des vaisseaux fait naufrage, des pièces inestimables sont englouties... Cette perte accable davantage le duc que sa défaite. Il tente, pourtant, une nouvelle bataille contre les généraux de Bonaparte mais un nouvel échec l'incite à renoncer définitivement à ses devoirs militaires.

1795. Le duc et la duchesse ont regagné Vienne où l'empereur François a mis à leur disposition le palais Tarouca devenu l'actuel musée Albertina. Les épreuves n'ont entamé ni la solidité du couple ni sa volonté d'accroître leurs collections, comme si cette mission était la seule importante dans cette période tourmentée. En 1798, ce mari très amoureux a la douleur de perdre Marie-Christine. Effondré, il dresse son bilan conjugal : « *C'est ainsi qu'après trente-deux ans de l'union la plus heureuse, je perdis dans l'épouse la plus parfaite qu'il y eut jamais, tout ce que j'avais de plus cher au monde et l'objet aimé qui faisait tout mon bonheur. Ce bonheur n'avait jamais été troublé, pendant ce long espace de temps par la moindre discussion même légère entre nous.* » Veuf inconsolable, le duc demande au célèbre sculpteur Antonio Canova d'ériger le tombeau de la disparue, ce qui sera fait en 1805, dans l'église des Augustins voisine de son palais. Il vivra encore, pour l'Art, vingt-quatre ans. À sa mort, en 1822 – il avait

83 ans –, il laisse à son neveu et fils adoptif Carl près de 14 000 dessins et 200 000 estampes. Ses dispositions testamentaires, précises et intransigeantes, préservent sa collection de toute dispersion ou vente. Par bonheur, en respectant ses volontés, ses héritiers et successeurs augmenteront l'ensemble d'apports si remarquables que c'est un ensemble d'œuvres graphiques d'une exceptionnelle qualité et d'une quantité impressionnante. Aujourd'hui, l'Albertina fonctionne selon un statut indépendant. Le musée ayant adopté le prénom de son fondateur n'est rattaché ni aux autres musées viennois ni à une bibliothèque. En 2005, il comprend 44 000 dessins, 900 000 estampes et 350 carnets d'esquisses allant du gothique tardif à l'époque contemporaine. Voilà donc pourquoi l'Albertina mérite une visite. C'est, au cœur de Vienne, l'écrin qui abrite le roman vrai d'une passion amoureuse au service de la beauté.

Ne croyez pas Vienne figée dans son passé. Ce n'est pas un musée mais une capitale des musées. L'Art y est vivant, sous toutes ses formes. Et son actualité pour ainsi dire permanente. Je ne parle évidemment pas des expositions mais d'une véritable résurrection. Ainsi, le 28 mars 2004, la foule des grands jours se hâte vers un rendez-vous dont l'Europe entière a rendu compte, la réouverture du musée Liechtenstein. L'événement s'est déroulé au Gartenpalast et il n'est plus question d'un séjour à Vienne sans se rendre dans cette demeure, somptueux édifice baroque, qui par ses chefs-d'œuvre, s'ajoute définitivement à la cinquantaine de musées de tous ordres qui vous attendent.

Bien sûr, vous connaissez la principauté de Liechtenstein, ce petit État enclavé entre la Suisse et l'Autriche, plus précisément entre le Land du Vorarlberg et le canton de Saint-Gall. On admire sa stabilité politique – elle fait rêver –, sa paradisiaque prospérité financière appuyée sur un régime fiscal favorable – celle-là fait carrément fantasmer – et la sagesse de sa discrète mais charmante famille princière qui règne en sa capitale de Vaduz.

Historiquement, la dynastie des Liechtenstein est, à l'origine, autrichienne. Cette noble famille est mentionnée pour la première fois en 1143 Les seigneuries qu'elle acquiert sont érigées en principauté indépendante par l'empereur Charles VI, le père de Marie-Thérèse, en 1719. Et le titre de princes leur est accordé l'année suivante. C'est Johann Adam Andreas Ier (1657-1712), prince régnant, qui pose la première pierre du Gartenpalast de Vienne, suivant l'exemple de son père Charles Eusebius, auteur d'un traité sur l'architecture et initiateur de grands travaux. Il ne donne qu'un seul conseil à son fils : s'abstenir de toute activité politique ou militaire ostensible. Le conseil est heureusement suivi par Johann Adam ; il fait de longs et fructueux voyages en Allemagne, en Hollande, en Angleterre, en France et en Italie. Ce dernier pays, alors non unifié, lui paraît le modèle à suivre dans le domaine de l'Art. Sa passion de bâtisseur a essaimé divers châteaux en Bohême et en Moravie. À Vienne, il a donné deux palais, un pour l'hiver situé dans la Bankgasse, aujourd'hui consacré à l'art moderne et un pour l'été, celui qui nous intéresse. On ne doit pas les confondre même s'ils sont, en définitive, l'œuvre du même architecte Domenico Martinelli, qui avait fait ses premières armes à Rome. Il a réussi l'exploit de construire les deux palais presque en même temps, le premier entre 1691 et 1704, le second de 1694 à 1706.

Au début, c'est un autre artiste qui est choisi, l'illustre Johann-Bernhard Fischer von Erlach dont le style a marqué la Vienne de Charles VI et de Marie-Thérèse. On ignore toujours pourquoi ses projets ne sont pas retenus. Le candidat suivant, Rossi, formé à Bologne, a su moderniser une résidence Renaissance en château baroque, au sud de Prague. Il convient au prince. Les travaux viennois commencent sur deux étages autour d'une vaste salle centrale. Il conçoit, pour l'étage noble, deux larges cages d'escaliers symétriques, ce qui ne s'était jamais vu dans aucun palais baroque à Vienne. Enfin – pour une raison également inconnue –, c'est à un troisième artiste qu'est confié l'achèvement du palais. Domenico Martinelli (1650-1718) avait enseigné à la très réputée *Accademia San Lucca* de Rome, pépinière de talents. Il apporte donc à l'ensemble l'allure d'un palais romain. Son commanditaire et maître d'ouvrage, perfectionniste, jugeant le résultat trop sobre voire austère, demande au sculpteur Giovanni Giuliani de rajouter du stuc sur les chapiteaux et les fenêtres. Nous sommes en 1706.

L'intérieur est le domaine réservé du prince. S'ensuivent d'interminables discussions entre deux hommes ; le souverain apprécie les thèmes érotiques, le peintre Franceschini préfère des fresques à l'antique. Que de discussions pour un centimètre de peau nue ! Mais le plus délicat reste la décoration des plafonds. Levez les yeux quand vous êtes dans la salle d'Hercule. Le travail accompli est digne de ses travaux. Andrea Pozzo en est l'auteur. Privilégiant des couleurs employées par Michel-Ange pour la chapelle Sixtine, il a œuvré quatre ans. Croulant sous l'effort, il s'est fait aider du stucateur Bussi. Les dieux de l'Olympe sont entourés d'allusions à la chasse avec des trophées, des souvenirs impériaux et... des prisonniers turcs ! Encore ! Il faut rappeler qu'un prince de Liechtenstein, Joseph Wenzel, feld-maréchal autrichien, s'était battu contre l'Empire ottoman avec autant d'énergie et de succès que contre... les Français et les Espagnols à la bataille de Plaisance (Italie) en 1746. Son successeur, Johann Ier, vaincu par Napoléon, signa les paix de Presbourg et de Schönbrunn en 1805, après Austerlitz. La paix, enfin ! Il en profita pour réaliser de nombreux aménagements et des transferts d'œuvres. Cela dura quatre ans mais en 1810, les trésors de ce qu'on appelait alors la Galerie Liechtenstein étaient présentés, pour la première fois, à un large public. L'accrochage d'un immense Rubens, le *Cycle de Decius Mus*, dans la Grande Galerie, obligea à prolonger un mur tout en laissant l'ouverture d'une porte...

La curiosité se transforma en triomphe. Les œuvres étaient devenues une attraction viennoise obligatoire. Et au début du XXe siècle, on parlait de ce palais et de son contenu comme de la plus riche collection privée de tableaux au monde.

Lorsque survient l'*Anschluss* en mars 1938, la famille princière quitte Vienne et fixe sa résidence, pour la première fois, à Vaduz. La principauté aligne sa neutralité sur celle de la Suisse à laquelle la lient de nombreux accords, y compris la représentation diplomatique. Le palais est fermé et les archives familiales sont partiellement transférées aux environs de Vienne. Jusqu'en 1945, on ne craint pas pour le bâtiment ni les œuvres restées à l'intérieur mais les bombardements alliés d'avril contraignent les responsables à évacuer le contenu d'abord vers l'Allemagne du sud puis à Vaduz. Après la guerre, la dynastie perd quatre-vingts pour cent de ses biens, terres et usines, en particulier en Moravie. Face à la situation précaire des années 1950, le prince Franz Josef, régnant depuis 1938, doit céder quelques œuvres de très haute valeur car ce sont les seuls actifs qui lui restent. C'est ainsi que le *Portrait de Ginevra Venci* est aujourd'hui le seul de Léonard de Vinci conservé aux États-Unis. À noter : les archives princières, tombées dans la zone d'occupation soviétique après 1945, n'ont été restituées à leurs propriétaires que récemment et après des tractations rocambolesques... Puis, Franz Josef et son fils Hans Adam II ont pu réorganiser leur empire économique et pratiquer des rachats et des rapatriements. La collection actuelle bénéficie de l'originalité d'une politique stratégique d'acquisitions, en particulier pour les sculptures. Il a donc fallu soixante années pour que renaisse, fastueusement, la réputation du palais-musée Liechtenstein. Même s'il n'expose, en dépôt, qu'une infime partie des collections princières, on ne peut que saluer l'entêtement et la réussite de ces mécènes qui ont refusé que leur rayonnement artistique viennois ait été définitivement brisé par Hitler. Vienne est sans doute la seule grande ville ayant souffert de guerres, d'invasions, d'annexion et d'occupation qui soit parvenue, avec le temps, à faire mentir l'atroce fatalité.

III

MARIE-THÉRÈSE OU LE COURONNEMENT DE VIENNE

« *Quoique aimant ma famille et mes enfants, je n'aurais pas hésité à être avant tout la mère de mes États et à leur donner la préférence si cela avait été nécessaire.* » La souveraine qui résume ainsi sa philosophie dans son *Testament politique* rédigé avant 1780 est l'un des personnages majeurs de l'histoire mondiale. Si, comme l'écrit le professeur Jean-Paul Bled, « *Marie-Thérèse siège en bonne place au Panthéon de l'Europe monarchique* », si Napoléon s'est découvert devant son extraordinaire tombeau dans la crypte des Capucins, ce n'est pas seulement parce que cette archiduchesse d'Autriche, reine de Hongrie et de Bohême, a marqué l'Europe centrale. Elle a également laissé une empreinte définitive à Vienne. La postérité lui a élevé un monument, achevé en 1888, donc sous François-Joseph. Il a fallu douze ans, au milieu du vaste chantier qu'étaient les nouveaux travaux viennois, pour que la mère de Marie-Antoinette trône de nouveau dans cette ville qu'elle a transformée.

La place Marie-Thérèse se situe entre le musée des Beaux-Arts et celui des Sciences naturelles, lorsque vous vous rendez de l'Opéra au Parlement. Au centre, des groupes de statues glorifient cette femme, mère politique de peuples très divers et mère comblée de seize enfants. D'ailleurs, le sculpteur, Kaspar von Zumbusch, né la même année que François-Joseph et mort un an avant lui, était allemand. L'ambition de Marie-Thérèse avait aboli bien des frontières sociologiques, à défaut de remporter des victoires au cours de trois guerres contre son ennemi, Frédéric II de Prusse. En revanche, elle s'est imposée par une volonté, une énergie et un esprit visionnaire dont Vienne deviendra le symbole. L'ensemble de ce monument mesure environ vingt mètres. Trois catégories d'hommes sont, au sens propre, à ses pieds. On compte quatre généraux, quatre chanceliers dont deux remarquables, Kaunitz et un Liechtenstein et enfin seize célébrités incarnant divers talents dont Mozart et Haydn. Pas une seule femme. Il est vrai qu'en dehors de la Grande Catherine de Russie, Marie-Thérèse eut peu de rivales à sa dimension !

Après la déroute ottomane devant Vienne, l'aspect de la ville avait rapidement changé. L'esthétique médiévale s'était fondue dans le foisonnement du baroque, tant en architecture, qu'en peinture et en sculpture. Il servira d'écrin au développement du théâtre et de la musique. Sous le règne de l'empereur Charles VI, le maître de la nouvelle beauté est Johann-Bernhard Fischer von Erlach, né en 1656. Après un séjour en Italie où il a parfaitement retenu l'exemple du Bernin rayonnant à partir de Rome puis une étude approfondie mais seulement sur documents des réalisations françaises, il a élevé l'église de la Trinité à Salzbourg, achevée quand il avait 33 ans. On peut y voir la naissance d'un style national autrichien. Vienne l'adopte. Son génie se reconnaît aussi bien dans l'église Saint-Charles-Borromée que dans la Bibliothèque impériale, aujourd'hui nationale, celle-ci donnant sur la Josefsplatz, certainement l'ensemble architectural le plus harmonieux du centre-ville. Sous une immense coupole ovale qui surmonte un toit mansardé, sont conservés, en plus des millions de volumes, environ 8 000 incunables et plus de 35 000 manuscrits[1]. Dans

1. En particulier celui du *Requiem* de Mozart. Il fut exceptionnellement montré dans l'émission télévisée « Des Racines et des Ailes » de Patrick de Carolis, consacrée à Vienne et dont j'étais l'un des invités, diffusée depuis la salle d'apparat de la Bibliothèque sur FR3, le 10 décembre 2003. À l'époque de Mozart, le directeur, mélomane, y organisait des concerts et le composi-

l'ensemble imposant que constitue la Hofburg, il est regrettable que la majorité des visiteurs ignorent l'admirable bibliothèque, un monument dans tous les sens du terme.

La plupart des gigantesques travaux de Johann-Bernhard sont achevés par son fils Joseph Emmanuel Fischer von Erlach, décédé en 1742. Il y a donc, en somme, une signature familiale qui est identifiable à la Hofburg du XVIIIe siècle, en particulier dans ce qu'on nomme l'Aile de la Chancellerie – siège du gouvernement impérial jusqu'en 1806 – et le célèbre Manège d'hiver où se produit la légendaire École espagnole d'équitation. À ne pas manquer, bien sûr, à condition d'avoir réservé vos places et de ne pas confondre une représentation avec une répétition. C'est l'un des passionnants rendez-vous de l'histoire et pas uniquement pour y admirer les majestueux lippizans[1], ces chevaux blancs nés d'un croisement d'arabes et d'andalous, d'où la dénomination « espagnole ». L'École est largement antérieure au manège : c'est Maximilien II, un Habsbourg protestant – une rareté ! – et gendre de Charles Quint qui l'avait fondée en 1572.

La construction du Manège d'hiver a duré seize années, de 1719 à 1735 soit la plus grande partie du règne de Charles VI. Le souverain est d'ailleurs représenté à cheval sur un tableau qui orne la loge impériale du Manège. Le père de Marie-Thérèse a été peint par Georg von Hamilton, son cheval, blanc naturelle-

---

teur y a même chanté. En 1991, une exposition y fut consacrée au *Requiem*. Ce programme, rediffusé à l'été 2004 puis à l'été 2005, a été édité en DVD.

1. Le terme de lippizan, utilisé surtout à partir du XIXe siècle, vient du haras d'origine à Lippiza, en Carniole, près de Trieste qui, au XVIe siècle, fait partie des terres de la maison d'Autriche. Après 1918, Lippiza se trouvant dans une région cédée à l'Italie puis, en 1947, à la Yougoslavie, les étalons et la jumenterie furent partagés entre ces pays. Après 1920, l'Autriche fonda un nouveau haras de lippizans dans le sud du pays, à Peeburg (Piber) en Styrie. Entre 1942 et 1952, les chevaux, dont l'élevage avait été subordonné à la Wehrmacht, furent transférés à Hostau, en Haute-Autriche, avant de regagner la Styrie. Après l'éclatement de la Yougoslavie communiste en 1991, Lippiza, devenue Lippica, se trouve aujourd'hui en Slovénie. On y élève toujours des chevaux magnifiques, au pelage blanc.

ment, par Johann Gottfried Auerbach. L'air sévère, portant une cuirasse aux articulations incrustées d'or, arborant le grand cordon de la Toison d'Or, Charles VI est le dernier empereur allemand incarnant l'Empire en tant qu'organisation politique en Europe centrale capable de contenir les ambitions absolutistes de princes frondeurs. En trente et un ans de règne, il fait évoluer, parfois contre ses principes, le vieux rêve de Charles Quint vers un État réellement autrichien. Les couleurs de son cheval, blanc, et sa selle, rouge, sont celles de l'Autriche éternelle, ducale, impériale et républicaine. La guerre de Succession d'Espagne, qui s'était achevée en 1713 par la paix d'Utrecht dont il n'était pas signataire, avait préoccupé le souverain d'une manière qui, pour une fois, ne concernait pas l'adversaire ottoman. En 1704, Vienne, craignant une invasion de révoltés hongrois, avait élevé des remparts dans les nouveaux faubourgs. Cette ligne de défense reçut le nom de *Linienwall*. Monarque en 1711, Charles VI s'était concilié l'apaisement des Hongrois, appelés les *Mécontents*. N'ayant plus de fils (celui-ci, Léopold, avait succombé en 1716), tous les espoirs de Charles VI se reportent sur sa fille, Marie-Thérèse, née à Vienne le 13 mai 1717. Son arrivée au pouvoir est le résultat des efforts multiples de son père pour qu'elle accède à la succession comme si elle était un mâle en la faisant reconnaître comme héritière légitime. Jamais l'Empire n'avait été dirigé par une femme. Il le sera sans que cette dernière ceigne la couronne impériale. On désigne toujours Marie-Thérèse sous le titre d'impératrice, ce qui est une erreur. Elle ne sera, si j'ose dire, qu'archiduchesse d'Autriche, reine de Hongrie et de Bohême, termes qui devaient garantir l'indivisibilité des territoires soumis à la maison de Habsbourg. Le 12 février 1736, elle épouse Étienne François, duc de Lorraine. C'est un mariage d'amour et de raison avec un prince intègre, guerrier malchanceux et administrateur sans génie mais honorable. Cette union fait d'elle la dernière des Habsbourg et la première des Habsbourg-Lorraine, nouveau patronyme de la dynastie. Louis XV n'a consenti à ce mariage qu'à la condition que le gendre de l'empereur renonce à son duché héréditaire de Lorraine ; il serait promis, en viager, au beau-père du roi de

France, le souverain détrôné de Pologne. En contrepartie de ce sacrifice territorial, l'époux de Marie-Thérèse se verrait attribuer le grand-duché de Toscane puisque la lignée des Médicis est éteinte.

À la mort de son père le 20 octobre 1740, Marie-Thérèse, 23 ans, fait face à un véritable parjure des puissances européennes qui avaient reconnu son statut du vivant de l'empereur. La France de Louis XV, ennemie traditionnelle de la maison d'Autriche, noue une coalition comprenant les électeurs de Bavière et de Saxe ainsi que les rois d'Espagne et de Sardaigne. Toutefois, l'adversaire le plus acharné de Marie-Thérèse demeure la Prusse du militariste Frédéric II.

Face à diverses campagnes malheureuses et à des cessions forcées de territoires, la souveraine décide de poursuivre les embellissements de Vienne qu'elle ne juge pas assez imposante. Et l'achèvement du Manège d'hiver lui sert d'écrin pour étaler des fastes bienfaiteurs. Il faut songer à ce 2 janvier 1743. Marie-Thérèse, 25 ans, fête le départ des Français et des Prussiens de Prague à l'issue de la première guerre de Silésie (sud de la Pologne). Un carrousel est organisé. Une foule choisie est rassemblée entre les hautes colonnes blanches. Marie-Thérèse mène le quadrille. Cette parade équestre, dont la tradition originaire d'Italie remonte au début du XVIIe siècle, divise des groupes de cavaliers selon des évolutions codées et imposées. Le manège, long de 55 mètres et large de 17, est plein ; dans des vastes écuries, qui peuvent abriter six cents chevaux, l'écuyer en chef a choisi de superbes étalons. Huit carrosses décorés, à deux chevaux, sont conduits par des hommes. Sous le regard de sa mère, l'impératrice douairière Élisabeth Christine, Marie-Thérèse, l'allure très masculine, monte un lippizan né avec une robe foncée jusqu'à l'âge de 6 ans. Un magnifique tableau de ce *Carrousel des Dames*, peint vingt-deux ans plus tard par Martin von Meytens, est toujours exposé dans un salon de Schönbrunn.

Pour une femme dont les hommes couronnés contestent l'autorité, la Haute-École est une façon d'exister. Et un usage élégant est adopté – il l'est toujours – qui veut que les cavaliers se découvrent, à chacune de leurs entrées, devant le portrait de Charles VI. On verra ce geste amplifié lorsque Marie-Thérèse, ayant pris place dans la loge impériale en forme de temple, recevra ce salut puisqu'elle occupe la place du souverain et se découvrira elle-même de manière à manifester sa satisfaction aux maîtres de l'art équestre. À la fin des exercices, les élèves saluent leur écuyer avant de quitter le manège. La tradition tient bon. Seul le tricorne du XVIIIe siècle a été remplacé par un bicorne. Longtemps, jusque dans les années 1960-1970, il était rappelé aux visiteurs de soulever leur chapeau, casquette ou bonnet par courtoisie ; les touristes d'aujourd'hui oublient fâcheusement cette politesse ou s'en étonnent.

En 1744, Marie-Thérèse fait ouvrir une Pharmacie impériale dans la partie nord des écuries. Les travaux sont supervisés par son médecin personnel. Un personnage étonnant, ce Gérard van Swieten : il indique à François de Lorraine, le mari, ce qu'il faut faire pour avoir des enfants. Visiblement, sa recette est excellente puisqu'ils en auront... seize ! Pour empêcher Marie-Thérèse de trop manger, un jour le clinicien se place à côté d'elle alors qu'elle se restaure confortablement. Au fur et à mesure qu'elle absorbe les aliments, il prend les mêmes et les mélange dans un seau d'or pour que son illustre patiente comprenne ce qui se passe dans son estomac ! Cette fois, le conseil semble moins suivi, même si l'enseignement de la médecine sera modernisé par ce physicien aux idées nouvelles ! La pharmacie a été fermée en 1995. Depuis cette date, le style baroque des pièces a été heureusement conservé ; elles abritent un intéressant musée des lippizans.

Un an après le carrousel, dans le même Manège d'hiver, la reine donne un étonnant bal masqué à l'occasion du mariage de sa sœur Marie-Anne, sa cadette d'un an. L'endroit est féerique, éclairé par cent trente immenses chandeliers et cinquante-deux miroirs ; au-delà des reflets éclaircissants, ils permettent de vérifier l'allure d'un cheval pendant une pirouette ou une cabriole. Ce soir, tous les cavaliers sont habillés de la même manière. Il y a huit mille invités. Des jeux prennent pour cibles des *« têtes de Turcs »*, médiocre vengeance contre les Ottomans après une nouvelle guerre de deux ans perdue contre eux... Ce divertissement politique, qui révèle une évidente obsession, n'empêche pas, en novembre

1741, les armées françaises, commandées par le maréchal de Belle-Isle, de s'emparer de Prague; et Charles-Albert de Bavière, qui revendiquait la couronne impériale, est élu à Francfort sous le nom de Charles VII l'année suivante. 1742 est une sombre année pour les Habsbourg: pour la première fois, l'Empire leur échappe. Ce désastre s'étend sur trois années. En 1745, l'époux de Marie-Thérèse depuis neuf ans, François-Étienne de Lorraine, devient l'empereur François Ier. Il est désormais, pour vingt ans, l'empereur en titre mais il n'y a toujours pas d'impératrice; il y a la femme de l'empereur.

Usant à la fois de son charme et de sa mâle énergie, servie par de remarquables capacités intellectuelles, celle-ci tient tête à tous ses ennemis. Élue «roi» de Hongrie en 1741, couronnée à Presbourg et ayant rallié à ses suffrages la noblesse magyare, elle se libère de la menace prussienne, obtient l'appui de l'Angleterre et repousse les Français. Elle se fait même proclamer «roi» de Bohême à Prague. Le cri poussé par la noblesse locale *«Vive notre roi Marie-Thérèse!»* est un triomphe politique considérable puis consacré par le rattachement de la Bohême à l'Autriche. Enfin, le traité d'Aix-la-Chapelle, conclu le 18 octobre 1748, la fait reconnaître impératrice allemande mais non couronnée *ès qualités*. En fait, elle n'y tient pas. Dans l'Histoire, le règne de son époux est, en réalité, le sien.

Marie-Thérèse est très représentative de son époque, le Siècle des lumières. Soucieuse de renforcer l'autorité de l'État par la centralisation et le développement d'une administration efficace, elle écarte vite son époux du pouvoir réel. Elle l'aime, elle l'accompagne à la chasse, il est un excellent mari mais un mauvais conseiller, un piètre soldat et préfère s'occuper de sciences naturelles – une passion chez les Habsbourg – plutôt que de ses sujets. L'impératrice prend totalement le pouvoir, adoptant une politique d'intolérance religieuse contre les juifs et même, parfois, les catholiques trop imbus de privilèges, qui ne sera totalement abandonnée qu'au siècle suivant, par la volonté de François-Joseph dans l'entité austro-hongroise, d'un cosmopolitisme sans équivalent. La fermeté, pour ne pas dire l'aversion de Marie-Thérèse à l'encontre de la communauté juive s'exerce essentiellement à Prague où, selon elle, ses membres ont été d'une coupable compréhension à l'égard d'ennemis successifs, en particulier les Bavarois et les Prussiens. Entre le vieux pluralisme germanique et la tendance unitaire des Autrichiens, elle privilégie le juste milieu. Tout en elle recherche l'équilibre. Favorable à l'évolution, elle rejette toute révolution. Elle n'a ni la cruauté d'une Elizabeth Ire d'Angleterre, ni la dispersion intellectuelle d'une Catherine II de Russie, encore moins l'austérité intransigeante d'Isabelle la Catholique. Dans ses défauts, on ne trouve aucun vice. Et comme le dira le duc de Broglie, admiratif, elle n'est *« jamais intimidée, jamais ébranlée, jamais découragée »*. Et cette femme qui va embellir Vienne est porteuse de la tradition chrétienne. Les processions en ville, par exemple chaque 30 octobre sur la place historique Am Hof devant la colonne dédiée à la Vierge, ou la Fête-Dieu sur le Graben devant le monument qui commémore l'éradication de la peste sont autant de signes d'une foi proclamée qui est aussi l'union de l'Église à la dynastie.

Dans le domaine de l'éducation, qui lui est cher, Marie-Thérèse n'entend pas priver les Viennois d'une formation élevée, liée à la spiritualité catholique. Elle accepte ainsi la création d'un collège des Jésuites, en 1746. Quittant la cathédrale Saint-Étienne en direction de la droite vers le canal du Danube, l'église des Jésuites dresse toujours ses deux clochers à lanternons. En face, le bâtiment qui abrite aujourd'hui l'Académie des sciences fut celui du collège édifié par un architecte venu de Lorraine. Depuis le début du XVIIe siècle, parce qu'ils avaient permis à Ferdinand II d'éliminer les protestants de Vienne, les jésuites bénéficient du monopole de l'enseignement de la philosophie et de la théologie à l'Université. Leur principale salle de cours allait devenir le plus vaste bâtiment rococo de Vienne. Il y en a seize autres dont une salle d'anatomie et un laboratoire de chimie. L'institution reçoit plus de 1 200 étudiants. Si Marie-Thérèse souscrit à la fondation du collège, c'est pour trois raisons essentielles qui approuvent de sensibles innovations. D'abord, l'enseignement est, pour l'essentiel, dispensé en allemand et rien ne vaut une langue pour unifier des peuples différents. Précisons que cet allemand est de plus en plus parlé avec des accents tchèques, hongrois, slaves méridionaux et même des intonations italiennes voire espagnoles. Une Babel danubienne. Le vocabulaire lui-même hérite d'expressions et de tournures extérieures. Les chantiers, les administrations et la vie artistique marquent le dialecte viennois de leurs apports. Cette spécificité d'une ville puis d'une région prouve que si Vienne est, linguistiquement, une capitale allemande, elle est aussi un symbole de la composante multinationale façonnant le futur empire. Depuis Marie-Thérèse, les cocasseries d'accents, l'usage de termes quotidiens inconnus à Munich ou à Francfort, permettent de localiser un Viennois aussi facilement qu'un paysan de Carinthie. On s'amusera beaucoup, au début du XXe siècle, à répéter les traits satiriques de Karl Kraus, esprit caustique dont le journal viennois *Die Fackel (Le Flambeau)* prend pour cible les artistes, les journaux et bien entendu les politiciens. Il oppose les deux rivales germaniques, Berlin et Vienne : *« [...] Dans la cohue de la Friedrichstrasse, à Berlin, je puis réfléchir plus tranquillement que dans les célèbres ruelles paisibles des faubourgs de Vienne (....). »* Un bon mot de Karl Kraus résume l'identité viennoise : *« Ce qui différencie l'Autrichien de l'Allemand, c'est la même langue »* ! C'est sous le règne de Marie-Thérèse que la pluralité d'influences forge définitivement la culture viennoise. Depuis plus de deux siècles, Vienne montre et fait entendre sa différence. Elle est devenue la Kaiserstadt, la ville de l'empereur selon l'expression de l'écrivain-voyageur Goethe. Sous ce régime, elle dominera toujours Prague, qu'elle a détrônée et Presbourg, alors capitale hongroise. Issu d'un extraordinaire brassage, un Viennois ne se trahit pas, il se reconnaît.

La deuxième raison qui incite Marie-Thérèse à soutenir le programme éducatif des Jésuites est que l'histoire de l'Antiquité y est secondaire, celle de l'Empire et de l'Europe favorisée afin que les élèves connaissent le monde dans lequel ils vivront. Enfin, les plus âgés sont instruits de langues vivantes, d'art et d'architecture ainsi que des grands principes du droit. De cette manière, Vienne formera une élite à l'aise dans divers domaines civils, militaires et commerciaux. Comme le répétait Pierre le Grand, il n'y a pas d'État sans serviteurs bien formés. L'emprise intellectuelle des jésuites sur les jeunes esprits finira par agacer l'impératrice ; après avoir apporté des réformes à leur statut en 1761, elle suivra l'avis de son chancelier jugeant que trop de jeunes gens qui pourraient être utiles aux affaires publiques s'enferment dans des couvents. Cherchant à ne pas faire des jésuites les victimes d'un ostracisme politique, temporisant pour éviter une réaction de la papauté, elle finira néanmoins par admettre l'expulsion de la Compagnie en 1773. Cette décision, dont elle n'est pas l'initiatrice, met fin à un État dans l'État. Si l'Ordre avait perdu son ancienne puissance, il restait, à Vienne, l'un des symboles de la Contre-Réforme et de son application artistique, le baroque.

Marie-Thérèse voyage peu en dehors de la Hongrie et de la Bohême. Le cœur de son action est viennois. Signe révélateur, la Chancellerie de Bohême, autre œuvre de Johann Bernhard Fischer von Erlach entre 1708 et 1714, est transférée à Vienne. La ville se dote d'un Théâtre de la Cour, ce premier Burgtheater alors situé sur la place Saint-Michel, d'une académie militaire à Wiener Neustadt (1752), d'hôpitaux aux limites de la cité pour contenir les épidémies. L'œuvre la plus significative, à la fois esthétique et politique, est l'achèvement du château de Schönbrunn dans un style qui naît en Autriche, le rococo. Inspiré du rocaille français, il apporte un extrême raffinement aux derniers feux du baroque : peintures en trompe l'œil, marbre, stucs, bois et bronzes sont employés à profusion par des artistes rarement spécialisés dans une seule technique. Les stucateurs associent les guirlandes, les cartouches, les touffes de végétaux et les coquillages. Les personnages peints se transforment ou se prolongent par une partie sculptée, ici une jambe, là un bras. L'osmose est parfaite car telle silhouette simplement peinte est soudain dotée d'un corps en relief. Marie-Thérèse s'amuse à interroger ses hôtes qui ne parviennent pas à distinguer la transition d'un procédé à l'autre. Dans les églises, la prolifération de baldaquins, de fausses tentures, de drapés, de tribunes superposées, de niches, le tout surchargé de dorures et de couleurs tendres donne plutôt l'impression d'être dans un théâtre. À l'opposé, Marie-Thérèse vit très simplement.

Le premier étage de l'aile Léopoldine de la Hofburg, édifiée trois quarts de siècle plus tôt, n'est guère confortable. Si elle en fait sa résidence principale, c'est sans plaisir ; tout y est sombre, sans circulation d'air et vétuste ; supportant mal ces pièces étouffantes, elle n'y séjourne et n'y travaille que pendant la mauvaise saison, rigoureuse. À Vienne, son chancelier, le prince Kaunitz, dirige la diplomatie dans l'aile édifiée par Hildebrandt entre 1717 et 1719. La fonction donnera son nom à cette partie du palais et aujourd'hui encore, les bureaux du chancelier et du gouvernement autrichien sont installés dans cette aile dite de la Chancellerie.

Peu à peu, Schönbrunn, promue si l'on peut dire seconde résidence principale, sera la préférée de Marie-Thérèse, à la différence des idées de son père. Il est vrai que le premier château, élevé, comme Versailles, à la place d'un pavillon de chasse, a été ravagé et détruit par les Hongrois en 1605 ; reconstruit, il a subi l'assaut des Turcs en 1683 et fut anéanti car il se trouvait alors en pleine campagne, très isolé et impossible à protéger. Entre 1743 et 1747, d'importants travaux y sont engagés par les architectes Pacassi et Valmagini ; le château, ses écuries et ses dépendances sont peints d'une teinte jaune si fameuse qu'on parlera du *« jaune Marie-Thérèse »* dans tout l'Empire, notamment à Prague et sur la colline de Buda, le vieux quartier de Budapest. Un peu partout, on retrouve une impression viennoise.

Lorsqu'on parvient dans la Grande Galerie de Schönbrunn, on s'immisce dans l'univers de Leurs Majestés Impériales, Marie-Thérèse et François-Étienne, peints sur la fresque centrale du plafond, œuvre de Gregorio Guglielmi exécutée entre 1760 et 1761. Dans son immense cadre doré, l'allégorie concave est claire : le Saint Empire romain germanique est lié à la branche principale des Habsbourg-Lorraine. Cet hommage est encadré de deux autres fresques plus réduites, l'une honorant la puissance militaire autrichienne, l'autre les Arts, les Sciences et la Paix... certainement obtenue par les victoires et les conquêtes armées... J'y ai pensé souvent dans cette merveilleuse salle blanc et or égayée par les tabourets à velours rouge entre chaque porte-fenêtre ou miroirs... où il est interdit de s'asseoir. Ici, sur quarante-trois mètres de long et dix de large, sous les cent quarante-quatre chandelles des deux lustres, Marie-Thérèse a reçu le monde et ses successeurs ont fait de même.

Jouxtant la Petite Galerie, décorée en 1761 pour les soupers intimes, les petits concerts et les jeux de cartes, voici le cabinet chinois rond. Ancien cabinet privé de Joseph Ier au début du XVIIIe siècle, il est transformé par l'impératrice en refuge si secret qu'il reçoit le surnom, évocateur, de *« cabinet de la conspiration »* ! Les entretiens de Marie-Thérèse avec ses mystérieux visiteurs sont si officieux que la souveraine élimine les domestiques, donc les risques d'indiscrétions ou de fuites dont des espions feraient leur miel. Regardons la marqueterie du parquet, on peut encore voir l'emplacement de l'ancien monte-plats en forme de table, hissé depuis les cuisines.

Ces repas ou collations sans serviteurs se déroulent dans un entourage de panneaux laqués évoquant des paysages d'Extrême-Orient. Ils ne sont pas la seule astuce de Marie-Thérèse pour écouter ses agents ou instruire ses conseillers. À côté, un escalier secret relie l'antre des confidences à l'étage supérieur où réside Kaunitz, le chancelier d'État. L'impératrice et le prince qui dirige le gouvernement (et bientôt les Affaires étrangères) se parlent sans aucun témoin. Ces audiences peuvent avoir lieu à n'importe quel moment car, en été, préfigurant les habitudes de François-Joseph, à Schönbrunn, Marie-Thérèse est debout à cinq heures. En revanche, sa toilette et sa coiffure prennent un temps infini ; en cela, elle préfigure Sissi mais avec un résultat fort différent ! Un courtisan informe Frédéric II, dès 1746, c'est-à-dire en pleine guerre de Succession d'Autriche, que *« [...] Marie-Thérèse n'a pas le souci de sa beauté ; elle se préoccupe tout aussi peu de son habillement ; en dehors des jours de gala, elle s'habille très simplement et la Cour suit son exemple »*. En revanche, mère attentive, elle élève avec soin les enfants qui lui restent de ses seize maternités ; elle médite le mariage de ses filles qui portent toutes une partie de son prénom, en particulier celui de Marie-Antoinette dont l'union avec le Dauphin de France, futur Louis XVI, scellera un spectaculaire renversement d'alliance avec la France. Les blondes archiduchesses deviendront reine de Naples (Marie-Caroline), duchesse de Parme (Marie-Amélie) et l'épouse du gouverneur mécène des Pays-Bas (Marie-Christine). Le cas de Marie-Antoinette est émouvant car c'est en France, comme l'on sait, que la reine mal-aimée regrettera la douceur de vivre viennoise...

La Guerre et la Paix dans la Grande Galerie ? Cela nous rappelle, bien sûr, les deux salons qui encadrent la galerie des Glaces de Versailles, décidément imitée même chez ses ennemis !

Ici, sous ces lambris, que d'heures graves ou heureuses ! Nous avons le choix. Par exemple Napoléon, qui la traverse en 1805 après Austerlitz et y revient en 1809, après Wagram, pour y signer le traité de Schönbrunn. S'estimant le successeur de Marie-Thérèse, l'empereur des Français fait de la chambre de l'impératrice son salon avec lambris de noyer, paravent et tapisseries de Bruxelles. On sait que « l'ogre corse » devenu moins infréquentable après ses victoires, épouse Marie-Louise en 1810. Et leur fils, le pauvre duc de Reichstadt né avec le titre de roi de Rome, sera consigné dans ce château jusqu'à sa mort en 1832. Ou encore François-Joseph, venu au monde dans le château en 1830 et mort au même endroit en 1916. Il avait vu le jour dans le lit tendu de velours rouge de Marie-Thérèse, il ferma les yeux dans un lit noir, en fer, austère et inconfortable. Entre-temps, François-Joseph avait remplacé les meubles de style Empire, trop français, par un mobilier rococo, bien autrichien, puis le confortable et bourgeois Biedermeir.

On peut encore évoquer l'année 1955, avec le banquet solennel donné dans la galerie pour célébrer la signature du fameux traité d'État dont j'ai parlé. Depuis deux siècles et demi, plus que la Hofburg, Schönbrunn rythme la vie viennoise et autrichienne. À la différence d'un Louis XIV exerçant le pouvoir à Versailles, Marie-Thérèse considère que Schönbrunn est une dépendance essentielle de Vienne. Lorsque S.M. le Shah d'Iran, Reza Pahlavi, a arpenté la Grande Galerie le 17 mai 1960, il n'était pas le premier souverain oriental à l'admirer. En 1873, un autre shah, de Perse à l'époque, s'y livra à une curieuse manœuvre. Ébloui par la beauté de Sissi, il tourna autour de l'impératrice dans un silence gêné et déclara, en français, car c'était la langue qui convenait aux jolies femmes : *« Mon Dieu ! Qu'elle est belle ! »* Il avait l'habitude d'examiner les chevaux de la même manière et encombré d'une véritable écurie de soixante-dix chevaux, offrit un pur-sang à l'épouse de François-Joseph qui avait eu du mal à ne pas pouffer de rire...

La Guerre et la Paix... En ont-ils réellement parlé dans la Grande Galerie MM. John Kennedy et Nikita Khrouchtchev (déjà venu en 1960) ce 3 juin 1961 après avoir entendu les explications de leurs guides lors de cette rencontre ? J'en doute. La soi-disant « détente » est-ouest, même en un tel lieu, n'arrêtait pas la *guerre froide.* Aujourd'hui, admirer la Grande Galerie tient du miracle. La fresque guerrière a été détruite en 1945 – n'était-ce pas un sort prédestiné ? – mais restaurée ; on se demande encore comment les 270 bombes alliées tombées sur le château n'ont pas réduit en cendres ce Versailles autrichien. Et jusqu'en 1947, l'installation des quartiers généraux des garnisons britannique et soviétique n'arrangea rien.

La volonté d'une action diplomatique d'envergure incite la souveraine à enrichir le patrimoine viennois du Collegium Theresianum, vite appelé Theresianum dès 1746 pour former des fonctionnaires civils et militaires aussi instruits que compétents. En somme, un ancêtre de notre École nationale d'administration. Ses élèves devront apprendre et posséder sept langues (oui, sept !), sachant que le français est celle de la diplomatie et l'italien celle du droit maritime. L'arabe et le turc seront également souhaités. Logiquement, c'est aujourd'hui le siège de l'Académie diplomatique, Favoritenstrasse, dans le 4e arrondissement. Aimant à s'exprimer surtout en français ainsi que Frédéric II le fait avec Voltaire, Marie-Thérèse fonde une bibliothèque, un observatoire et entend protéger les artistes, rejoignant le club des despotes très éclairés. C'est ainsi qu'elle choisit les endroits où battront de nouveaux cœurs de l'économie viennoise, donc impériale. Depuis 1717, existait une manufacture de porcelaine fondée par le Hollandais Du Paquier sept années après celle de Meissen, en Saxe. L'entreprise a besoin d'un essor. Sa protectrice en fait une Manufacture nationale dès 1744, comme celle de Sèvres, et l'installe assez loin du centre, dans les jardins impériaux d'Augarten, au nord de la ville, au-delà de l'actuel canal du Danube, ouvrage du XIXᵉ siècle. Et là où le fleuve et ses affluents se fraient un chemin à travers les champs et les prairies, alors qu'un seul bras borde effectivement la ville avec des risques permanents d'inondations, fours, ateliers et entrepôt créent une activité soutenue. La production de porcelaine y est abondante. On parle d'une marque dite *« à la ruche »* comme on parle des épées croisées de Meissen. Jusque-là spécialisées dans les sujets fleuris et dorés estampillés d'un écu bleu rayé, les pièces seront désormais ornées de l'aigle à deux têtes de la maison impériale.

L'une des fêtes les plus éblouissantes que Vienne ait vécue à cette époque est certainement l'entrée d'Isabelle de Parme, infante d'Espagne, destinée à être l'épouse de l'archiduc héritier Joseph. Pour son fils, Marie-Thérèse surpasse en fastes les traditionnelles réceptions de familles princières où les Habsbourg sont passés maîtres depuis la Renaissance. Il suffit de regarder l'extraordinaire tableau que les artistes de l'atelier de Van Meytens ont fixé. Encastré, il couvre un mur blanc de la salle des cérémonies de Schönbrunn, autrefois salle des batailles dont les drapeaux et les hallebardes en stuc doré au plafond rappellent l'ancienne dénomination. La scène se situe le 5 octobre 1760, devant la Hofburg et l'église des Augustins. Les bourgeois viennois, revêtus de leurs armures, sont disposés sur deux rangs. À chaque coin de rue, des dragons à cheval, également en armures, montent la garde. Devant les portes et les fenêtres, des musiciens jouent des mélodies espagnoles et autrichiennes, le mariage scellant la réconciliation des deux couronnes. Riches et pauvres sont confondus dans la joie d'un véritable spectacle mis en scène avec un soin grandiose. Après le défilé du régiment de l'empereur, voici plus de cent vingt carrosses attelés à quatre ou six chevaux. Ce cortège provoque un embarras comme on n'en avait jamais connu à Vienne et digne des calamiteux *« embarras de Paris »* qui avaient déchaîné les sarcasmes de Boileau. La Cour, qui compte maintenant près de deux mille personnes, prend des allures de gigantesque caravane. Les équipages avancent si lentement que la foule peut admirer la princesse aux yeux noirs, sa coiffure savante, son diadème et sa robe lamée d'argent. Après la cérémonie religieuse, Vienne est illuminée de telle façon qu'un témoin d'origine hongroise, Georg Rettegi, assure que l'Europe *« n'en avait vu jusque-là nulle part ailleurs »*. Plus de trois mille lampions se reflètent dans les vitraux de la cathédrale Saint-Étienne et jettent des ombres jusqu'au quatrième étage des maisons. Dans la cour de la Hofburg, d'innombrables cierges et flambeaux éclairent une joyeuse bousculade. Tout Vienne danse car ce mariage est une histoire d'amour, ce que n'avaient osé espérer les diplomates lors de leurs négociations. Les mariés ont 19 ans. Isabelle est mélancolique et romantique, Joseph un peu rustre et timide. Le festin de noces, servi le lendemain dans un couvert d'or et les concerts dans la salle de la Redoute le 10 octobre, également représentés à Schönbrunn, furent l'objet de courriers minutieux à toutes les cours européennes. Un ultime portrait, sur la droite, représente Marie-Thérèse seule, arborant les insignes impériaux. L'impératrice, c'est bien elle.

Le règne de Marie-Thérèse s'étend sur quarante ans, ce qui est fort long et bénéfique pour les Viennois. La jeune femme qui adorait danser la nuit s'est muée en réformatrice modérée ; à l'inverse de Frédéric II de Prusse, elle n'a pas cherché réellement à accroître ses terres et son influence mais à renforcer l'image autrichienne de sa monarchie dont Vienne est le centre pour construire une véritable civilisation étatique. Nous avons vu que d'un rang, théoriquement secondaire à côté de son époux, elle a pris la première place. En réalité, la seule. À la mort de François de Lorraine, en 1765, elle conserve tous les pouvoirs mais fait adopter le principe d'une corégence avec son fils, le futur Joseph II, né en 1741. Ce duo, qui n'échappe pas au conflit des générations, a plusieurs conséquences heureuses pour la ville. Le fils comme la mère ne veulent qu'une seule capitale. Même la couronne de Saint-Étienne de Hongrie est transférée vers la Chambre du Trésor de la Hofburg... Et Joseph II évitera – pour ne pas dire refusera – d'être couronné roi de Hongrie, décision qui ne peut que nuire à l'harmonie des relations austro-hongroises.

Tous deux sont d'accord pour ouvrir au public les jardins du Prater en 1776. Le Prater ! Une institution viennoise, dont le nom est dérivé de l'espagnol Prado. Et bientôt un rite. Si Vienne est un fabuleux mélange ethnique et linguistique, le Prater est un brassage social sans précédent. Autrefois, sur ce domaine proche du Danube, un territoire de chasse était réservé aux Habsbourg. Au retour d'une tournée européenne, en particulier en France chez sa sœur Marie-Antoinette, celui qui porte, à 23 ans, le titre étonnant de *« roi des Romains »* veut faire profiter la population d'espaces qui n'ont plus leur ancienne utilité. Le discours des philosophes et des économistes a fait son œuvre, Vienne doit s'ouvrir et s'agrandir car la population a doublé, passant de 88 000 à 175 000 habitants. S'il y a maintenant quarante-neuf cafés en ville, les divertissements publics, en dehors des théâtres, sont rares. Au Prater, la Cour et l'aristocratie vont se mêler à la bourgeoisie et au peuple. La pertinence de cette décision permettra à une société élégante de connaître le boutiquier et l'artisan en guettant, tôt le matin, une impératrice à cheval (Sissi) et en croyant avoir croisé son fils, l'archiduc Rodolphe venu clandestinement à une rencontre galante. En fait, il y a alors deux Prater, celui des équipages avec les promenades à cheval et celui qu'on nommera joliment *« Le Prater des saucisses »* (!) Les uns doivent y paraître, les autres s'y donnent rendez-vous. Jadis, on y chassait le grand gibier ; désormais, on y dénichera qui une épouse, qui un mari. Dès que l'accès de ces allées verdoyantes est autorisé à tous, des baraques surgissent, rapidement suivies par des auberges – on en compte quarante-trois dès 1780 ! – où il est agréable de déguster un vin frais. La charcuterie est à l'honneur et l'on sait que le Viennois a un solide appétit. Une princesse, qui s'y rend par curiosité, décrit cette débauche de victuailles roboratives : *« Toutes ces cabanes sont autant de temples dédiés à la bonne chère, où l'on fait continuellement des sacrifices à l'appétit car on y dévore en un clin d'œil cent bœufs et cent moutons. Vous diriez que c'est un banquet général et Bacchus y est surtout de la fête. »* Sous les arbres, on se restaure mais bien d'autres plaisirs sont dispensés au Prater. Des musiciens s'installent sur des estrades, on chante les joies de l'amour, les danses paysannes se succèdent comme dans un festival et même les enfants ont leurs théâtres de marionnettes.

Assez vite, le Prater a son code. C'est au milieu de l'après-midi qu'il faut s'y rendre, moyennant des encombrements équestres légendaires. Une heure de trajet n'est pas rare. Avec l'autorisation impériale, une dynastie d'artificiers, les Stuwer, propose des divertissements pyrotechniques à la tombée de la nuit. Par sécurité, ces démonstrations ont lieu dans un enclos gigantesque, choisi par Joseph II, qui peut accueillir... jusqu'à 25 000 spectateurs ! Alléchés par des affiches en ville, les badauds accourent. Dès que la nuit est tombée, trois coups de canons avertissent la foule que l'éphémère magie lumineuse va commencer. On reste étonné du nombre de gens qui, très vite, viennent au Prater. Dépassant, ô combien, les capacités du palais de la Hofburg, cette salle de bal, somptueusement décorée, permet à 10 000 personnes d'évoluer. Cohue, chahut, certes, mais quelle joie de vivre ! Un jour, pour justifier ses longs séjours à Schönbrunn, Marie-Thérèse avait déclaré : *« Il faut des spectacles. Sans eux, on ne peut rester dans une aussi vaste résidence. »* Comment ne pas s'en souvenir en s'asseyant dans le ravissant théâtre de Schönbrunn, l'unique salle de style baroque conservée à Vienne et qui date de 1747 ? Dénommé à l'origine *« Théâtre familial des Habsbourg »*, il est doté d'une fosse d'orchestre pour une quarantaine de musiciens et les plus grands noms ont dirigé diverses œuvres, dont Joseph Haydn en 1777. Depuis 1919, ouvert au public, cet écrin ravissant sert de salles de répétitions aux écoles dramatiques dans l'esprit de l'illustre metteur en scène Max Reinhardt ; en juillet et en août, des opéras bouffes et des opérettes, avec d'excellentes troupes de jeunes comédiens, chanteurs et danseurs s'y produisent. À l'été 2005, en dépit d'une chaleur accablante, j'y ai applaudi une délicieuse et parfaite reprise de *Sang viennois* de Johann Strauss fils. Une belle tradition vivante.

À la veille de son dernier jour, le 20 novembre 1780, Marie-Thérèse était veillée par son fils. Il lui demanda : *« Êtes-vous bien installée ? »* Sereine, elle répondit à son successeur : *« Suffisamment pour mourir. »*

Marie-Thérèse avait transformé la ville. L'expansion de Vienne était son véritable couronnement. L'élan n'allait plus s'arrêter. C'était le début d'un rayonnement.

IV

MUSIQUES !

Un, deux, trois : commençons par détruire une légende aussi fausse qu'étriquée : Vienne n'est pas la capitale de la musique mais celle de toutes les musiques. C'est beaucoup plus vaste et reflète infiniment mieux la vérité historique et artistique qu'une définition réductrice. Vienne a un immense appétit musical, jamais rassasié. À Vienne, on aime et on joue tous les genres, tous les registres, toutes les époques. Il n'y a pas cette ridicule frontière artificielle, inventée par le snobisme, qui consiste à sacraliser l'opéra et les partitions classiques en les opposant à un répertoire léger, joyeux, charmant, apparu dans les tourbillons de la valse au XIXe siècle et qui aurait dégénéré avec l'opérette et la rengaine. D'un côté, le sérieux admirable et solennel, de l'autre le facile populaire, comme si les genres étaient incompatibles. À Vienne, tous les talents coexistent, avec bonheur et souplesse. Il n'y a pas de registre mineur. Elizabeth Schwarzkopf, grande dame de l'art lyrique, n'a pas eu le sentiment de déchoir en passant d'un Strauss (Richard, celui du *Chevalier à la rose*) à un autre (Johann fils, celui de *La Chauve-Souris*). D'ailleurs, malgré ce piège phonique, ces deux Strauss n'ont aucun lien de parenté sinon celui, purement artistique, qu'est un immense talent. Ici, les programmes considérés comme plus accessibles que d'autres sont traités et interprétés avec autant de rigueur que s'il s'agissait des monstres sacrés. En bref, il n'y a pas à Vienne de grande et de petite musique qui seraient jalouses de leurs places, de leurs publics et de leurs artistes ; il n'y a que la bonne mélodie, chantée ou non, dansée ou non, de chambre ou symphonique, de théâtre ou de concert, de salle ou de plein air. Aucun Viennois ne se sent supérieur ou déconsidéré selon qu'il se rend à l'Opéra ou écoute un violoneux de guinguette dans le quartier de Grinzing. On aura une idée de la variété des spectacles proposés en examinant les programmes du mois affichés sur les colonnes dans les rues, par exemple celles qui jalonnent le Ring, ce boulevard circulaire enveloppant le cœur de la cité. À toute heure, en tous lieux et pour tous les budgets, on peut savourer combien cette tradition est vivante. On peut même constater que la ville a été largement modelée par cette frénésie de musique puis de danse : on leur a construit des salles immenses, de véritables palais ruisselant de lumières. La vie quotidienne est toujours organisée autour d'un événement musical dans la splendeur d'institutions, parfois très anciennes, qui ont construit sa renommée. À Vienne, la musique est si présente qu'elle se mêle souvent à la politique. Lorsque, en avril 1985, le président de la République française nomma ambassadeur à Vienne François-Régis Bastide, écrivain, critique musical et dramatique, ce dernier me raconta que son entretien à l'Élysée s'était achevé par cette recommandation impérative de François Mitterrand : *« C'est entendu, vous partez pour Vienne. Pas trop de musique ! D'abord, le commerce extérieur ! »*

Cette passion viennoise éclectique est ancrée dans l'Histoire de la ville et des Habsbourg ; elle est née au temps des troubadours. En effet, on l'oublie souvent, depuis toujours, la dynastie a eu le goût de la musique. Et en fixant leur résidence à Vienne, les souverains ont permis à la cité de profiter des intérêts d'une famille soutenant les musiciens comme elle a encouragé les peintres et les architectes, une démarche qui a bien entendu attiré des compositeurs fort divers de toutes nationalités, parmi d'autres artistes régionaux. C'est ce courant, unique, qui a fait de Vienne une métropole musicale, depuis plus de cinq siècles.

En 1498 – l'Amérique venait d'être découverte –, Maximilien Ier, père fondateur politique de l'emprise des Habsbourg dans l'Empire germanique, crée l'Orchestre de la Cour, c'est-à-dire une formation permanente, une exception pour l'époque. Puis, arrivé d'Italie par les Alpes, un poème dramatique est mis en musique. Ce spectacle, nouveau, est intégralement chanté, parfois sous forme de récitatifs (comme ce sera le cas chez Mozart dans *Cosi fan tutte*), accompagné de musiciens mais sans aucun dialogue. L'événement se situe dans le premier tiers du XVIe siècle. L'œuvre théâtrale avec musique est née ; on l'appellera *opera.* Et avec ce vocable, l'Italie – c'est-à-dire l'ensemble des États éparpillés à travers la péninsule –, qui s'enorgueillit déjà de sa suprématie picturale, va s'imposer dans cet autre domaine. À l'origine, l'influence religieuse de la Contre-Réforme est essentielle ; attirés par des voix sublimes, les fidèles reprennent le chemin des églises... avec, souvent, des préoccupations profanes. La reconquête des âmes se fait grâce aux plaisirs de l'oreille. Le baroque devient un genre de musique comme il est un goût décoratif. Un univers entier permet à de sublimes harmonies de s'épanouir.

L'opéra plaît immédiatement. Il entre dans les divertissements viennois. Et après 1640, Léopold Ier fait donner à sa Cour le chiffre, inouï, de quatre mille représentations. Un théâtre spécial, en bois, est construit par des Italiens. Désormais, l'œuvre et la salle désignent ce que les Viennois puis le monde vont désigner du même mot : l'opéra se donne à l'Opéra. Vienne s'italianise. On peut dire que l'opéra autrichien est né grâce à une révélation méridionale. À la Cour, on parle la langue d'outre-monts et on y écrit des poèmes de la même façon. Des mots nouveaux (sonate, concerto, bel canto) apparaissent. Il faut retenir une date car elle symbolise le mariage de deux influences, c'est juillet 1667. Léopold Ier, lui-même musicien comme le seront de nombreux Habsbourg et auteur d'un opéra du genre biblique, organise une fête pour son mariage avec l'infante d'Espagne Marguerite-Thérèse. Voici la première union véritablement marquée par un opéra, *La Pomme d'Or*, d'un auteur péninsulaire. Un spectacle féerique car ce qui se passe sur la scène tient du prodige : éblouis, les spectateurs assistent à... soixante-sept changements de décors ! Une immense machinerie fait apparaître tour à tour le ciel, la terre et même les enfers, avec fontaines de feux de Bengale et bruits de tonnerre dans la coulisse. Quelle émotion ! Et quel plaisir avant le second siège des Turcs !

Un Allemand, Gluck, né en 1714, renouvelle l'opéra qui était totalement italien Or, Marie-Thérèse, qui n'aime que cette tradition, montre sa largeur de vue en le nommant maître de chapelle à l'opéra de la Cour. Il sera le premier à améliorer les ressorts dramatiques d'une œuvre pour développer les intérêts scéniques. Elle raffole de l'art lyrique et adore danser tard dans la nuit, même lorsqu'elle est enceinte de quatre mois ! Et la musique est si importante chez elle que tous les prétextes sont bons pour en faire ou pour en écouter ; ainsi, lors d'un voyage en Hongrie, elle n'hésite pas à se joindre à une chorale de religieuses, simplement parce qu'elles ont des voix d'or. Sans l'impératrice, sa capitale n'aurait sans doute pas reçu l'impulsion définitive qui, par le biais du spectacle, élève Vienne au rang de ville où les musiciens sont à l'honneur. Elle veille à la multiplication des salles, dans la Hofburg, les châteaux de Schönbrunn et de Laxenbourg ou à la Porte de Carinthie. Quand celui-ci est ravagé par les flammes en 1761, elle ordonne qu'il soit immédiatement reconstruit. Ses seules réserves s'appliqueront aux vulgarités et aux obscénités qui font rire ou aux textes scabreux. La censure personnelle de la souveraine y veille et pourtant Marie-Thérèse aime s'amuser... si le spectacle ne dépasse pas les limites des convenances. Un point est acquis : même si on reste un peu guindé dans les théâtres ayant le privilège impérial, il y a les salles des faubourgs où l'on se divertit franchement. Le Viennois s'y rend volontiers et l'influence du genre joyeux et farceur sera définitive au siècle suivant. Là naîtra la fameuse légèreté viennoise, dont l'ingrédient de base est le charme.

La formidable activité artistique observée dans cette ville en fait, à la fin du XVIIIe, la capitale de la musique européenne. L'air y est vif, ces compositeurs seront féconds. Voyez le cas de Joseph Haydn. Né en 1732, ce fils d'un charron mélomane suit le parcours d'un garçon très doué qui commence par être enfant de chœur dans la maîtrise de la cathédrale Saint-Étienne. Combien sont-ils ces génies qui ont été inspirés sous ces voûtes gothiques et ont apporté au monde tant de bonheurs ? On ne sait. Contemporain du baroque finissant, Haydn est un architecte sonore. Il construit ce qui n'existait pas ; cela s'appelle une symphonie. Et il fixe les règles du quatuor à cordes. Il y parvient grâce au mécénat très inspiré et très tyrannique de trois princes Esterházy dont il devient, pendant trente années, le chef d'un excellent petit orchestre et le compositeur attitré en leur château de Eisenstadt, à l'est de Vienne. Concertos, opéras, messes, ouvertures, oratorios de Haydn se comptent par centaines. Son voyage en Angleterre révèle loin de Vienne la qualité et la quantité d'une inspiration faite d'équilibre et de grâce. Désormais, avec lui, on pourra parler de *« musique classique »* et on lui doit le *Gott erhalte*, ancien hymne impérial et base de l'hymne national allemand d'aujourd'hui. Haydn est le premier exportateur de sonorités conçues dans l'atmosphère viennoise. Il sera le mentor des plus grands, à l'aube du Romantisme. En quelques décennies, de nombreux artistes locaux ou étrangers s'y installent et adoptent Vienne comme patrie. Un compositeur et maître de chapelle, fort célèbre dans toute l'Europe, à la fois impresario de ses propres opéras (45 !), répétiteur des chanteurs et contrôleur de ses propres recettes, arrive à Vienne en 1740. Il incarne la musique vénitienne, religieuse en particulier. C'est Antonio Vivaldi, le prêtre roux de la Lagune (il avait été ordonné), célèbre pour sa chevelure de feu. Il a énormément voyagé mais, ne connaissant pas Vienne, il se doit de réparer cette lacune. Il a quitté Venise sans espoir de retour, semble-t-il et meurt au bout d'un an, en qualité de Viennois, en 1741, dans un appartement situé au début de l'actuel Philharmonikerstrasse, jouxtant l'*Hôte Sacher*. Pauvre – il s'était consciencieusement ruiné –, il sera totalement oublié jusqu'à la fin du XIXe siècle. Mais qui sait aujourd'hui, en passant devant l'Opéra, pourquoi ce pèlerinage viennois lui fut fatal ?

À Vienne comme dans toute l'Autriche, on n'échappe pas à Mozart, surtout lors de la commémoration de sa naissance en 1756. Même les chocolats sont enveloppés de son visage et délicatement appelés... *« les boules de Mozart »* ! Chaque jour ou presque, des étudiants en costume XVIIIe, du côté de l'Opéra ou de la cathédrale, vous proposeront un concert ou un opéra du maître. Tant pis si leurs bas blancs sont un peu tirebouchonnés ou si la perruque est de travers ! La concurrence avec Salzbourg est intense. Et à ce sujet, une précision : Mozart n'est pas né autrichien et il n'est pas davantage mort sous cette identité. Je sais bien que, à Paris, les plaques de l'avenue Mozart indiquent *« compositeur autrichien »*, mais c'est faux et mes courriers aux maires de Paris sont restés sans réponse ! À la naissance du petit Wolfgang, Salzbourg est une cité gouvernée par un prince-archevêque du Saint Empire germanique et, je le rappelle, l'Empire d'Autriche n'existe pas encore ; Salzbourg ne sera rattaché à cet empire qu'en 1816... Si l'on voulait être exact, on pourrait dire, par exemple, *« compositeur impérial »*. Voici pour l'Histoire mais seul le génie compte et Vienne comme Salzbourg en profitent largement alors que ces deux villes l'ont plutôt fait souffrir...

Le pèlerinage mozartien à Vienne est complexe parce qu'il a eu douze adresses différentes ; ces déménagements avaient souvent pour origine une situation financière désespérée mais, on le verra, pas uniquement à cause de la fatalité qui poursuit les meilleurs d'une misère pathétique. Dix-huit adresses viennoises entre 1781 et 1791. En moyenne, plus d'une par an. Un petit calcul auquel je me suis livré avec des experts autrichiens, montre que ce surdoué a voyagé un jour sur trois. Puisqu'il est mort dans sa trente-sixième année, cela signifie qu'il a parcouru les chemins, les canaux et les fleuves d'Europe, sans parler de la traversée de la Manche, pendant onze ans et demi ! La question posée est donc la suivante : comment a-t-il pris le temps de composer une œuvre aussi exceptionnelle et diverse (plus de soixante genres différents !) d'une éternelle jeunesse et grandeur ?

Réponse : Amadeus ne composait pas ; il restituait ce qui était dans son cerveau bénéficiaire d'une sorte d'écriture automatique et, s'il vous plaît, sans la moindre rature ! Cette déconcertante facilité suffisait à faire des jaloux ou des grincheux. Il en a souffert mais a vaincu la médiocrité et la mesquinerie, appliquant déjà le sage précepte futur de Chateaubriand : *« Il faut être économe de son mépris étant donné le grand nombre de nécessiteux»* !

Hélas, la maison dans laquelle il a vécu ses dernières années, composé plusieurs chefs-d'œuvre, dont *La Flûte enchantée* et où il est décédé, a été rasée en 1847. Mais vos pas – et votre guide – vous conduiront facilement au n° 5 de la Domgasse, une ruelle à portée des clochers de Saint-Étienne. Cette adresse est celle de la *Figarohaus, la Maison de Figaro.* De toutes les résidences de Mozart à Vienne, c'est la seule qui ait été conservée; Mozart et sa famille s'y sont installés le 29 septembre 1784, huit jours après la naissance de son fils Karl-Thomas; le compositeur y travailla aux *Noces de Figaro*, d'où le nom de cette maison transformée en musée depuis 1978. Il y vécut jusqu'au 24 avril 1787, menant grand train avec équipage, chevaux et domestiques. Une période faste dans cette quinzième adresse viennoise ! On imagine le plaisir de voisins entendant s'échapper du premier étage le clavecin libérant les notes de l'ouverture, allègre, des *Noces*... Pour évoquer Mozart à Vienne, il n'est rien de plus indiqué que s'attabler à côté de cette maison, au café *Zum Roten Kreuz (À la Croix-Rouge).* Un établissement qui fleure bon le XVIIIe mais, en réalité, il est du XVIIe et a été reconstruit à l'époque mozartienne. Voici le plus ancien café de Vienne, ouvert dès la fin du siège.

Wolfgang découvre la capitale impériale le mercredi 6 octobre 1762, après dix-huit jours de voyage depuis Salzbourg. Il a 6 ans. Prodige, il a déjà composé un menuet mais son père Léopold, auteur d'une remarquable méthode de violon qui fait toujours autorité, le présente partout comme un claveciniste incroyablement précoce. De nombreux contemporains suspectent le père d'avoir inventé une supercherie pour tromper le monde. Voyons, c'est l'adulte qui est au clavier ou bien il y a quelqu'un de caché, un nain peut-être... Léopold Mozart doit donc prouver non seulement que son petit garçon, si joyeux et si farceur, est ce que nous appellerions un surdoué et que lorsqu'il se met à jouer, c'est en toute honnêteté. À l'auberge dite *Au Bœuf blanc*, ainsi nommée parce qu'elle donne sur le marché de la viande, M. et Mme Mozart, Wolfgang et sa sœur Nannerl s'écroulent, épuisés et affamés. Le déjeuner leur tiendra aussi lieu de dîner car l'argent manque. La tribu attend un signe, une demande de récital devant de hauts personnages intéressés par ce phénomène dont on parle depuis plusieurs mois, comme s'il s'agissait d'une attraction foraine ou d'un animal inconnu. Une invitation à jouer chez le comte Collato arrive. Ce seigneur vit dans un palais de 1671 mais remanié deux fois qui existe toujours, au nº 13 Am Hof, orné d'un balcon en fer forgé au premier étage. Cette adresse est un symbole oublié. En effet, si on ne cesse de rappeler que Mozart a joué devant Marie-Thérèse à Schönbrunn, la vérité est que, chronologiquement, sa première apparition publique viennoise – et son premier concert – se déroulent chez le comte Collato. Cette académie (concert privé) se tient trois jours après l'arrivée des Mozart ; l'invitation portée par un laquais en livrée aux armes des Collato dissipe toutes les angoisses mais n'apaise pas la crainte de ne pas séduire la bonne société. Celle-ci peine à oublier la guerre de Sept Ans, conflit germanique fratricide entre Marie-Thérèse de Habsbourg-Lorraine et Frédéric II de Hohenzollern. Amadeus réussit son examen de passage viennois, séduit, éblouit, étonne. Un vrai brevet social car dès le lendemain, Vienne ne murmure qu'un nom, celui de Mozart. Le quatuor familial espère que cette rumeur parviendra jusque sous les lambris de Schönbrunn...

Dans la matinée du 13 octobre 1762, poudrés, enrubannés et excités, ils grimpent dans le carrosse qu'un de leurs admirateurs leur a envoyé. Pour Léopold, ces quelques frais en moins sur son maigre budget sont bon signe. Il n'aura pas à payer les trois kreuzers demandés aux voyageurs ordinaires pour un trajet d'une demi-lieue, soit environ deux kilomètres. Ils sont les invités de l'impératrice, ce qui leur fait oublier les huit jours d'attente de l'ordre du chambellan de Sa Majesté. On roule vers l'ouest, sous un ciel chagrin. Retrouvons ce beau château, sa façade ternie par les ombres d'un après-midi d'automne. L'audience a été fixée à quinze heures. Elle durera jusqu'à dix-huit heures. L'étiquette, ce rituel des usages, est d'inspiration espagnole, donc rigide. Elle impose un long parcours aux hôtes impériaux, de l'escalier d'apparat à l'enfilade des salles. Léopold a peaufiné ce qu'on peut appeler le « numéro Mozart », sachant que pour être convaincante, la prestation de son fils doit être mise en scène. Mais auparavant, il faut subir une autre mise en scène, celle du pouvoir. Le nombre de pas, les révérences de Mme Mozart et de sa fille et l'indication du siège attribué. Un fauteuil ? Un canapé ? Avec ou sans accoudoirs ? Des détails qui révèlent l'importance des visiteurs ou la nature de leur entretien avec la souveraine.

Sachez que les Mozart sont reçus dans un salon que vous pouvez toujours visiter au premier étage de Schönbrunn, la salle des Glaces. Un traitement de choix : c'est ici que Marie-Thérèse reçoit le serment de ses ministres. D'immenses miroirs encastrés dans des boiseries blanc mat, une ornementation plaquée de filets d'or, voici le décor solennel d'un moment rare. L'empereur François dit à l'enfant que s'il est déjà assez difficile de jouer du clavecin avec tous les doigts, l'exercice serait bien plus ardu avec un seul doigt... N'est-ce pas ? Le jeune Mozart comprend vite et se surpasse. D'un seul doigt, il interprète un menuet. Puis, le souverain, très intrigué mais déjà conquis, fait une autre remarque sur l'impossibilité de jouer si le clavier est recouvert d'un drap... Or, Amadeus est déjà sorti victorieux de cette épreuve. Souriant, il prouve sa dextérité, se moquant du tissu qui dissimule l'alignement noir et blanc pour empêcher toute machination et ses mains courent sur les touches avec une telle adresse qu'il déchaîne l'enthousiasme de la Cour, attentive, curieuse et *a priori* méfiante !

Étonnée, émerveillée, Marie-Thérèse accueille l'enfant avec bienveillance. Et il lui rend bien son bonheur : « *Wolferl* (diminutif affectueux de Wolfgang) *a sauté sur les genoux de l'impératrice, lui a mis les bras autour du cou et lui a donné sans façon des baisers* », raconte son père au comble de la joie et de la fierté, craignant seulement de passer pour un affabulateur. Il est cependant exact que son fils, heureux d'être aimé, est d'une gaieté sans retenue. Et qu'il a embrassé l'impératrice, surprise et attendrie ; la solennité de la cour de Vienne n'avait pas prévu cette réaction familière ! Le « *divin* » Amadeus a besoin d'être aimé des humains.

La légende nous assure qu'au beau milieu du salon, le garçonnet plein de vie glisse sur le parquet trop bien ciré. Il tombe. Une jeune archiduchesse l'aide à se relever. Avec un aplomb inouï, Wolfgang déclare à sa mère :

– C'est celle-ci que j'épouserai quand je serai grand.

Sans sourciller, l'impératrice lui demande :

– Pourquoi ?

– Parce qu'elle a été bonne pour moi.

Le deuxième prénom de l'archiduchesse est Antonia ; elle a trois mois de plus que Mozart. Plus tard, elle sera la malheureuse reine de France Marie-Antoinette et son fiancé d'un instant ne connaîtra pas son martyre.

Il joue encore, inlassable, brillant, stupéfiant. L'empereur lui-même (à moins que le mari de l'impératrice soit plus exact !) continue de lui tendre des petits pièges. D'exercices en improvisations – qui seraient déjà fort difficiles pour un adulte –, le jeune Mozart séduit, éblouit, ravit Leurs Majestés Impériales. Le moment le plus piquant lorsque le jeune virtuose demande à jouer une œuvre du compositeur Georg-Christoph Wagenseil, le maître de musique des princes et l'inventeur du concerto pour piano. Le vieux Wagenseil a la surprise de voir l'enfant déchiffrer aisément le concerto dont il a posé la partition devant lui. De joie, le vénérable professeur en tourne les pages, émerveillé. Être joué par Mozart sera un honneur disputé ! La preuve est faite qu'aucune tromperie ne gâche les exploits de Wolferl. Non seulement sa mémoire est phénoménale mais encore sa rapidité à saisir une œuvre inconnue laisse Wagenseil sans voix. Ce garçonnet en sait déjà beaucoup plus que lui et tous les musiciens de la Cour !

Le souverain conduit ensuite Mozart dans la pièce voisine, le grand salon dit de Rosa, d'après le nom d'un peintre baroque. Le plafond est riche d'ornements en rinceaux et en rocaille ; dans les angles, on distingue des motifs d'instruments de musique et, précisément, une des belles-filles du couple impérial, Marie-Isabelle d'Espagne (dont j'ai évoqué le fastueux mariage) joue du violon. Encore un exercice dont Wolfgang sort vainqueur, ce qui finit par être un peu vexant ! Il semble qu'il n'y ait aucune limite à ses dons...

Le second siège de Vienne par les Turcs, en 1683. Pendant deux mois, de la mi-juillet à la mi-septembre, près de 300 000 Ottomans minent les remparts avec leur artillerie. La ville est dans une situation désespérée quand des renforts, arrivés des collines du Kahlenberg sous le commandement du roi de Pologne Jean Sobieski, obligent l'armée du grand vizir Kara Mustapha à s'enfuir. Dans ce butin oublié, des sacs de café, à l'origine d'une institution viennoise… *© Erich Lessing / AKG-images*

L'impératrice Marie-Thérèse (assise, en deuil). Veuve de François de Lorraine, elle est entourée d'une partie de sa nombreuse famille. À droite, son fils, Joseph II, avec qui elle partage le pouvoir. Sous leur règne, Vienne dépasse les 200 000 habitants et les jardins du Prater sont ouverts au public.

Exposé au château de Schönbrunn, l'extraordinaire carrousel de l'entrée triomphale d'Isabelle de Parme, future épouse de Joseph II devant la Hofburg. Le 5 octobre 1760, plus de cent carrosses sont longuement immobilisés par les embarras de Vienne. Au fond, l'église des Augustins.

L'église Saint-Charles-Borromée a été construite par Johann Bernhard Fischer von Erlach de 1715 à 1737. Avec ses campaniles inspirés des colonnes de Trajan et de Marc Aurèle, elle est un chef-d'œuvre du baroque impérial. Un grandiose monument qui exprime « la gloire de Vienne, nouvelle Rome ». *© Erich Lessing / AKG-images*

Le Belvédère Supérieur, édifié entre 1721 et 1722, était la résidence d'été du prince Eugène de Savoie. C'est dans ce palais que fut signé, le 15 mai 1955, le Traité du Belvédère reconnaissant à l'Autriche son indépendance sous condition de sa neutralité. De magnifiques collections d'Art Nouveau (Schiele, Klimt, Kokoschka) y sont rassemblées.*© Erich Lessing / AKG-images*

La Gloriette de Schönbrunn date de 1765. Edmond Rostand l'évoque dans sa pièce *L' Aiglon* sur le destin tragique du fils de Napoléon. Sur le terrain d'un ancien relais de chasse, le château fut ravagé par les Hongrois en 1605 puis détruit par les Turcs en 1683. L'impératrice Marie-Thérèse lui donne son aspect et sa couleur actuels.
© Erich Lessing / AKG-images

La Bibliothèque impériale, devenue nationale en 1920, est un grandiose bâtiment du début du XVIIIe siècle qui rassemble les collections des Habsbourg. Elle compte deux millions et demi de livres imprimés et des trésors jamais ou rarement exposés, tels que la Bible de Gutenberg de 1455 et le manuscrit original du *Requiem* commandé à Mozart à la fin de sa vie. © *Erich Lessing / AKG-images*

Le Congrès de Vienne s'est tenu de septembre 1814 à juin 1815. Chargé de réorganiser rassemblés certains des plénipotentiaires. De gauche à droite : Talleyrand (France), Montgelas
© AKG-images

Wolfgang Amadeus Mozart.
© AKG-images

Mozart, né en 1756 à Salzbourg, est mort à Vienne en 1791. La ville ne l'aimait guère, il y déménagea près de quinze fois. Mais contrairement à une légende tenace, à sa mort, il eut droit à une bénédiction dans la cathédrale. Puis, il ne fut pas enterré dans une fosse commune mais dans un caveau multiple, moins onéreux pour sa veuve et hors de Vienne, par souci d'hygiène. Beethoven, né à Bonn en 1770, est attiré à Vienne par Haydn. Protégé d'illustres familles, ce géant tourmenté, sourd en 1802, est adopté par Vienne. Il parcourt la forêt des environs pour concevoir son œuvre monumentale. Il meurt en 1827. Schubert, né à Vienne en 1797, ne peut vivre qu'à Vienne. Ce romantique qui a composé 600 lieder, s'éteint à Vienne en 1828. Avec ces génies, Vienne devient la ville des musiciens.

l'Europe sans Napoléon, il a fait l'objet de nombreuses illustrations. Ici, sur l'estrade, sont (Bavière), Hardenberg (Prusse) et Gentz (Autriche). Vienne est alors la capitale de l' Europe.

Ludwig van Beethoven.
© AKG-images

Franz Schubert.
© AKG-images

Johann Strauss père. Né en 1804, entré dans l'orchestre ambulant de Joseph Lanner – le véritable inventeur de la valse –, Strauss est un pionnier de la musique légère qui charme les promeneurs du Prater et les clients des cafés. Directeur de la Musique des bals de la Cour, il meurt en 1849 après avoir composé *La Marche de Radetzky*, hommage à l'Autriche impériale triomphante contre les insurgés de Lombardie. Par tradition, elle est interprétée à la fin du célèbre Concert du Nouvel An dans la grande salle de la Musikverein à Vienne. © *AKG-images*

Johann Strauss fils. Né en 1825, sa gloire éclipse celle de son père. Roi de la valse, prodigieux compositeur et chef d'orchestre, son influence est déterminante dans la joie de vivre. L'importance de la danse et des divertissements musicaux modifient l'aspect de Vienne : on construit des gigantesques temples de la valse viennoise, somptueusement illuminés, pour des milliers de couples, des casinos, des restaurants. Vienne devient la salle de bal de l'Europe. Strauss fils compose aussi des opérettes dont la plus célèbre est *La Chauve-Souris*. Il meurt en 1899. C'est un deuil national.
© *AKG-images*

Marie-Thérèse finit par craindre qu'il ne soit fatigué et donne l'ordre qu'on serve une collation. La nuit est tombée sur Schönbrunn mais le château a été illuminé d'un moment de grâce. La satisfaction impériale le transforme en triomphe.

Deux jours plus tard, le trésorier privé de Sa Majesté apporte à l'auberge deux somptueux costumes pour Nannerl et son frère. Cela signifie qu'ils devront les porter, donc se produire à nouveau devant la famille impériale. Ainsi, Marie-Thérèse offre à Mozart sa première « tenue de scène », un habit de couleur lilas avec une veste moirée ; le gilet est recouvert de larges broderies dorées. Il s'ensuit une cascade d'invitations, quelquefois pour deux concerts dans l'après-midi. À Vienne, en cette fin d'octobre et début novembre, il n'y a plus d'académie digne de ce nom sans le phénomène si content de divertir l'aristocratie dans ses palais et d'éblouir l'ambassadeur du roi de France, Florent Claude de Lomont, comte du Châtelet, accrédité depuis un an. Sa dépêche à Versailles est on ne peut plus élogieuse et assortie d'une promesse du clan Mozart de prendre le chemin du pays avec lequel, enfin, les Habsbourg ont conclu la paix... Le rythme est épuisant mais la bourse du chef de famille se remplit enfin. Marie-Thérèse prie Léopold Mozart de rester encore à Vienne ; de nouveaux concerts sont donnés à Schönbrunn, accompagnés de 450 florins, une belle somme. On se bouscule pour entendre la merveille du moment et tout Vienne bruisse de cette gloire.

Au bout de quinze jours de cette cadence folle, Wolferl tombe malade. Des taches rouges apparaissent sur son corps et il ressent des courbatures fébriles. Son père, qui se prétend apothicaire et répugne à faire la dépense d'une véritable consultation médicale, lui fait absorber des poudres sédatives. Rien n'y fait, les taches persistent. Une semaine plus tard, un médecin, enfin consulté – et payé ! – diagnostique la scarlatine. Paradoxalement, cette classique maladie d'enfant va sauver Mozart de l'épuisement. L'artiste est souffrant, on reporte ses démonstrations, tous les grands personnages – il y a une véritable liste d'attente ! – font prendre des nouvelles. D'abord légitimement inquiet, Léopold est soulagé que son fils alité récupère ses forces en mangeant des petits pains (viennois, on s'en doute) trempés dans du bouillon de bœuf. C'est revigorant et le marché aux viandes est en face de l'auberge. Puis, Léopold se désole de toutes ces académies, finalement annulées. Les Mozart faisaient presque de la concurrence au théâtre de la Cour, on les retenait huit jours à l'avance... Chez Léopold, chef de famille et directeur de la tournée, le compte est, comme toujours, précis : ils ont perdu 225 florins, ce qui réduit considérablement le bénéfice purement financier. Puis, Vienne montre une froideur en accord avec la saison. Ceux qui ont reçu, vu et entendu le petit garçon n'éprouvent pas le besoin de renouveler cette mondanité. Seule Marie-Thérèse ne semble pas se lasser des apparitions quasi angéliques de l'enfant. Après quelques prestations limitées, Léopold donne le signal du départ, le vendredi 31 décembre 1762. Le bilan s'est consolidé puisque Mozart père a acheté une voiture, bien suspendue et qui part quand il le souhaite. Au diable la promiscuité avec des voyageurs sales et ignares ! Pour le monde et en particulier le monde musical, Wolfgang Amadeus Mozart naît à Vienne. Six ans plus tard, le même, devenu une célébrité européenne, retrouve Schönbrunn et, pour la dernière fois, Antonia. L'atmosphère a changé depuis la mort d'Étienne-François de Lorraine ; Léopold Mozart note, avec tristesse, que l'impératrice n'a plus de musiciens autour d'elle et qu'elle ne va plus à l'Opéra. Certes, elle recommande bien la famille Mozart à son fils Joseph II avec qui elle partage le pouvoir. Mais le nouveau souverain, s'il accepte de parler musique avec Léopold et son fils dans un salon, demeure réservé sur l'aide qu'il pourrait leur accorder. Il a horreur de la dépense !

Wolfgang laisse de telles impressions à ses contemporains qu'ils en restent, parfois, hallucinés. Ainsi, quand on observe de près un immense tableau exposé à Schönbrunn, on est informé que Mozart est assis parmi les invités dans le théâtre de la Cour. Une loupe a été installée pour mieux reconnaître l'enfant, ce qui est déjà illusoire tant les portraits de son enfance sont incertains ! Il a les joues rougies, gonflées, bien rondes, comme s'il chantait. Ces festivités, dont j'ai rappelé la splendeur, sont données à l'occasion du mariage du futur Joseph II avec l'infante Isabelle d'Espagne, une petite-fille de Louis XV. La date de l'événement et des réjouissances (début et mi-octobre 1760) prouve qu'il s'agit d'une manipulation historique, destinée à fixer le premier passage de Mozart à Vienne ; en effet, à cette date, il n'a que 4 ans et n'a pas encore quitté Salzbourg. Il ne découvrira Vienne – et Vienne ne le découvrira – que deux ans plus tard. Il est vrai qu'Amadeus est précoce...

Wolferl va aimer cette ville qui ne l'aimera pas, car cet extraordinaire génie est indiscipliné, indépendant. Mieux, il sera le premier musicien libre, affranchi de ses fonctions de chef d'orchestre par un coup de pied au derrière sur ordre du prince-archevêque de Salzbourg. Son Éminence en avait assez des arrangements que prenait son musicien appointé avec ses obligations. La liberté au bout d'un coup de pied, voici la chance offerte aux Viennois. À Vienne, certes, Mozart vivra des années fécondes, y créera des merveilles ou des bijoux, dont son premier opéra bouffe, *La Finta simplice*, œuvre dans le registre pastoral sur le modèle du *Devin de village* de Jean-Jacques Rousseau. C'est encore à Vienne un mois après la création de *L'Enlèvement au sérail* qu'il épouse, le 4 août 1781, Constance Weber en la cathédrale Saint-Étienne. Le ménage vit alors dans une maison de la famille Weber appelée *À l'œil de Dieu.*

Est-ce la même ville que celle qui se disputait ses démonstrations ? C'est une cité où Mozart aurait voulu être totalement reconnu, la clé de son bonheur et qui lui a reproché d'avoir grandi. Il n'est pas rancunier : *« Vienne est un endroit merveilleux, le meilleur endroit pour mon métier »*, dira-t-il, regrettant de ne pas y avoir rencontré la même passion qu'à Prague. Il proclame : *« Mon orchestre est à Prague ! »* ; beaucoup de Viennois lui en voudront de cet aveu. Passons sur l'anecdote d'un Joseph II, pourtant musicien et qui joue du clavecin une heure par jour pour se détendre des affaires de l'État, lorsqu'il déclare à Mozart que sa musique est parfaite mais... qu'elle comporte *« trop de notes »* ! C'était avant la création de *La Flûte enchantée*, le 30 septembre 1791. L'œuvre, proposée à Vienne, a été choisie pour l'inauguration d'une salle bientôt légendaire, reconstruite depuis et connue sous le nom de *An der Wien*. Le concurrent de l'Opéra. Les Viennois seraient-ils du même avis que leur souverain décédé et auquel vient de succéder son frère Léopold II ? La *Flût*e n'enchante guère le public de cette fin d'été 1791. En réalité, l'œuvre déconcerte par son sujet, ses allusions, ses références à la franc-maçonnerie. Mozart vient d'y adhérer avec enthousiasme et veut honorer l'esprit de fraternité. Bien que l'action se situe en Égypte et emprunte beaucoup à un conte de fées, l'idéal maçonnique est mal considéré des autorités. Déjà, Marie-Thérèse avait proscrit les loges ; Joseph II, en dépit de son édit de Tolérance, s'était méfié de leur puissance occulte et avait fait surveiller ses adeptes, essentiellement à cause des nouvelles préoccupantes venues de France. Pendant quelques jours, le succès de *La Flûte* est mitigé. Mozart s'exprime au bout d'une semaine : *« [...] Ce qui me rend le plus heureux est l'approbation silencieuse. »* Puis, peu à peu, l'œuvre est comprise, admise, aimée.

Même Salieri, le rival officiel de Mozart, doit admettre qu'il s'agit d'une œuvre majeure. Et Goethe, lui-même affilié à la franc-maçonnerie, assurera que seule cette musique aurait pu accompagner son *Faust*.

L'empereur finit par admettre que Wolfgang est, tout simplement, génial et qu'en devenant adulte il n'a rien perdu de sa vivacité. Le 7 décembre 1787, Joseph II signe le décret nommant Amadeus compositeur de la Chambre impériale et royale, autrement dit musicien officiel de la Cour, en remplacement de Gluck, décédé. Joseph II a fini par délier les cordons de sa bourse... Aujourd'hui, en dehors des commémorations et autres anniversaires, Vienne honore Mozart peut-être pour se faire pardonner de n'avoir pas compris, en son temps, un esprit original. Voici la statue qui a été érigée dans le Burggarten (Jardin de la Cour) et qui se trouvait, autrefois, derrière l'Opéra. Elle date de 1856. C'est l'original ; son moulage lui répond au premier étage du palais Pallfy, dans la salle des concerts. Mozart – enfant cette fois – est encore dans le groupe des génies de l'époque de Marie-Thérèse, sur le bas-relief qui l'honore devant le musée des Beaux-Arts. Il est également impossible de ne pas voir *La fontaine de Mozart* sur la

Mozartplatz. Cette œuvre de 1905, sculptée par Kar Wollek, évoque les personnages de ses opéras ; ils entourent le musicien, concentré sur son violon. Deux monuments funéraires lui sont consacrés mais aucun d'eux ne contient les restes de Mozart. Le cimetière central, au sud-est, longe l'autoroute qui relie la ville à l'aéroport. Personne n'y va, allez-y ! C'est le plus grand d'Autriche. Ouvert sous le règne de François-Joseph, il a accueilli plus d'un million de défunts inhumés sur plus de 250 hectares. Derrière un portail Art Nouveau, c'est l'ultime rendez-vous terrestre du Gotha des célébrités de la politique et des arts. Les musiciens y sont nombreux mais Mozart n'y est présent que symboliquement, par un cénotaphe. Il est voisin du tombeau, en forme d'obélisque, où Beethoven, lui, repose effectivement après des funérailles imposantes. En continuant vers la gare du sud et le musée de l'armée, on découvre le petit cimetière Saint-Marc. C'est là que se trouve la tombe présumée de Mozart... Présumée ? Une légende, née en 1820 avec une eau-forte de Vignon, montre un corbillard des pauvres sous la neige, seulement suivi d'un chien. Le cortège, si j'ose dire, quitte le centre de Vienne sous une pluie neigeuse. La triste scène est censée se dérouler après la mort d'Amadeus le 5 décembre 1791, à 0 h 55. Depuis la publication de cette image romantique et pathétique, où il n'y a à espérer de fidélité que chez un chien, l'enterrement de Mozart est perpétuellement réputé misérable, solitaire, honteux et indigne de Vienne. Sans entrer dans les détails, profitons-en pour corriger cette macabre rengaine : il n'a pas été enseveli dans une fausse commune mais dans un caveau multiple, ce qui n'a rien à voir. En effet, Joseph II, qui avait envoyé ses médecins à Mozart lorsqu'il commença à souffrir d'une affection rénale, était un réformateur pratique. L'empereur avait modifié la procédure des funérailles, à la fois par souci de rogner les privilèges de l'Église et par mesure d'hygiène. L'inhumation dans un seul caveau permettait au clergé de percevoir une somme ; en revanche, dans un caveau multiple (parfois jusqu'à douze places...), les frais sont pris en charge par l'État. Comme la veuve de Mozart n'a pas encore reçu les fruits du succès de *La Flûte enchantée* puisque le librettiste Schikaneder et complice d'Amadeus, lui-même désargenté, s'est servi dans la recette, elle est alors démunie et doit faire face à quelques dettes, environ 3 000 florins, soit près de 45 000 euros dans la mesure où une comparaison est possible ; elle les remboursera assez rapidement. Vienne craignant toujours des épidémies, la nécropole Saint-Marc permet d'éviter les conséquences désastreuses d'inhumations à l'intérieur des murs, comme on le vérifiait, péniblement, près de la cathédrale. Par décision impériale, les corps sont ensevelis dans de la chaux puis dans des sacs de lin. Il reste que la négligence de Constance ajoutée à la mémoire *« défaillante »* du fossoyeur, sans doute non ou chichement rétribué, explique qu'on ne sache pas exactement à quel endroit repose le compositeur de *Don Giovanni*. Aujourd'hui, près du socle de son tombeau présumé, la statue d'un ange semble monter la garde avec une triste attention. Clin d'œil de l'histoire : l'ange n'est pas tombé du Ciel mais... d'une sépulture voisine. Et au XIXe siècle, le personnel chargé de l'entretien a jugé qu'il serait mieux à côté de celle, officielle mais improbable, de Mozart si peu accompagné lors de son dernier voyage. N'est-ce pas mieux ainsi ?

Comme l'avait été l'incomparable Wolfgang, un autre génie musical est attiré par Vienne. Né à Bonn en 1770, Ludwig van Beethoven s'y est installé en 1792 avec sa virtuosité de pianiste pour tout bagage. En 1795, il joue un concerto de Mozart et aussi le premier qu'il ait écrit. Ses amours sont malheureuses mais il en tire des mélodies admirables, la *Sonate au clair de lune* (1801), pour Giuletta Guicciardi, puis Theresa Brunswick est son *« immortelle bien-aimée »*. Le souvenir viennois de Beethoven se rencontre sur une place à son nom et avec une statue érigée au XIXe, du même ciseau que celui qui a sculpté Marie-Thérèse et les plus grands esprits de son époque. À 30 ans, il ressent les premières atteintes d'une surdité génératrice d'un horrible désespoir. Devenir sourd est, pour un musicien, un atroce cauchemar mais, doté d'une force créatrice peu commune, Beethoven dissimule son infirmité à ses deux frères pendant six ans. Lorsqu'il leur avoue que son mal est incurable, il reconnaît qu'il a songé au suicide. *« L'art, l'art seul m'a retenu. »* Ses souffrances sont telles qu'il s'installe dans la campagne, dans un village de vignerons, Heiligenstadt, où il rédigera un pathétique testament. Malgré cette relative distance géographique, Beethoven imprègne Vienne de son souffle, révolutionnant le langage musical en écrivant, par exemple, la *Symphonie héroïque* primitivement dédiée au général Bonaparte ou son oratorio *Fidelio*, joué, en 1805, devant un parterre d'officiers français victorieux. Une extraordinaire prestation puisque le maître dirige lui-même sans entendre un seul son, l'orchestre étant, en réalité, conduit par un assistant venu à son secours... La nature sauvage de la forêt viennoise l'inspire. On reconnaît souvent sa crinière léonine grise sur les chemins du côté de Baden, station thermale réputée depuis l'époque romaine. Le vent qui annonce l'orage devient chez Beethoven un fantastique tourbillon de notes. Au terme d'une existence solitaire, errante et tissée de déceptions, Beethoven meurt à Vienne le 26 mars 1827 en disant à son ami Hummel :

– Applaudissez, ami, la comédie est finie...

Aux Viennois, il avait lancé ce cri : « *Mes œuvres sont le produit du génie et de la misère et ce qui apporte le plus de plaisir au public est ce qui m'a donné le plus de peine.* » Une constatation que les créateurs de tous les temps peuvent toujours vérifier.

Voici maintenant un vrai musicien Viennois, à cent pour cent. Il y est né le 31 janvier 1797 – sa maison existe toujours –, il y mourra le 19 novembre 1828, près du marché aux Puces. Il y vit presque toutes ses trente et une années, prodigieusement actif mais réduit à accepter les générosités de ses amis et à déménager plus souvent que Mozart. Ses domiciles préférés sont les cafés et les tavernes où coule le vin exclusivement servi en pichets au milieu des fumées du tabac. D'une sensibilité d'écorché vif, improvisateur génial, il exalte les vieux thèmes du Moyen Âge. Et pourtant, Franz Schubert est le musicien qui accompagne une transformation urbaine et sociale qu'on appelle l'époque *Biedermeier*, celle du confort bourgeois préfigurant le goût français du règne de Louis-Philippe. Schubert s'exprime quand la vie de famille donne le ton à Vienne. Les meubles, exécutés dans des bois clairs, se veulent légers (tout est relatif !) et les maîtresses de maison accumulent, fièrement, bibelots et miniatures dans des vitrines, époussetés avec précaution. Les Viennoises de la bonne société se réunissent autour d'un chocolat pour entendre ses merveilleux *lieder* ; il en a composé six cents ! Mais ce succès ne dépasse pas, en général, le cercle des amis et ses véritables concerts sont rares. Mais quelle grâce, ces notes à la fleur de l'âme ! Plus que ses symphonies, ses messes, ses impromptus et ses pièces de musique de chambre, ce sont ses *lieder* qui lui confèrent une place parmi les plus grands. Les *Schubertiades* sont des moments délicieux. Puis, la mode exigeant que l'on flâne beaucoup dans la ville, tout est prétexte à la promenade, du défilé des animaux vers l'abattoir aux numéros des bateleurs, sans oublier la relève de la garde impériale d'une Autriche enfin débarrassée de Napoléon. Le musicien se promène – ou erre – longuement. On comprend qu'un parc porte son nom, même s'il est dans un cadre d'Art Nouveau, ainsi qu'une partie du *Ring*. Schubert souffre de son physique sans charme. Il est petit, d'une rondeur qui le gêne, avec un cou engoncé dans une chemise qui l'étreint. S'il est myope, seul son regard, mobile et expressif, retient l'attention sur sa personne. Ses liaisons restent calamiteuses et lui valent de contracter la syphilis, en 1822. Pauvre Schubert ! Dès six heures du matin, il travaille comme un dément bien que longtemps il n'ait pas les moyens de s'acheter un piano, puis s'abandonne à une bohème envahissante. Son œuvre, colossale, fait de lui le Balzac de la musique, mais un Balzac écrivant d'un trait, sans ratures. Comme Mozart. Il improvise aussi son existence et fuit les obligations mondaines alors qu'on le réclame. Amer, déprimé, inquiet, il se croit un raté alors qu'il est un artiste de première grandeur. Peu lui importent ses soucis et ses déceptions, il ne saurait vivre qu'à Vienne, la métropole du Danube. Il fait naître le romantisme musical, parallèlement aux courants littéraire et dramatique. Fin 1827, épuisé par des vomissements et des névralgies, il entame un labeur incroyable. Le sommet de son œuvre. Fin octobre 1828, une fièvre typhoïde l'abat, dans des douleurs abdominales insupportables. C'est chez son frère Ferdinand qu'il rend son dernier soupir, après avoir murmuré un seul mot, le nom de Beethoven. Selon son vœu, il est inhumé près de lui. Il laisse la bien nommée *Symphonie inachevée* – seulement deux mouvements – qui ne sera découverte qu'en 1865, parmi des piles de partitions. Mais il faudra encore des décennies – et des recherches patientes dans son désordre poussiéreux – pour que le reste de ses compositions soit découvert et que Schubert connaisse enfin la vraie gloire. Vienne, qui inspire tant les musiciens, leur impose souvent un cruel purgatoire.

V

UN AMBASSADEUR PEU DIPLOMATE...

Capitale d'un empire européen qui, jusqu'à 1918, fut le plus vaste après celui des tsars, Vienne a accueilli des représentants de la France, sous tous ses régimes, dans des endroits très divers. Toutefois, dans l'organisation impériale germanique et jusqu'à la période napoléonienne, l'ambassadeur est accrédité auprès de la personne du souverain et non d'un État ; il est donc envoyé auprès de l'empereur ou de l'impératrice-reine dans le cas de Marie-Thérèse. À cette époque, les cours sont encore itinérantes et le plénipotentiaire suit le monarque dans ses déplacements. Dans les temps anciens, l'émissaire du roi de France a pu être nommé alors que l'empereur avait choisi Prague comme capitale ou que les princes allemands se réunissaient à Ratisbonne. Cette ville bavaroise, capitale impériale au IXe siècle, accueillit, de 1663 à 1806, toutes les Diètes de l'Empire. Lorsque les monarques s'y trouvaient, l'émissaire français devait les suivre. Plus tard, il n'était pas rare que le plénipotentiaire soit en mission simultanément à Vienne et dans d'autres villes de l'Empire[1].

1. Cette situation n'a pas totalement disparu. Ainsi, s'agissant du Royaume-Uni, on parle quotidiennement de l'ambassade britannique alors que la dénomination officielle, visible à l'entrée de la représentation, est Ambassade de Sa Majesté Britannique, comme l'est le gouvernement de Londres. De même, à titre d'exemple, l'ambassadeur de France accrédité en Suisse réside

On a du mal à imaginer les fastes accompagnant, au XVIIIe siècle, l'arrivée d'un ambassadeur accrédité auprès de l'empereur Habsbourg à Vienne. Prenons le cas de Charles Pierre Gaston François de Lévis, marquis puis duc de Mirepoix, né en 1699 et mort en 1757. Sa famille, selon l'un de ses descendants que j'ai bien connu, historien et académicien français, *« a embrassé l'histoire de France »*. Un petit mais superbe tableau, exposé au musée de la Ville de Vienne, illustre l'événement du 12 octobre 1738, dont le *Journal de Vienne* relate, en français, les détails trois jours plus tard. Comme d'habitude, c'est un embarras de carrosses, de chevaux et de foules d'accompagnants ou de passants curieux. Beaucoup sont venus avec leur équipage mais il y a aussi des mendiants et des paysans qui vendent leurs récoltes. Rares sont ceux qui accepteraient de manquer ce spectacle. Car c'est un spectacle ! À l'endroit qui est aujourd'hui la place Saint-Charles, non loin de l'ambassade française actuelle, se trouvait un pont enjambant une rivière, la Vienne, l'église Saint-Charles venant d'être achevée. Au centre, une voiture dorée comme d'autres mais qui est distinguée par les rayons solaires. Elle est précédée par six chevaux de selle, menés à la main par des gardes en habit rouge et de dix chevaux montés d'écuyers en habit bleu et bicorne noir. Il s'agit de « l'entrée publique » de l'ambassadeur de Louis XV dans Vienne. N'ayant pas encore présenté ses lettres de créance à Sa Majesté Charles VI, son carrosse de parade est... vide ! C'est l'usage et il révèle la minutie du protocole diplomatique de la Cour. Même porteur du titre honorifique de « Maréchal de la Foi », hérité de ses ancêtres croisés, le marquis de Mirepoix doit se soumettre à ces subtilités.

Juste devant, une voiture impériale, reconnaissable à l'aigle autrichien peint sur ses portières, l'ambassadeur a pris place en compagnie du grand maréchal de la Cour. Ils sont précédés d'officiers de la noblesse, à pied, en habit rouge et de pages en livrée

---

à Berne, mais il est également accrédité auprès de S.A.S. le prince de Liechtenstein, en résidence à Vaduz.

bleue. Derrière ce carrosse, suivent ceux de l'archevêque de Vienne, du nonce apostolique et de l'ambassadeur de la République de Venise. La suite de l'ambassadeur de France avance derrière, lentement. Le cortège est un immense serpent coloré. Il se dirige vers les fortifications et il est prévu qu'il entre en ville par la porte de Carinthie. Au fond, la Hofburg aligne ses longs bâtiments et on remarque les flèches de la cathédrale ainsi que celles des églises des Augustins et Saint-Michel. Sur la gauche, au dernier plan, on aperçoit des faubourgs, des résidences princières d'été et les immenses écuries impériales. La cérémonie revêt une importance particulière car la guerre de Succession de Pologne s'est conclue, après trois ans d'hostilités, par une première paix de Vienne en 1735. Mais tout n'est pas réglé et la France et l'Autriche doivent encore s'accorder sur le vaste échange de trônes prévu dont l'incorporation future de la Lorraine au royaume de Louis XV ; la signature aura lieu un mois plus tard, lors de la seconde paix de Vienne, le 18 novembre 1738. Il s'agit donc d'une part de renouer des liens d'amitié et d'autre part de témoigner de la puissance du roi de France. Ce ne pouvait donc être qu'une magnifique arrivée...

Mais le contentieux allait renaître. À plusieurs reprises. L'un des souvenirs diplomatiques viennois les plus extravagants se situe après que le traité de Campo-Formio du 17 octobre 1797, eut mis fin à la campagne d'Italie menée par Bonaparte contre les Autrichiens révulsés par l'exécution de Marie-Antoinette après celle de Louis XVI. Pour saisir les incidents cocasses que la mémoire viennoise n'a pas oubliés, rendez-vous jusqu'à la Fahnengasse, la Rue du Drapeau, proche de la Wallnerstrasse. Rue du Drapeau... Pourquoi ce nom ? En quittant le Kohlmarkt par la gauche vers la Herrengasse, la Wallnerstrasse est facile à trouver. Vous êtes devant un portail baroque encadré par deux atlantes. Ces deux puissantes statues soutiennent l'entrée du palais Caprara-Geymüller, achevé en 1698 mais remanié depuis. C'est là que le 8 février 1798, venant d'Italie, arrive Jean-Baptiste Bernadotte, général depuis quatre ans, nommé, sur proposition de Bonaparte, ambassadeur de la République française par le Directoire. Sa désignation le récompense d'avoir rapporté aux directeurs les drapeaux pris à l'ennemi. Bernadotte, né à Pau le 26 janvier 1763, impressionne les Viennois par sa jeunesse (il a 35 ans) et sa belle prestance. Mais il surprend par ses manières désinvoltes, sa jactance méridionale aux accents béarnais, ses regards fiers et arrogants. Il étonne encore davantage par son comportement délibérément fastueux. Jugeant que le palais qu'il a loué, bien que magnifique, n'est pas convenablement aménagé, il s'occupe immédiatement d'y installer un faste que les Viennois qualifient, en souriant, de parvenu. Cinq jours plus tard, le 13 février (ou, selon le calendrier révolutionnaire le 25 pluviôse an VI), il écrit à son ami le citoyen Bréchet, consul de France à Trieste : *« Tu as sûrement appris ma nomination à l'ambassade à Vienne, je te la confirme par la présente... Je te prie de m'envoyer une caisse de marasquin et 200 bouteilles de Champagne ; s'il y avait des bons vins de Bourgogne et de Bordeaux, je te prierais de m'en envoyer également [...] »* Ancien sergent sous la monarchie, le général – diplomate – citoyen a soif ! Et il se soucie peu d'être discret... À la vitesse d'une charge de cavalerie, il achète des meubles luxueux, se procure chevaux et voitures, commande du linge fin et de la belle vaisselle. Les livraisons se succèdent. On va voir ce qu'est un ambassadeur de la République ! Certes... et tout son traitement y passe. Le personnel diplomatique laissé sur place par son prédécesseur, un abbé, connu plus tard sous le titre de baron Louis et futur ministre très avisé des Finances sous la Restauration, est désemparé. L'abbé Louis, dont Marie-Antoinette avait favorisé la nomination en avril 1791, était un authentique diplomate. Et un homme du monde vêtu en prélat de cour. Il avait des manières. Bernadotte en a peu. Et comme tout révolutionnaire, il n'a ni le temps ni l'envie d'en acquérir. Cet officier général bouscule les gens de l'ambassade, en particulier ses deux attachés Fréville et Gaudin ; ce dernier, à Vienne depuis sept ans, avait servi du temps du marquis de Noailles. Une autre époque, à tous points de vue...

Alors qu'il n'a pas encore présenté ses lettres de créance et contrairement aux usages, il mène, avec les quelques collaborateurs et officiers arrivés à Vienne et aussi rebelles à la diplomatie que lui, une existence qui choque le voisinage. Leurs déclarations tonitruantes, leurs invités qui ne savent pas se tenir lassent très vite la bonne société viennoise. Elle évite les salons de l'ambassade de France. La mission commence dans le désordre, celui des temps nouveaux.

Trois semaines plus tard, enfin, avec panache, Bernadotte va présenter ses documents de mission à Sa Majesté François II, empereur du Saint Empire (il sera le dernier empereur germanique), humilié par de lourdes pertes territoriales à cause de ces enragés de Français et de ce Bonaparte que les Viennois surnomment, entre autres, « le Corse aux cheveux plats ». Le monarque a 30 ans et dès son couronnement prématuré six ans plus tôt, il a été confronté aux menaces de la France révolutionnaire. L'audience est fraîche, l'ambassadeur bouillant d'impatience. Il supporte mal la présence à Vienne de nombreux aristocrates français émigrés chez les Habsbourg, en particulier les manigances du comte d'Antraigues, évadé des prisons italiennes mais en disgrâce auprès des royalistes. Par bravade, Bernadotte multiplie les déclarations révolutionnaires. On va voir ce qu'on va voir...

Mais il faut bien recevoir quelques invités, sinon à quoi serviraient les largesses prévues pour impressionner Vienne ? Un homme est particulièrement intéressé à rencontrer le tonitruant général Bernadotte. C'est un géant de 28 ans, élégant et qui porte bien le col haut à la mode ; sa chevelure, noir jais, est très épaisse. Viennois depuis quelques années, ce musicien célibataire se rend souvent au Prater où il courtise les jolies filles, l'une des attractions de ce paradis du divertissement. Mais il collectionne les déboires sentimentaux et on le rencontre souvent solitaire. D'illustres familles l'ont aidé à s'introduire dans les cercles influents. On l'apprécie beaucoup et ses voyages dans l'Europe germanique pendant deux ans donnent à sa conversation un grand intérêt. Il a fait une tournée triomphale et a même joué devant le roi de Prusse Frédéric-Guillaume II, neveu de Frédéric le Grand. Compositeur doué, excellent organiste, improvisateur et pianiste remarquable, il a rencontré Mozart à Vienne et a failli jouer dans l'orchestre de la Cour dirigé par le même Mozart mais la mort de sa mère avait abrégé cette rencontre qu'il espérait tant ; en revanche, il a suivi l'enseignement de son rival Salieri et ceux de Haydn, qu'il avait connu à Bonn. L'invité qui monte l'escalier de l'ambassade de France ne correspond pas à l'image que nous en avons conservée. C'est Beethoven.

Installé définitivement à Vienne depuis cinq ans, il n'est pas encore muré dans la surdité mais en subit, depuis 1796, les premières atteintes. Il entend peu parler de lui dans le monde, sévère, de la critique musicale. La nouveauté de son génie perturbe. Musicalement, Vienne ne cesse d'être le creuset de toutes les innovations mais elles sont parfois longues à convaincre un auditoire surpris. Sa musique n'est plus tout à fait classique, pas encore complètement romantique. Il est inclassable. Ludwig van Beethoven a perdu son père qui avait sombré dans la boisson il y a six ans ; il est l'aîné de trois garçons, survivants d'une tribu de sept. Chef de famille, surveillant l'éducation de ses jeunes frères, Beethoven devient le tuteur d'un de ses neveux, Karl, dont le comportement médiocre et dispendieux lui cause divers soucis. L'oncle Ludwig, réputé avare, vit presque confortablement, ses partitions lui sont bien payées et ses concerts, récitals et leçons lui rapportent de quoi mener une vie plus qu'honorable. Si certains amateurs sont déroutés par sa fougue et son originalité, d'autres sont enthousiastes, tels le prince de Lobkowicz et la famille de Brunswick, mais encore un médecin et un pasteur, aussi dévoués que puissants. Grâce à ces protecteurs, toutes les portes s'ouvrent pour Beethoven, le jeune *maestro* que Vienne mélomane réclame. Il en perçoit des mécénats plus ou moins éphémères.

Mais comment et pourquoi Beethoven se retrouve-t-il dans les salons de l'ambassadeur Bernadotte ? Admirateur du général Bonaparte, il a suivi ses exploits ; sa campagne d'Italie l'a fasciné et comment ignorer que sa ville natale, Bonn, est devenue une sous-préfecture française ? Depuis la mort de son père, sa vie est à Vienne et il souhaite en savoir davantage sur Bonaparte, cet artilleur porteur d'idées nouvelles. C'est un autre musicien qui a servi d'intermédiaire pour l'invitation, le violoniste-compositeur

Rodolphe Kreutzer ; cadet de Bernadotte, il est arrivé à Vienne dans ses bagages peu diplomatiques. Beethoven, séduit autant par l'habileté du violoniste que par la simplicité et le naturel de Kreutzer lui dédiera sa célèbre *Sonate à Kreutzer* pour violon et piano, achevée en 1803. Une sonate que, contrairement à la légende, Kreutzer ne joua jamais...

Il semble, d'après un des premiers biographes de Beethoven près de soixante-dix ans plus tard, que c'est à Bernadotte que revient l'idée de demander au compositeur *« une œuvre musicale pour célébrer la gloire du héros du siècle »*. La gestation sera longue mais quel magnifique résultat que cette troisième symphonie, commencée en 1802, l'admirable *Symphonie héroïque !* Elle traduit bien cette réflexion de Haydn après avoir entendu et vu le jeune Beethoven : *« Vous me faites l'impression d'un homme qui a plusieurs têtes, plusieurs cœurs, plusieurs âmes. »* Plus tard, alors que Napoléon s'installera dans Vienne, il jouera son *Fidelio* devant un parterre d'officiers français puis refusera la proposition de Joseph Bonaparte de quitter Vienne pour Cassel, capitale de son royaume de Westphalie. Peu lui importe de voyager puisque partout le monde extérieur n'est plus qu'un abominable silence... Et le grand homme, hirsute, coléreux et tourmenté s'enfermera dans son désespoir. Il sculptera les dernières notes de son œuvre.

Deux mois passent. Le 13 avril 1798, vers sept heures du soir, l'ambassadeur Bernadotte fait accrocher au balcon de son palais un immense drapeau tricolore qu'il a fait confectionner en secret par des couturiers locaux. Il entend ainsi montrer que même à Vienne, il n'a pas abdiqué ses sentiments républicains. Immédiatement, les passants forment un attroupement ; la foule est dense car c'est jour de marché. Il fait nuit mais les couleurs que la Révolution fait claquer en Europe (les Français sont entrés dans Berne) surprennent et choquent la population. Il faut préciser qu'il n'est pas d'usage, à l'époque, de signaler une ambassade à Vienne par son drapeau national. C'est là toute l'origine de l'affaire. Cette incongruité est scandaleuse. Et une nouvelle faute de goût. Comme il fait nuit, quelques Viennois croient lire sur le drapeau, qui descend jusqu'au sol (!), deux mots allemands brodés, *« Liberté*

Égalité». En revanche, pas de «*Fraternité*». La vérité oblige à dire que c'est faux, aucun mot n'est cousu sur l'étendard français. En revanche, l'incident est bien réel : ce gigantesque symbole, révolutionnaire et sanguinaire pour les Viennois, est inadmissible. La foule grossit. Des hommes demandent, simplement, que le drapeau soit enlevé. Les gardes refusent. Des insultes grondent. Au balcon du palais, le personnel répond par d'autres injures. Ce tapage exaspère Bernadotte. Furieux, il revêt son uniforme chamarré d'or et coiffe son chapeau, s'assurant que sa cocarde tricolore est bien visible. Va-t-il ramener le calme en se souvenant qu'à Vienne il est ambassadeur avant d'être général ? Non ! Il descend l'escalier le sabre à la main ! Il tombe sur des policiers puis des officiers qui exigent de lui parler d'urgence. Il accepte de les recevoir dans son bureau mais refuse définitivement d'amener le drapeau tricolore.

Dehors, la rue n'est qu'un torrent de protestations. Des piquets de cavalerie et d'infanterie prennent position. Un témoin de cette atmosphère proche de l'émeute, Friedrich Glave von Kobielsky, manifestement hostile à Bernadotte, relate que les manifestants lancent des pierres et tout ce qu'ils trouvent contre les fenêtres du palais. L'affaire enfle. Les autorités militaires viennoises mobilisent la garnison et font fermer les quatorze portes de la ville, précaution manifestement démesurée, tandis que les autorités civiles reçoivent l'ordre, venu de haut, de rétablir le calme.

N'ayant pas montré jusque-là de réels talents de stratège sur les champs de bataille, Bernadotte, semble-t-il, prend peur puisqu'il se réfugie dans un palais voisin, qui donne sur la plus grande place de la ville ancienne, Am Hof, le berceau de la Vienne romaine. C'est la nonciature apostolique. Que l'ambassadeur de France demande asile à celui du pape ne peut que compliquer la situation et provoquer, on s'en doute, un nouvel incident diplomatique. En effet, depuis le 15 février, la République a été proclamée à Rome par les Français du général Berthier et le pape, Sa Sainteté Pie VI, un vieillard de 80 ans, contraint de s'exiler à Sienne dans les trois jours. Puis, on ne sait comment, Bernadotte regagne son ambassade assiégée. Le nonce est soulagé. Dans la soirée, l'ambassadeur fait porter une lettre de protestation au ministre des Affaires étrangères, exigeant que les abords du palais Caprara-Geymuller soient dégagés. On lui donne, par retour, les assurances nécessaires. Mais le drapeau de la discorde est toujours étendu du balcon à l'entrée... Survient le nouvel ambassadeur autrichien à Paris – il vient d'être nommé – qui devait rejoindre son poste. Le baron von Degelmann, qu'on suppose plus malléable que son collègue français, passe une partie de la nuit à apaiser Bernadotte. En vain.

La foule, elle, se déchaîne. La lumière des flambeaux et des lanternes jette sur le fameux drapeau une lueur vacillante mais insupportable aux Viennois. Quelques excités parviennent à escalader la façade, arrachent une partie de l'étendard républicain et le brûlent. Ils emportent ces restes au poste de police le plus proche. Le fonctionnaire de service consigne leur dépôt, que les émeutiers désignent comme la preuve de la provocation. Puis, dans un craquement, les portes du palais sont enfoncées, de nouvelles fenêtres brisées et de la vaisselle jetée et piétinée dans la rue. Quelques carrosses de Son Excellence sont sortis de la cour et partiellement endommagés. La garde de l'ambassade, débordée, les évacue cependant qu'un détachement autrichien fait dégager de force la cage d'escalier. Il était temps : la foule, enragée, cherchait la chambre de l'ambassadeur. Des pistolets sortent, des coups de feu sont échangés mais, par chance, personne n'est atteint. Bernadotte a failli être lynché par la foule qui criait *« Il faut exterminer les Français, il n'y en a pas un de bon ! »* Vers deux heures du matin, le calme est à peu près revenu. L'émeute a duré sept heures.

Le jour suivant, 14 avril, la rue est bouclée et ses accès surveillés par la troupe qui reste mobilisée, comme la garnison viennoise. Le ministre de la police impériale fait lire un appel au calme à la population, toujours menaçante. Bernadotte, qui n'a pas dormi, est de plus en plus furieux. Au matin, il envoie un de ses officiers – une ambassade de l'ambassadeur – auprès de l'empereur, à la Hofburg, priant Sa Majesté de lui faire établir sur-le-champ un passeport afin de quitter Vienne au plus vite. Car Bernadotte refuse toujours de faire décrocher les lambeaux tricolores. Un drapeau insulté, c'est grave. Mais il est non moins vrai que l'ambassadeur républicain a délibérément provoqué la cour la plus hautaine d'Europe. Le chambellan impérial, le comte Colloredo, un parent du prince-archevêque de Salzbourg, assure l'émissaire que le document va être délivré sans délai. L'empereur est fort ennuyé. Cette affaire est stupide et il s'en passerait mais Bernadotte est impossible. Dans l'après-midi, le souverain envoie un de ses conseillers et le baron von Degelmann avec mission de négocier une solution. Bernadotte est intraitable, le drapeau français a été saccagé. Devant son refus absolu, les autorités autrichiennes s'inclinent en lui conseillant la prudence, c'est-à-dire de quitter Vienne en pleine nuit. C'est mal connaître le Béarnais. S'il doit partir, son départ sera spectaculaire. Une nuit passe, sans nouveaux incidents, mais la tension reste vive aux abords du palais.

Le 15 avril (26 germinal an VI), vers midi pour qu'il y ait le plus de monde possible, le général battu par les bonnes manières entasse quelques compagnons et leurs bagages dans cinq calèches. Et le cortège quitte Vienne. Bernadotte est ulcéré, vexé, humilié. Il se promet un rapport cinglant au Directoire et à Bonaparte. Au moment de partir, les honneurs protocolaires sont rendus à ce représentant diplomatique qui emporte les restes de son drapeau roulés dans un étui. Mais la foule murmure toujours. À sa demande, ce qui n'est pas glorieux, une escorte militaire l'accompagne sur son trajet en direction de Rastatt, vers Salzbourg. Le général n'est resté ambassadeur à Vienne que neuf semaines... Comme on le sait, la suite de sa carrière se fera hors de la diplomatie. Le Directoire le nommera ministre de la Guerre, une fonction qui lui correspondait mieux que la négociation. Ayant épousé Désirée Clary, belle-sœur de Joseph Bonaparte, couvert d'honneurs pas toujours mérités et traître à son empereur, il deviendra l'inattendu roi de Suède et de Norvège en 1818. Son drapeau avait changé... Aujourd'hui, la monarchie suédoise reste, par la lignée des Bernadotte, la seule instituée avec l'assentiment de Napoléon.

VI

LE CONGRÈS S'AMUSE, UN PEU, BEAUCOUP, PAS DU TOUT...

Vienne aujourd'hui. Sur la rive gauche du fleuve, entre le Danube et ce qu'on appelle le vieux Danube – un ancien bras mort – s'étend le 22e arrondissement. Cette Donaustadt (Cité du Danube) est un nouveau quartier développé après les années 1970 sur une île artificielle d'une vingtaine de kilomètres de long. Des tours en forme d'hyperboles, des immeubles-miroirs, des milliers de bureaux et de places dans quatorze salles de réunions, des expositions, des conférences, des séminaires, des restaurants, des banques, une poste et même une station de radio, c'est l'Austria Center. Il a été ouvert en 1987 et constitue une ville hors de la ville, le principal pôle de rencontres professionnelles en Autriche. Il jouxte un autre ensemble d'immeubles destinés aux échanges et aux discussions, la cité de l'ONU. Commencée en 1973 et inaugurée en 1976, cette UNO-City n'a pas de vocation autrichienne sinon que les Nations unies louent à la République, sur près de dix-huit hectares, un gigantesque complexe placé sous le signe de l'organisation internationale, dont l'Agence internationale de l'énergie atomique, Prix Nobel de la Paix 2005 et d'autres institutions, par exemple celle s'occupant du développement industriel. Depuis 1979, Vienne, capitale d'un État neutre, est le troisième siège de l'ONU, après New York et Genève, avec des représentations diplomatiques spécifiques. Son influence est souvent ignorée ou méconnue. Et sait-on qu'avec le siège de l'OPEP, c'est à Vienne que les quotas de production pétrolière sont fixés par vingt-cinq États ?

Vienne est donc, aussi, une ville de congrès. Mais ce n'est pas nouveau… Avant d'avoir un sens exclusivement professionnel (sans parler de sa définition lorsqu'il réunit tous les parlementaires aux États-Unis), l'idée d'un congrès était de rassembler des plénipotentiaires de pays en guerre afin de conclure ou de confirmer la paix ou encore de débattre de questions internationales liées à des intérêts militaires et économiques. Dans l'Histoire, le terme de congrès est utilisé, pour la première fois, entre décembre 1797 et avril 1797 lorsque la France, la Prusse et l'Autriche se réunissent à Rastatt, en Rhénanie. Après le traité de Campo-Formio qui abandonnait la rive gauche du Rhin à Bonaparte, le congrès de Rastatt doit régler l'application du traité. On ne peut pas dire que ce soit un succès de la négociation sur les armes car non seulement la réunion s'achève par un échec mais surtout les deux représentants français sont assassinés par des hussards autrichiens alors qu'ils sortent de la ville…

Malgré cette issue tragique, où l'Autriche est gravement impliquée, quinze ans plus tard c'est encore l'Autriche qui organise la plus spectaculaire rencontre entre les nations qui s'étaient déchirées, le congrès de Vienne. Cette fois, l'Autriche n'est pas vaincue, elle est dans le camp de la victoire. Une ambition sans précédent car il ne s'agit plus de décider du sort des princes allemands mais de dessiner la nouvelle Europe post-napoléonienne. Ce sera, d'abord, une revanche.

Lorsque s'ouvre ce légendaire congrès de Vienne, le 18 septembre 1814, l'ombre de l'empereur déchu et exilé sur l'île d'Elbe pèse sur les travaux diplomatiques. Quel sort lui réserver à l'avenir ? Il y a seulement dix ans, dans l'euphorie d'Austerlitz, Napoléon avait imposé la disparition du Saint Empire et obligé son souverain à se contenter d'être empereur d'Autriche. François II le Germanique, devenu François Ier l'Autrichien, avait même dû renoncer à son titre, symbolique mais qui exaspérait Napoléon, de roi des Romains. Et le Corse, qualifié d'usurpateur puisqu'il s'était couronné empereur des Français, avait, à deux reprises, installé son quartier général à Schönbrunn, occupant Vienne du 12 novembre 1805 au 13 janvier 1806, puis le 11 mars 1809, après sa victoire de Wagram et un bombardement de 2 000 obus sur Vienne à deux heures et demie du matin. À l'aube, les Français étaient entrés dans une ville pétrifiée, choquée. Les Habsbourg-Lorraine avaient même supporté que la manufacture impériale de porcelaine d'Augarten, au nord de Vienne, crée pour le Français un service spécial, le fameux « Service de Schönbrunn ». Napoléon y avait repris ses quartiers. Il était vraiment chez lui dans le château de Marie-Thérèse. C'était difficile à admettre... Et après cinq mois de pénurie – l'armée napoléonienne avait eu du mal à empêcher des émeutes provoquées par la famine –, le vainqueur était reparti, non sans avoir ordonné la destruction des vieux remparts ; ils n'avaient pas su protéger le palais impérial, ils étaient obsolètes, datant des menaces ottomanes.

Mais, depuis cette période éprouvante, on avait vu initiative plus prometteuse. Le 4 mars 1810, le maréchal Berthier, prince de Neuchâtel et de Wagram, était arrivé comme ambassadeur extraordinaire. S'il n'avait pas le comportement regrettable de Bernadotte – c'était un progrès notable ! –, il était porteur d'une mission exceptionnelle puisqu'il s'agissait de demander à l'empereur François Ier... la main de sa fille Marie-Louise pour Napoléon. Le lendemain, selon un témoin, la ville vivait son entrée solennelle *« au milieu d'un concert inouï de grands seigneurs et de peuple. Toute la Cour était allée à sa rencontre avec les équipages de la Couronne qui devaient le transporter au palais. Le peuple viennois, dans un excès de contentement, voulait dételer sa voiture pour la traîner et on eut beaucoup de peine pour empêcher cette manifestation tumultueuse ».*

Berthier a 57 ans. Son courage est réputé dans la Grande Armée ; plus d'une fois, on l'a vu se précipiter au cœur des combats. Les Viennois savent qu'en juillet 1789, major général de la Garde nationale de Versailles, il a protégé la famille royale puis qu'en 1791, il a aidé Madame Adélaïde et Madame Victoire, tantes par alliance de Marie-Antoinette, à s'enfuir. Il a même été rayé des cadres à la chute de la royauté. On apprécie également son engagement au cœur des combats : à Wagram, son cheval a été tué sous lui... Mais Vienne sait aussi que son caractère est mesuré et qu'il a rempli de délicates missions diplomatiques, en particulier auprès du roi d'Espagne en août 1800. Non, vraiment, il n'a rien de ce rustre de Bernadotte ! Les journées du 6 et du 7 mars ne furent que des fêtes. Le 7 au soir, respectueux des usages de la cour d'Autriche et n'oubliant pas le protocole observé pour Marie-Antoinette, l'ambassadeur de Napoléon transmet sa demande au souverain, lequel donne son consentement avec solennité. Peut-on refuser sa fille aînée au maître de l'Europe ? Le surlendemain, l'archiduchesse qui avait passé sa jeunesse à trembler au seul nom de Bonaparte, renonce à ses droits sur la Couronne des Habsbourg. Et devient, selon la juste formule de Geneviève Chastenet, *« l'otage de Napoléon »*. Et le 11 mars, en l'église des Augustins, paroisse de la Cour, le maréchal épouse Marie-Louise au nom et en vertu de la procuration que lui a donnée Napoléon en février. Un banquet est ensuite servi dans l'immense salle du Manège espagnol. Le lendemain, Berthier reprend le chemin de la France, précédant la future impératrice de vingt-quatre heures. Le mariage s'était déroulé fastueusement et, nous dira Thiers, *« avec une joie qui égalait toutes les joies populaires »*. Berthier a (presque !) effacé Bernadotte.

Le musée municipal conserve, notamment, deux souvenirs de cette union où, comme il se doit, ne figure pas l'ambassadeur. Une médaille en argent, exécutée par Franz Zeichner et J.-B. Harnisch montre, à l'avers, un profil de Napoléon la tête ceinte de lauriers face à Marie-Louise, qui porte un diadème. Les visages sont entourés d'une inscription latine, rappelant que l'empereur est également roi d'Italie. Plus révélateur est le revers : une femme assise, symbolisant la ville de Vienne, présente à un génie un médaillon ovale. On y lit *« vota publica »*. Vienne approuve le mariage et formule, en dessous, ses vœux de bonheur. De même, on peut admirer une tabatière ronde en ébène, recouverte d'une plaque de cuivre dorée. On y compte trois profils. Berthier ? Non ! C'est l'empereur François, le père et beau-père. Napoléon porte le collier de la Légion d'honneur, François celui de la Toison d'Or. Marie-Louise est entre les deux, coiffée d'un diadème, le buste fort dégagé. Sous Louis XIV, Saint-Simon aurait écrit que l'archiduchesse de 19 ans est *« très présentée »* ! Une vraie lune de miel entre deux pays mais elle sera brève.

À la chute de l'Empire, Berthier se rallie à Louis XVIII, accueille le frère de Louis XVI à Compiègne (là où il avait accueilli Marie-Louise...) et chevauche à côté du carrosse du roi Bourbon lorsqu'il entre dans Paris. À 61 ans, Berthier totalise trente-cinq ans de batailles, plusieurs blessures dont une à la tête, le titre de pair de France et la croix de Commandeur de Saint-Louis, attribuée au moment de l'ouverture du Congrès.

Régler le sort des vainqueurs et des vaincus est une immense entreprise. Vienne est la capitale de l'avenir européen ; elle a déjà détrôné Paris depuis que les Autrichiens l'ont occupée en mars 1814. Chacun son tour... C'est l'empereur François Ier – qui est toujours le beau-père de Napoléon – le maître de maison.

Plus qu'aucune autre ville, Vienne est en mesure d'offrir à ses hôtes des divertissements de choix entre la visite des collections artistiques d'une rare qualité, les concerts, les soupers fins, les promenades au Prater, les bals et une bonne dose de galanterie. En dehors des discussions, la ville n'est que plaisirs, intrigues et séductions. On ne s'étonne pas que de jolies femmes, portant des noms illustres ou simplement ravissantes, surviennent de tous les pays pour glisser leurs charmes conquérants entre ébats et débats.

Tout ce que le continent compte de monarques, princes et aristocrates va côtoyer les plus fins diplomates. On compte 216 chefs de mission et 500 délégués ! Cette cour brillante accueille le jeune et séduisant tsar Alexandre Ier, le roi Frédéric-Guillaume de Prusse, celui de Württemberg et divers grands noms du Gotha. Les cinq plénipotentiaires importants représentent un prestige et une expérience des affaires étatiques jamais vus dans une ville avec un tel ordre du jour. Vienne connaît un couronnement diplomatique ; elle redevient le cœur d'un monde bouleversé par vingt-cinq ans de catastrophes et de miracles. À côté de lord Castelreagh pour l'Angleterre, de Nesselrode pour la Russie, de

Humboldt pour la Prusse, deux figures dominent le congrès de Vienne, Metternich, chancelier d'Autriche, et Talleyrand, représentant la France restaurée dans sa monarchie légitime après d'innombrables trahisons, serments, combinaisons et manigances géniales dont il est sorti plus indispensable que jamais. Il n'a été fidèle qu'à ses idées, lesquelles étaient parfois variables. Et son intelligence, mêlée à tout ce qu'il sait sur les uns et les autres, va lui permettre d'être, avec Metternich ou contre lui, un meneur de jeu hors pair. L'astuce du « Diable boiteux » s'impose d'emblée : alors que les vainqueurs cherchent à écarter la France des discussions, il va rameuter et soutenir les petites nations contre le quatuor victorieux pour être admis à la table des discussions. Un prodigieux rétablissement !

Personnage central du Congrès et de la vie viennoise, Clément Lothaire Wenzel, prince de Metternich-Winneburg, a 41 ans. Obstinément fidèle à l'Ancien Régime, il est l'ennemi définitif de la France révolutionnaire pour deux raisons. L'une est personnelle puisque ses biens familiaux sur la rive gauche du Rhin – il est né à Coblence – ont été confisqués par les sans-culottes. Compagnon de Benjamin Constant à Strasbourg, le jeune Clément était resté accablé et furieux que l'hôtel de ville strasbourgeois ait été saccagé après que la Bastille se soit rendue. L'autre motif est politique car l'éveil d'un sentiment national allemand contre les Français lui semble menacer l'hégémonie des Habsbourg. Aristocrate mondain, calme et hautain, il a épousé, grâce aux ruses de sa mère, la petite-fille de Kaunitz, le chancelier de Marie-Thérèse. À 22 ans, cette union lui avait permis d'accéder à une position plus enviable que celle d'être dépossédé de ses terres rhénanes. La dot de Maria Eleonora, 19 ans, faisait d'elle l'épouse idéale pour un assainissement financier. Cet argent compensait l'absence de beauté de la jeune fille et ouvrait à son mari les portes, étroites, de l'aristocratie viennoise. Metternich l'avait su très vite, Vienne était la ville où il fallait être. Enfin, il allait tenir le rang d'une famille qui, du temps de Charlemagne, s'appelait Metter. Fidèle à cet empereur, le comte Metter n'avait pas apprécié d'être accusé de trahison au profit des Saxons révoltés. Il avait secoué la tête en répétant *«Metter nicht!»* (*«Metter non!»*). Cette réponse avait pris la force d'un surnom puis d'un nom. Metternich saurait toujours dire non au chaos, à l'aventure, aux excès. Et le paradoxe est que cette négation fera partie de ses capacités de charmeur politique. Coquet, très soigné, il ne dit pas non aux femmes. Les journaux français se sont divertis à raconter ses frasques : *«Il n'est pas rare qu'il laisse son épouse et ses enfants pour souper avec des actrices»*, révélation qui enchante Talleyrand. Un de ses biographes, Humbert Fink, assurera que *«Metternich séduit et savoure, se laisse séduire et donne jouissance»*. On comprend qu'il soit très demandé. Mais – et c'est un point commun avec Talleyrand – ses maîtresses sont également des informateurs politiques. La vie à Vienne était décidément bien agréable. Le Rhénan s'était mué en amoureux du Danube.

Dans sa carrière diplomatique, le poste d'ambassadeur à Paris où il est nommé en 1806, est essentiel ; il lui permet d'étudier, à loisir, celui qui a transformé l'Europe mais ne tombe pas sous son charme. Il examine Napoléon comme un fauve mais l'animal venait de dompter l'Europe. En 1809, chargé de diriger la politique étrangère de son pays, ce pragmatique envisage un rapprochement avec la France. Ne vaut-il pas mieux s'allier au vainqueur... en attendant sa chute ? La ruse s'impose. Metternich ne dit pas non à ce renversement de circonstance. Il est même l'artisan du mariage de Marie-Louise selon un calcul diplomatique raffiné ; ainsi, l'empire d'Autriche sera placé en tampon entre la France et la Russie, ce qui assurera à Vienne le rôle d'une troisième force susceptible de rétablir l'équilibre européen. Ajoutons que même s'il a déclaré la guerre aux Français en 1813, Metternich s'efforcera de sauver Napoléon à condition que les frontières de 1792 soient rétablies. Le rôle du prince lors du Congrès sera celui d'un modérateur pour faire de l'Autriche la garante de l'ordre retrouvé en Europe. Sous le nom de *Sainte Alliance* (Autriche, Prusse, Russie), cette organisation maintiendra la paix jusqu'en 1848.

Le Congrès travaille... lentement mais il s'amuse vite, surtout quand les tractations n'aboutissent pas. Que de blocages, de susceptibilités, de refus et de concessions ! Les petits États ont de grandes ambitions ! Chaque jour marque l'arrivée d'une nouvelle tête couronnée et la ville semble vivre une fête perpétuelle, sous une pluie de fleurs et des ouragans de vivats. Pour s'y retrouver, la ville édite un *Guide des étrangers à Vienne pendant le Congrès* qui donne, ce qui prouve bien que tout danger semble exclu, les noms des souverains, ministres, chargés d'affaires ainsi que l'indication des rues et des numéros où ils habitent. Un délicieux film français de 1931, réalisé par Erik Charell avec Henry Garat et Lilian Harvey – deux grandes vedettes – restitue le marivaudage qui égaie la politique. *Le Congrès s'amuse* évoque une romance entre le tsar de Russie et une jolie gantière qui a préparé un bouquet pour le lancer sur la voiture impériale à l'arrivée du souverain. On croit à un attentat. Quiproquos et comédie des erreurs. L'intervention de sosies est réjouissante. Hélas pour elle, la gantière ne deviendra pas tsarine car il y en a déjà une, la digne Élisabeth Alexeïevna, délaissée par cet époux dont elle est toujours éprise et inconsolable de la perte de deux enfants. L'impératrice de Russie sera l'une des rares femmes non courtisées pendant le Congrès, traînant sa solitude et son chagrin. Bien entendu, Metternich est au courant de cette idylle avec la gantière et s'en félicite car un tsar amoureux sera moins attentif aux travaux sérieux. Un plaisant refrain honore Vienne, centre du monde, sous le titre *Ville d'Amour* :

Je t'aimerai toujours, toujours,
Ville d'amour ! Ville d'amour ! Bonjour Messieurs !
Tu sembles sous ton firmament
Un paradis pour les amants... Je n'ai rien vu !
Au bord de ton Danube bleu
Les amoureux sont très heureux
Ils t'aimeront toujours, toujours
Ville d'amour ! Ville d'amour... Votre santé, Messieurs !

Serait-ce un rêve ? Non, c'est Vienne pendant plusieurs mois. Le film, qu'il ne faut pas confondre avec une seconde version réalisée en 1967, est l'un des premiers parlants dont la bande sonore restitue des sons de foules et de masses. Le scénario n'exagère pas car Alexandre Ier se fait plus remarquer par l'éclat de ses réceptions, son libertinage et ses talents mondains que par son assiduité. Il est d'ailleurs venu accompagné de Marie Narychkine, longtemps sa maîtresse officielle. Pourquoi est-elle à Vienne puisque leur liaison vient de se terminer ? On ne sait mais le monarque aura plus d'une aventure galante pendant son séjour, la plus ostensible étant avec la ravissante Catherine Bagration. Fort jolie princesse, Catherine Bagration n'a pas de fortune. Avec un désarmant sourire, elle accumule des dettes si monumentales qu'elle devra quitter Vienne au printemps pour fuir ses créanciers. Les appartements d'Alexandre Ier (ils portent toujours ce nom) au premier étage de l'aile Amélie de la Hofburg sont très animés. Une cohorte de femmes prétexte des audiences privées... Quand on pense que le tsar avait donné son accord à ce congrès de Vienne à condition qu'il prenne pour base les principes chrétiens... Cependant, ses manières de cosaque pressé valent aussi quelques déboires au tsar coureur de jarretières. Ayant fait savoir à la princesse Paul Esterházy, née de l'illustre famille bavaroise Tour et Taxis, qu'il lui ferait volontiers une visite très intime quand son mari aurait le bon goût d'être à la chasse, il ignore qu'elle a déjà un amant que tout le monde connaît, un prince de Liechtenstein. Pire : elle est fidèle à son amant ! Quelle situation ! Afin d'éviter de froisser Sa Majesté russe, Marie-Thérèse Esterházy envoie au tsar un courrier plutôt sec mais perfide : elle a dressé une liste de jolies femmes qu'il trouvera chez elle s'il s'annonce ! Alexandre Ier, amusé de ce jeu, renvoie, barrés, tous les noms qu'elle a proposés... sauf le sien ! Il ne veut voir qu'elle. La princesse Estherázy, affolée, fait prévenir son mari de rentrer au grand galop pour... recevoir le tsar. C'est ce qui arrive mais le mari comprend mal pourquoi Sa Majesté Impériale reste si peu de temps chez lui après avoir, semble-t-il, demandé à visiter son palais... Dix minutes, Alexandre Ier est resté dix minutes ! Furieux !

Il repart à l'attaque. Lors d'un dîner, la comtesse Palffy est assaillie en ces termes :

– Votre mari est absent. Il me serait agréable d'occuper provisoirement sa place...

Pas de chance, Sire, la proie est aussi spirituelle que sensuelle :

– Est-ce que Votre Majesté me prend pour une province ?

Toute la ville s'esclaffe. Et Alexandre Ier se concentre sur un nouveau décolleté. Pourtant, selon certaines rumeurs, le beau tsar de 37 ans, au charmant sourire et aux cheveux élégamment ramés sur son crâne chauve serait plus un collectionneur d'amourettes qu'un amant au tempérament insatiable. Dans peu de temps, il sombrera dans une étrange et définitive crise de mysticisme. À Vienne, le tsar est aussi célèbre pour sa surdité, parfois diplomatique. On pourrait se demander si certaines faiblesses auditives des grands de ce monde n'expliquent pas, en partie, des discussions durant des mois...

Hospitalière, Vienne offre un luxe inconcevable, surtout dans un pays qui a subi, depuis vingt-deux ans, tant de guerres, de défaites et d'occupations. Quelle revanche d'être la ville phare de l'Europe ! La population se gonfle de près de 100 000 étrangers qui veulent louer pour au moins cinq mois mais on ne trouve plus une soupente pour loger un valet, sauf à prix d'or et encore ; les denrées alimentaires sont d'un prix inabordable et cependant tout est acheté, préparé et servi. Le cabinet impérial, fier mais un peu inquiet de ces foules incessantes avides de distractions, constitue une commission des divertissements qui publie chaque jour le programme, du bal masqué à la chasse, du théâtre à la parade militaire.

Dans l'ancien palais impérial, on peut toujours admirer le somptueux mobilier et les tapisseries à fond rouge qui décorent ces pièces, où, sous François-Joseph, on servira les dîners intimes de Sissi avec son mari. Le tsar prétend pouvoir danser quarante nuits consécutives... et le prouve ! On danse partout. D'une façon qu'on ne connaissait pas, sur un rythme à trois temps. Une nouveauté fait fureur, la valse qui fait ses débuts en société après être née dans les bals de barrière. La valse entre dans le monde, elle n'en sortira plus. Dans les ambassades, dans les salons de la Hofburg, la Grande Galerie de Schönbrunn et les cafés du Prater, les danseurs s'épuisent à se divertir. Le vieux prince de Ligne suit cette folie avec curiosité et esprit. À 79 ans – il a encore quelques semaines à vivre –, cet ancien prince souverain de l'Empire, feld-maréchal autrichien et gentilhomme accompli, passe de salon en salon, avec difficulté car il y a foule. On s'écrase, on se marche sur les pieds, on fait connaissance parfois involontairement. Quelqu'un interroge le prince sur l'avancée des travaux des négociateurs. Cet homme d'autrefois répond, malicieusement :

– Le Congrès ne marche pas mais il danse !

Le mot fait fortune. L'Europe s'exprimant en français, le trait la traverse et fait rire. Même en France.

Le prince de Ligne regrettera tout de même, juste avant de mourir, que les discussions soient noyées dans le tourbillon des divertissements. Le Congrès s'assoupit... On signale que dans la grande salle des Redoutes, un ancien théâtre construit sous Marie-Thérèse, les invités s'entassent. Ils devaient être trois mille, ils sont... six mille parce que les huissiers revendent les invitations au fur et à mesure qu'on les leur remet ! Un trafic qui peut durer jusqu'à l'aube. On finira par s'apercevoir de ce commerce honteux où les cartons passent en des mains malhonnêtes : mille cinq cents petites cuillers en vermeil, spécialement fabriquées pour la soirée, disparaissent ! C'est le Bal des Voleurs ! Et ces bouteilles rares dans le cellier de la Hofburg ? C'est un sublime vin de Tokay, l'empereur en a encore une centaine qui ne seront servies qu'aux plus grands. Certains cuistres essaient de soudoyer le personnel des cuisines, proposant jusqu'à cent cinquante florins pour un flacon de ce nectar qui était arrivé jusque sur la table de Louis XIV. Ah ! Les souvenirs du congrès de Vienne ! Il y en a de plus dignes, comme les innombrables concours de danses dans le Manège d'hiver où les humains remplacent les chevaux ou le concert donné par Beethoven – le malheureux fait semblant de diriger l'orchestre – de sa version définitive de *Fidelio*, nettement mieux accueilli que lors de sa création en 1805. Beethoven est l'exemple d'un immense artiste qui a cru en Napoléon et ne lui pardonne pas les malheurs infligés aux peuples germaniques. Beethoven est acclamé ; il incarne le réveil du nationalisme allemand depuis la bataille de Leipzig, dite la bataille des Nations, en 1813. Les compositions de Beethoven sont un hymne à la liberté ; jamais sa popularité n'a été aussi grande et c'est un baume sur son isolement incurable.

Et Talleyrand ? Il se surpasse. Nommé ministre des Affaires étrangères le 13 mai 1814, il est l'envoyé plénipotentiaire de Louis XVIII, chargé de remplacer le comte Louis de Narbonne, ambassadeur à Vienne depuis un an et que Metternich avait accueilli avec un ostensible assaut d'amabilités. Mais M. de Narbonne avait été nommé par Napoléon, il ne pouvait donc rester à Vienne où l'on ne voulait plus entendre parler du Corse. Il fallait être Talleyrand pour servir Naploléon, le trahir, le resservir et être désigné par Louis XVIII. L'excellent comte de Narbonne avait été trop honnête ! Toutefois, Louis XVIII, podagre mais d'une subtilité parfois méconnue, s'il compte sur les talents de son émissaire, n'a aucune confiance en lui et impose deux royalistes dans sa délégation, le marquis de La Tour du Pin-Gouvernat, chargé de vérifier et de signer les passeports, et le comte Alexis de Noailles, un esprit modéré ; tous deux sont dévoués au frère et successeur de Louis XVI. Talleyrand s'accommode de leur présence, il a fréquenté pire... sans compter les domestiques et quelques officiers, sa délégation rassemble à peu près toutes les opinons affichées en France depuis quinze ans ; ainsi, Talleyrand ne se trompera pas. Elle est composée de plus de trente personnes, dont Emmeric de Dallberg, un Badois naturalisé Français qui a les meilleures relations en Allemagne et en Autriche, Neukomm, son musicien habituel – ce que les Viennois apprécieront peu ! –, Rouen, son secrétaire particulier, un conseiller d'État, un lieutenant des Mamelouks et de Marie-Antoine Carême, son cuisinier qui n'a que 30 ans mais dont le nom est déjà célèbre dans toutes les cours d'Europe. Carême exige que la pâtisserie soit considérée comme l'un des Beaux-Arts, la qualifiant de « *branche principale de l'architecture* ». Une pièce montée est l'œuvre d'un architecte culinaire. Carême est presque plus important que son maître puisque Talleyrand, dont les soupers ont toujours été recherchés, a fait savoir que « *la France a davantage besoin de bons cuisiniers que de bons diplomates*». Cependant, si, selon la tradition c'est à ces moments qu'une roue de Brie est présentée comme «*le roi des fromages*» (il ne manquait que celui-là), on ne peut dire qu'il s'agisse d'un compliment à un cuisinier : mais c'est entendu, chez Talleyrand, le couvert sera dressé à la table des négociations. Enfin, pour que la postérité connaisse ce congrès de la paix, un peintre accompagne Talleyrand et pas n'importe lequel, Jean-Baptiste Isabey, l'un des artistes préférés de Napoléon, ce qui est d'une exquise perversité. Mais Isabey a un grand talent et après avoir débuté en ornementant des tabatières et des boutons d'habit, il avait été remarqué par Marie-Antoinette. Il arrivait de Nancy et avait 20 ans. Dès 1788, il était admis dans l'atelier de David. Fidèle à Napoléon – bien qu'il ait perdu son fils aîné dans la campagne de France – Isabey a suivi le conseil de son maître abdiquant à Fontainebleau qui était de se rallier à Louis XVIII. Avec autant de zèle qu'il avait soutenu Bonaparte ! Il obéira. Et il sera le peintre de l'Europe.

Début septembre, l'émissaire du roi de France a envoyé le marquis de La Tour du Pin préparer le palais Questenberg-Kaunitz, sur la Johannesgasse, près de la Kärtnerstrasse, en plein centre. La résidence choisie par Talleyrand existe encore, non loin de l'église et du couvent des Ursulines. C'est un édifice massif, un peu florentin, à peine habité depuis la mort du chancelier de Marie-Thérèse. En quinze jours, La Tour du Pin puis Dallberg remettent la maison en état car si les salons sont magnifiquement décorés dans le plus pur style viennois, les matelas sont rongés aux mites et les rats y ont leurs habitudes. Une pénible odeur de moisi imprègne les pièces. Parti de Paris avec sa nièce Dorothée, Talleyrand atteint Vienne le 23. Huit jours de voyage avec une certitude : prince de l'intrigue, il va refaire l'Europe sans Napoléon mais pas sans la France vaincue. Il clame bien haut qu'il a reçu des *Instructions* du roi ; c'est faux, il les a rédigées lui-même ! On les considère, encore aujourd'hui, comme des chefs-d'œuvre de la diplomatie française : «*La souveraineté ne peut être acquise par le simple fait de la conquête. Aucun titre de souveraineté n'a de réalité pour les autres États qu'autant qu'ils l'ont reconnu.*» À son arrivée, il reçoit un accueil presque incroyable. Ambassadeurs et chargés d'affaires voient en lui un personnage éternel et nouveau qui, selon Louis Madelin, « *[...] après avoir représenté la victoire, représentait aujourd'hui la légitimité et de plus était le dernier type de cette dignité élégante d'autrefois, tant prisée en ce moment. Grands et petits diplomates rendirent hommage à sa personne, fréquentèrent sa maison...* ». Il est exact que Vienne bruisse encore du projet, insensé, de Talleyrand en avril 1813, de transformer l'Empire en Royaume, convaincu que Napoléon, fils de la Révolution, ferait le meilleur des rois en repassant définitivement le Rhin, les Alpes et les Pyrénées. À cette proposition, dont Metternich avait eu vent, l'Autrichien avait répliqué qu'elle ne manquait pas d'originalité mais qu'elle ne pouvait qu'avoir « *la valeur d'une mauvaise plaisanterie* ».

Talleyrand s'installe en grand seigneur. En aucun cas, il ne faut faire pitié ; c'est lorsqu'on est battu qu'il faut éblouir et s'imposer. Et personne ne saurait le dépasser dans les fastes. En moins de huit jours, tout Vienne admire ses salons illuminés et sa table est ouverte. Elle est magnifique, peut-être plus somptueuse que succulente. Carême le mal nommé assurera : « *Notre art escorte la diplomatie. Présider une chambre politique ou remplir une ambassade, c'est faire un cours de gastronomie.* » L'amphitryon se flattera même d'avoir « *appris à manger aux Russes* » et on le verra à Saint-Pétersbourg concocter des recettes savantes, sans doute irréalisables à notre époque. Mais en cet automne 1814, il n'est pas question de laisser à qui que ce soit la prééminence du goût, du luxe et de l'art de vivre. « *Recevez bien, surtout, c'est au nom de la France !* » répétait Napoléon. Un principe sacré chez Talleyrand. Sa nièce est requise en permanence pour être l'âme de ces galas presque quotidiens. D'abord révulsée par l'aspect « *dégoûtant* » de cet oncle par mariage, elle a été vite séduite par ses manières et son esprit. Plus éclatante que belle, spirituelle, instruite et informée, maniant le tact et l'audace, elle est la parfaite complice et partenaire de l'ambassadeur. Ses invitées – et rivales – « *succombent sous le poids des perles et des diamants* ». Le soir, les bals de la Johannesgasse provoquent des embarras de carrosses comme au temps de

Marie-Thérèse. Talleyrand a une stratégie à plusieurs degrés. Non seulement il faut recevoir pour exister, encore faut-il faire des visites, afin de se faire remarquer des distraits ou des timides qui peuvent être utiles. Dans son carrosse de cérémonie, le prince de Bénévent entreprend des tournées. Il parle peu mais se montre et apprend beaucoup. Il prend la température de Vienne. Diagnostic : fièvre politico-mondaine. C'est l'idéal pour ce négociateur. Déjà, il se sent à l'aise. Dès le 23 septembre, avant même l'arrivée du tsar, un spectacle est donné au théâtre de la Cour. Le roi Frédéric de Danemark, quinquagénaire maigre, pâle et chauve, est applaudi ; l'air viennois lui donnera vite des couleurs. En revanche, le souverain du Württemberg, précédé d'un énorme ventre, le visage cramoisi et peu aimable, ressemble à un sanglier ; il est accueilli fraîchement. Le 29, on se transporte jusqu'au Prater. Cette fois, le bon peuple est admis à guetter les altesses dans un concert assourdissant de salves d'artillerie et de feux d'artifice ; le vin coule sous les tonnelles. Soixante carrosses à six chevaux chacun, affolés par les détonations, sont bloqués avant d'atteindre le Danube. Une belle cohue mais le Congrès fera mieux !

30 septembre 1814. Une première réunion est prévue chez Metternich, à la chancellerie d'État de la Ballhausplatz, la Place du jeu de Paume. Ses bureaux sont dans une aile de la Hofburg, un bâtiment achevé en 1719 et remanié en 1766 par Nikolaus Pacassi, l'architecte qui avait embelli Schönbrunn. Aujourd'hui encore y sont installés les services du chancelier fédéral et du gouvernement. Pour se faire remarquer – ce qui est essentiel ! –, l'envoyé de Louis XVIII arrive le dernier, jetant un regard ironique sur ceux qui l'attendaient. Sans façon, il s'assoit entre l'Autrichien et l'Anglais, une façon d'être déjà un intermédiaire obligé. Avec un art éprouvé de prendre la direction des débats, il ose demander le but de cette assemblée. Le chancelier et ministre des Affaires étrangères d'Autriche lui explique que les chefs de cabinet ont voulu s'entendre sur le texte d'une déclaration préliminaire.

L'arrivant s'étonne :

– Les chefs de cabinet ?

Et regardant les messieurs qui lui font face, il réplique :

– Mais M. de Labrador n'a point cette qualité, M. de Humboldt non plus.

Metternich n'avait pas prévu ce rappel aux usages. Sous son toit, un comble. Embarrassé et agacé, il avoue que M. de Labrador est le seul représentant espagnol à Vienne et que M. de Humboldt ne devrait pas être là mais qu'il assiste et représente M. de Hardenberg devenu sourd et qui ne peut donc prétendre à la moindre conversation à cause de cette infirmité. Le pauvre Humboldt va s'époumoner en hurlant dans l'oreille de son supérieur qui n'entend absolument rien de ce qui se dit !

Talleyrand, le diplomate au pied-bot, saisit l'explication d'une manière fulgurante :

– Si les infirmités sont un titre, j'aurais pu me faire accompagner ici...

Talleyrand a réussi son entrée au Congrès, il a fait un mot. Et il l'accompagne d'une mise au point autour d'un autre mot. Le plénipotentiaire, flamboyant, obtient que le terme « Alliés », utilisé au traité de Paris, ne soit plus employé à Vienne.

– Alliés ? Contre qui ? Ce n'est plus contre Napoléon : il est à l'île d'Elbe. Ce n'est sûrement pas le roi de France : il est garant de la durée de la paix. Messieurs, parlons franchement, s'il y a encore des Puissances alliées, je suis de trop ici !

Il donne le ton, il n'y aura que des États en discussion autour d'une table, ronde bien sûr, couverte d'une carte de l'Europe où l'on va rectifier les frontières avec règles, compas et mappemondes. À n'en pas douter, la France va rétrécir.

Les réunions sont brèves parce que les convoitises des vainqueurs créent des difficultés préalables aux négociateurs mais aussi... car on ne voudrait manquer aucune réjouissance. Elles sont nombreuses, on cherche des prétextes à prolonger les raffinements viennois. Ce Congrès de l'Europe est sans précédent par ses ambitions, le rang et le nombre de ses participants et le rôle du plaisir qui l'entoure. Il y a des conciliabules, des rencontres à deux ou à trois, des confidences des uns, des aveux des autres. Des valets portent des lettres, reviennent avec des billets. Et des entretiens officieux qui ne sont pas les moins importants. L'ambassadeur français soigne son apparence. Il s'amuse à recevoir au moment de sa toilette – une habitude assez répandue à l'époque, ne serait-ce que pour prouver son hygiène –, ravi d'engager des propos sérieux pendant son bain de pieds – une vision éprouvante... – ou lorsque son coiffeur intervient. L'une des joies de Talleyrand est d'apprendre qu'Isabey croule sous les commandes de portraits. Se faire peindre par un artiste qui avait activement œuvré à la décoration du sacre de Napoléon n'est pas banal. Les célébrités prennent rendez-vous et l'atelier, sis dans le quartier de Léopoldstadt, ne désemplit pas. Ces portraits sont un témoignage d'intérêt envers un peintre français qui était déjà venu à Vienne en 1812. L'essentiel, toutefois, est que Vienne sache que le peintre est venu sur les conseils de M. de Talleyrand... et qu'Isabey avait été chargé, en 1810, d'enseigner l'aquarelle à Marie-Louise, la nouvelle impératrice, après avoir été le premier peintre de Joséphine. Deux impératrices, un plaisir pour un esthète amoureux de la femme qu'il sait toujours bien rajeunir sans flatterie. Comme dans une comédie de boulevard, on recense quelques rencontres cocasses. Par exemple, lors d'un dîner fastueux donné par Metternich, Mgr Severoli, nonce apostolique à Vienne, s'amuse à remarquer que l'argenterie est aux armes de... Bonaparte ! Sur chaque table, pour cent cinquante personnes, des assiettes d'argent, des soupières, des plats et des couverts finement travaillés surprennent. Ne serait-ce pas un service royal, un peu voyant chez un chancelier ? C'est un cadeau de celui qui était empereur des Français à son beau-père, coupable d'avoir fomenté *« l'holocauste de la nouvelle Iphigénie »*, c'est-à-dire sa fille Marie-Louise. Le prince de Ligne, ravi de pouvoir placer un bon mot, glisse à Metternich :

– C'est service pour service !

D'ailleurs, la seconde épouse de Napoléon n'est pas loin, installée à Schönbrunn sous la protection – plutôt la surveillance – de son père avec son fils, le roi de Rome, un bel enfant aux yeux bleu foncé à qui ses gouvernantes ont dit de soulever son chapeau quand on le salue. Marie-Louise est toujours fidèle mais elle n'aura pas le droit de revoir son mari. Pas même d'y songer. Dans Vienne, on peut encore croiser le prince Eugène de Beauharnais, fils du premier mariage de Joséphine et fils adoptif de Napoléon. Personne ne l'a invité. Il se sent un intrus que l'empereur François, mécontent de sa présence incongrue traite sans égards. Le roi de Bavière, son beau-père, le tsar et Metternich interviennent pour adoucir cette rigueur. On lui accorde quelques honneurs mais aucun factionnaire ne monte la garde à sa porte, ce qui est très vexant. Eugène et le tsar se promènent souvent ensemble, bras dessus, bras dessous. Ils sont en civil, Alexandre parce qu'il se sent plus à l'aise pour multiplier les conquêtes, Eugène car il ne sait pas quel uniforme porter ! La police autrichienne le suit, soupçonnant que ses entretiens avec Marie-Louise cachent quelque complot, pourquoi pas l'enlèvement de l'Aiglon ? Le malheureux prince Eugène est considéré comme un espion bonapartiste, fourbe, menteur. Toutes ces accusations sont infondées ; il n'est que fidèle à son beau-père d'adoption, triste dans cette débauche de joies sur commande. On le fuit et il ne fait pas partie des milliers d'hommes en frac noir ou bleu, chaussés d'escarpins blancs ou noirs au bras de dames en robes blanches, bleu pâle ou roses. Le chapelier de la place Saint-Michel, face à la Hofburg, est dévalisé. On s'est battu pour des couvre-chefs ! Pendant ce temps, les discussions s'enlisent. Après le sort, douloureux, de la Pologne celui de la Saxe est en jeu. Même si son souverain ne retrouve pas tout son territoire, Talleyrand laisse éclater sa joie après le sauvetage politique de Dresde et de Leipzig. Louis XVIII félicite son émissaire : *« J'ai grand plaisir à vous exprimer ma satisfaction. »* Le roi se méfie des annexions et découpages arbitraires et des avancées prussiennes trop proches en direction de Mayence. *« Ce voisinage eût été fâcheux pour le repos futur de la France. »*

Mais, sur le fond, la situation de la France n'est que superficiellement évoquée. À la duchesse de Courlande, mère de Dorothée, l'ambassadeur de France laisse percevoir un moment de lassitude ; après avoir raconté des histoires triviales, il écrit : *« Les fêtes vont bien, chère amie, mais les affaires vont mal... Metternich est bien faible et tergiversant... Dorothée se porte bien, elle se plaît à Vienne. »*

Deux mois s'écoulent et sur le plan politique, il ne se passe pas grand-chose. Certains jours, il semble que le Congrès ait tout réglé en quelques heures mais le lendemain, les décisions apparaissent aussi boiteuses que Talleyrand. On entend son pas traînant qui racle les vieux parquets et l'empêche de danser. L'oncle de Dorothée écrit une nouvelle lettre, datée du 11 novembre 1814, désabusée : « *Nous avons quelquefois des conférences, mais jusqu'à présent sans résultat parce qu'il n'y en aura point avant que les grandes questions soient terminées. En attendant, on se ruine en fêtes.* » Et à la table de jeu il se délasse à bon prix... Et puis, que de tracas à cause de Dorothée ! Séparée de son mari avant d'arriver à Vienne, elle a trouvé de nombreux admirateurs. Lorsqu'il découvre qui est l'amant de sa nièce, Talleyrand maudit Dorothée. C'est un jeune uhlan de 22 ans, un Autrichien qui avait accompagné Napoléon de Fontainebleau à son embarquement pour l'île d'Elbe ! Il avait même protégé l'empereur contre des bandes enragées. En bref, la nièce trop jolie de l'ambassadeur du roi a une liaison avec un officier qui a sauvé Napoléon ! Après le congrès des cocus, voici le congrès des dupes. Un mois plus tard, le 13 décembre, on apprend le décès de prince de Ligne. Une grande figure disparaît. Il est mort comme il avait vécu, en gentilhomme puisqu'il avait pris froid, sans manteau, en raccompagnant des dames à leur voiture malgré ses 80 ans. Celui que Louis XVI surnommait « *Charlot* » avait aussi bien diverti l'Europe qu'il l'avait servie et incarnée, avec élégance.

3 janvier 1815. L'habileté retrouvée de Talleyrand sert bien la cause de Louis XVIII puisque la France conclut un traité secret avec l'Autriche, contre la Prusse et la Russie. Ainsi, l'essentiel n'est pas connu tout de suite. Un courrier, également secret, part de Vienne à destination de Louis XVIII : « *Maintenant, Sire, la coalition est dissoute et l'est pour toujours. Non seulement, la France n'est plus isolée en Europe mais Votre Majesté a déjà un système fédératif tel que cinquante ans de négociations ne sembleraient pas pouvoir parvenir à le lui donner...* »

Isabey est tellement prisé que le 21 janvier 1815, le peintre de Talleyrand – comme on dit depuis trois mois – décore la cathédrale Saint-Étienne où une messe solennelle est dite à la mémoire de Louis XVI. En mars 1809, les Français avaient commis le blasphème de se battre jusque devant le maître-autel ; plusieurs œuvres d'art avaient été endommagées lors de la seconde occupation napoléonienne.

Ce service expiatoire est à l'initiative de Talleyrand qui écrit à Louis XVIII que tous les ambassadeurs seront conviés et que *« [...] tout ce que Vienne compte de plus distingué dans les deux sexes se fera un devoir de s'y rendre. J'ignore encore ce que cela coûtera mais c'est une dépense nécessaire. Rien de ce qui peut rendre cette cérémonie plus importante ne sera négligé. [...] »* Il s'agit *« d'être les interprètes de la douleur de la France »* et elle doit *« éclater en terre étrangère et sous les yeux de l'Europe rassemblée »*. [...] *« Tous les membres du Congrès y seront invités et je me suis assuré qu'ils y viendraient. »* Parmi les événements imprévisibles du congrès de Vienne, voir l'ancien évêque d'Autun, excommunié, défenseur de la constitution civile du clergé et diplomate d'une France belliqueuse de cent trente départements demander à l'archevêque de Vienne de célébrer une messe de pardon en mémoire de Louis XVI, *« l'anniversaire d'un jour de deuil et d'horreur éternel »*, restait incroyable et inconcevable il y a encore quelques mois. Et dans l'histoire de la cathédrale une date majeure, souvent oubliée lorsqu'on la visite ou qu'on assiste à un office. Talleyrand a-t-il des remords ? C'est peu probable chez un personnage au passé si chargé. En tout cas, il n'a pas de scrupules ni, quand c'est utile, de mémoire. Mais quel organisateur !

Songeons à ce 21 janvier 1815. Vienne est sous la neige, giflée par le froid. On perçoit même le glissement de quelques traîneaux. L'admirable toiture polychrome, alors supportée par une forêt de trois mille troncs d'arbres remplacée depuis par une armature de 695 tonnes d'acier, disparaît sous un voile blanc. La *Pummerin*, le plus gros bourdon d'Europe après celui de la cathédrale de Cologne, fondue en 1711, balance librement ses vingt-deux tonnes, égrenant le glas depuis la tour nord. Des grappes d'uniformes, de femmes en manteaux longs et pelisses, descendent des attelages et empruntent le portail du Géant. Bien avant onze heures les invités qui ont reçu des invitations rouges ou bleues (celles-ci sont les meilleures places), s'installent sous la nef centrale, haute de vingt-huit mètres. Sur près de cent mètres, de gigantesques tentures noires brodées d'argent recouvrent les murs ; les piliers – il y en a cent sept –, ornés de statues de saints, portent chacun un écusson aux armes de France. Devant le maître-autel, consacré le 19 mai 1647 et considéré comme le plus important du premier style baroque viennois, un catafalque, haut de près de vingt mètres, est salué par un détachement de la Garde hongroise en grande tenue, à dolman et plumet. Quatre statues, qu'on ne verra que cette journée, figurent la France éplorée, l'Europe en larmes, la Religion montrant le testament de Louis XVI et l'Espérance qui guette la clémence du Ciel. Tout est sombre, tragique. Des milliers de cierges ne parviennent pas à éclairer l'immense vaisseau. Une tribune est réservée aux souverains, une autre, en face, accueille les princes et toutes les autorités civiles et militaires. L'empereur d'Autriche n'a permis aucune défection. Il a revêtu un habit noir, il est le seul des monarques à porter visiblement le deuil. Les femmes sont toutes en noir, de longs voiles dissimulant leurs silhouettes mais la nièce de Talleyrand, au premier rang, fait fonction de dame d'honneur. Le seul Bourbon présent est le prince Léopold de Sicile mais tous les Français de Vienne sont là, entassés sur les bas-côtés. Deux cent cinquante choristes entonnent un requiem composé par Neukomm, le musicien de Talleyrand. Qui les dirige, sans orchestre ? Saliéri, l'ancien rival jaloux de Mozart, maître de chapelle de l'empereur. L'archevêque de Vienne, le prince de Hohenwart, 83 ans, qui avait pris froid depuis trois semaines, n'a pu prétendre être encore souffrant. Un prêtre monte dans la chaire de la fin du XVe siècle en grès dentelé. Son intervention a failli être catastrophique. Le brave homme avait écrit une homélie ridicule ; il y vantait les aptitudes de Louis XVI à la serrurerie ! Talleyrand, qui veillait à chaque détail de la cérémonie, avait lu son texte. Horrifié, il l'avait fait réécrire en vingt-quatre heures par deux membres de l'ambassade. On avait ainsi évité un sermon *« absolument indigne du sujet et de l'auditoire »*. En revanche, la voix nasillarde, monotone et un *« intolérable accent alsacien»* du curé n'ont pu être transformés. Dès qu'il parle, quelques officiers russes ne peuvent s'empêcher de rire, ce qu'Alexandre Ier n'apprécie pas et sanctionne.

Le soir, Talleyrand reçoit en son palais Kaunitz où, depuis quelque temps, en raison du budget faramineux de la messe, il s'était contenté de petits soupers, souvent seul avec sa nièce, pour mieux la séduire. L'ambassadeur s'adresse des compliments à lui-même :

– Rien n'a manqué à cette cérémonie, ni la pompe convenable à son objet, ni le choix des spectateurs, ni la douleur que l'événement qu'elle rappelait doit éternellement exciter.

Emphatique, le prince de Bénévent laisse ses invités sidérés. Il ose qualifier sa mise en scène de réussite *«édifiante, imposante, éminente»* et ne craint pas d'ajouter :

– Quelle leçon pour les rois, pour tous les hommes ! Oui, Messieurs, cette cérémonie est une grande leçon !

En effet. Mais ses invités, connaissant tous sa carrière, ses parjures et son opportunisme, reçoivent ses propos comme une leçon d'hypocrisie. Talleyrand, fidèle serviteur et gardien de la mémoire de Louis XVI ? À Vienne, on aura vu l'impensable !

Au milieu de cette compassion forcée, un valet apporte deux billets. L'un, de Metternich, informe le maître de maison que, sur décision impériale, les frais de la cérémonie seront entièrement pris en charge par la cour d'Autriche. La somme s'élevant à 100 000 florins, ce qui avait soucié l'ambassadeur, M. de Talleyrand est soudain soulagé, presque enjoué. Ce bon Louis XVI, cet excellent empereur François, ah ! quelles heures émouvantes... L'autre message lui apprend que le tsar de Russie a séché ses larmes. Il est chez la princesse Bagration – il n'avait pu la voir ce matin... – où l'on donne une comédie puis un bal en compagnie des rois de Prusse et de Danemark. La journée avait été si dure ! Le prince de Bénévent ne fera pas remarquer que, si le tsar est suivi à bonne distance par ses aides de camp, c'est parce qu'il a la détestable manière de cracher partout ! Alexandre Ier est un Slave petit-fils d'une Allemande (Catherine II) qui peut passer facilement du rire aux larmes tandis que M. de Talleyrand planifie ses émotions.

Dix jours plus tard, Talleyrand apprend à Isabey que Louis XVIII lui accorde la croix de la Légion d'honneur, l'un des nombreux exemples de décisions prises par Sa Majesté le roi dans l'esprit de Sa Majesté l'empereur... Pourquoi s'étonner que la décoration inventée par Napoléon pour récompenser ses grognards distingue un artiste qui vient d'honorer le roi martyr ? L'empereur ? On en parle sans trouver un accord sur son sort futur, comme si sa consignation sur l'île d'Elbe n'était qu'une étape. Metternich et Talleyrand croisent le fer. L'Autrichien favorise les oppositions entre la Russie qui veut s'agrandir au détriment de la Pologne et la Prusse qui cherche à rogner le territoire de la Saxe. Talleyrand aggrave les divergences entre l'Autriche et l'Angleterre, toutes deux soucieuses d'équilibre européen mais ce n'est pas le même à Vienne et à Londres... Or, il y a dans les coulisses un agent de Napoléon, Cipriani. De Vienne, ses indicateurs lui révèlent que l'Europe, unie il y a quatre mois contre Napoléon, est maintenant désunie sur l'avenir. Et les espions bonapartistes apprennent que les Anglais proposent de déporter – comme un forçat – le prisonnier de l'île d'Elbe à Sainte-Hélène. Ces informations incitent l'empereur déchu à préparer son retour. Toutefois, un autre motif servira de prétexte officiel au Bonaparte pour se plaindre et en tirer les conséquences.

Le 15 février 1815, le tsar de Russie demande à Talleyrand pourquoi il n'exécute pas le traité du 11 avril précédent par lequel Louis XVIII s'engageait à verser deux millions de rente annuelle à Napoléon. Alexandre Ier, qui, malgré la campagne de Russie, a toujours considéré l'empereur des Français comme un frère et souhaité qu'il s'exile en Russie, est mécontent du laxisme financier du monarque Bourbon.

– Le traité de Paris n'ayant pas été respecté, nous devons en réclamer l'exécution : c'est pour nous une affaire d'honneur ; nous ne saurions en aucune façon nous en départir. L'empereur d'Autriche n'y tient pas moins que moi et soyez sûr qu'il en est blessé comme moi-même.

Talleyrand est embarrassé. Il sait fort bien que Louis XVIII et ses ministres ne paieront pas la pension convenue. Il sait aussi que l'opinion des participants au Congrès le reproche fortement à la France. Napoléon, qui a toujours été rigoureux en matière d'argent et détestait les dettes, peut considérer qu'il a été trahi... Il est fâcheux que le roi de France et de Navarre n'honore pas son engagement. Un moment, Talleyrand songe à un odieux marchandage où il ose demander à... l'Angleterre de servir la rente prévue pour le prisonnier de l'île d'Elbe ! Entre-temps, Lord Castelreagh a dû regagner Londres pour un débat parlementaire essentiel. Avec l'accord de son Premier ministre, il a lui-même désigné son successeur, le duc de Wellington, ambassadeur à Paris. Il est à Vienne depuis le soir du 1er février. Quelle chance que cette désignation ! Des dîners et des fêtes vont pouvoir être donnés et puis ce prestigieux soldat pourra tenir tête au tsar et être considéré par les autres plénipotentiaires comme leur égal. N'a-t-il pas libéré l'Espagne et le Portugal et vaincu, en six ans, tous les maréchaux de Napoléon ? Et en Inde, ne s'était-il pas illustré par un sens de la négociation rare chez un militaire ?

Wellington fait une arrivée sensationnelle à Vienne. Il démode tout ce qui s'est passé depuis cinq mois. On veut voir, toucher, entendre cet entêté d'Anglais né en Irlande qui a brisé le génie de l'artilleur Bonaparte et infligé au Corse une humiliante retraite de la péninsule Ibérique. Le premier soir où on apprend que le duc se rend au bal masqué de la Hofburg, au bras d'une dame au visage couvert et de lord Castelreagh, dont c'est la dernière fête, huit mille personnes se bousculent. Dans la salle des Redoutes, un orchestre à la tribune interprète la récente *Septième Symphonie* de Beethoven et sa composition, un hommage remarqué : *Victoire de Wellington à la bataille de Vittoria* qui débute par un tonitruant roulement de tambours. Même sourd, le tsar en a été impressionné. Le musée de Vienne conserve une gravure de cette soirée, due à Carl Schuetz, annonçant le style Biedermeir. Des paris sont ouverts sur ce que le Britannique va exiger, des fortunes changent de mains en quelques heures. Talleyrand s'informe : le duc a-t-il fait ses visites protocolaires ? Pas toutes. L'empereur d'Autriche a pris froid (à Saint-Étienne...) ; le roi de Prusse a oublié l'heure de son audience qu'il avait fixée lui-même, s'attardant dans l'atelier d'Isabey où il surveille l'exécution d'une miniature de la comtesse Julie Zichy qu'il adore... Gêné de son impair, Frédéric-Guillaume de Prusse fait savoir à Wellington qu'il sera chez le roi de Bavière un peu plus tard et l'y attendra. Le duc est navré : soudain, il n'a plus une heure de libre dans la journée. De telles susceptibilités ne peuvent que ralentir les travaux. Diplomatiques.

5 mars 1815. Sur les bords du Danube, on enterre Sa Majesté Carnaval après une dernière fête éblouissante. Les réjouissances ont duré près de deux mois. Outre cette longueur, la particularité du *Fasching* est d'organiser des fêtes dans des lieux très éloignés les uns des autres ; on pouvait perdre plus d'une heure à s'y rendre et revenir quand les quelque quatre mille lanternes municipales s'éteignaient, au petit jour, leurs bougies consumées. Fini les bals parés et masqués, voici le temps du Carême. Comme on ne danse plus, on organise des loteries charitables pour se distraire. Elles sont catastrophiques car les lots prévus clandestinement pour de jolies femmes sont, par erreur, attribués à des laiderons ! Oui, fini de rire...

Tôt dans la matinée, Talleyrand, assis dans son lit, écoute la conversation de sa nièce, charmante dès le réveil. Un laquais apporte, sur un plateau d'argent, un pli venant de la Ballhausplatz, les bureaux de Metternich. L'ambassadeur français pense que le chancelier lui précise l'heure de la prochaine conférence entre délégués. C'est, d'ailleurs, une curiosité de ces réunions : elles ne sont jamais fixées réellement à l'avance. Convenir d'un jour et d'une heure est déjà un travail. Il prie la jolie comtesse d'ouvrir la dépêche et de la lui lire, certain que la nouvelle est sans importance. Elle blêmit, stupéfaite : Napoléon s'est évadé de l'île d'Elbe !

Son oncle reste de marbre. S'attendait-il à cette fracassante nouvelle ? Craint-il que le Congrès ne soit gâché, ne serve à rien parce qu'on a encore seulement décidé... que rien n'était décidé en dehors de la Saxe et de la Pologne ? Et le roi ?

Dans un tel moment, le calme de celui dont Napoléon avait tant eu besoin avant de l'exécrer, est celui d'un grand ministre. Dorothée est beaucoup plus ennuyée que lui car elle devait se rendre aujourd'hui chez la princesse de Metternich. Elle avait prévu de répéter une comédie de salon avec une petite troupe d'amateurs mondains. Titre : *Le Sourd ou l'auberge pleine.*

Dorothée est déçue.

– Ah ! Mon oncle ! Et ma répétition ?

– Elle aura lieu, Madame...

Il mérite bien son surnom de Sphinx. Mais en cette journée du 5 mars 1815, M. de Talleyrand, qui a noué tant d'intrigues et déjoué tant de complots, formé tant de coalitions et ourdi tant de contre-complots, va devoir déployer une suprême habileté. Et des talents diplomatiques pour convaincre le Congrès de ne pas se dissoudre dans le ridicule... Il y a déjà cinq jours que Napoléon a débarqué à Golfe-Juan. Le navire qui l'a conduit de l'île d'Elbe au littoral provençal se nomme *L'Inconstant.* Un joli nom pour une telle équipée. La France est-elle digne de confiance ?

Metternich n'a dormi que deux heures. Il a beaucoup travaillé la veille. À six heures du matin, son valet de chambre le réveille en tenant une dépêche urgente, qui vient du consulat général d'Autriche à Gênes confirmant l'évasion de ce maudit Bonaparte.

Moins de deux heures plus tard, la Hofburg est en émoi et le chancelier devant son empereur. François Ier de Habsbourg est d'un calme qui confine à l'ennui mais, en la circonstance, c'est remarquable :

– Napoléon semble vouloir courir les aventures, c'est son affaire. La nôtre est d'assurer au monde le repos qu'il a troublé pendant de si longues semaines. Allez sans retard trouver l'empereur de Russie et le roi de Prusse. Dites-leur que je suis prêt à donner l'ordre à mon armée de reprendre le chemin de la France. Je ne doute pas que les deux souverains ne marchent d'accord avec moi.

À neuf heures, ces deux visites sont déjà faites. En moins d'une heure, la guerre a été décidée. À dix heures, les ambassadeurs sont chez Metternich dont les valets parcourent Vienne comme des fourmis. Talleyrand feint de ne pas être au courant. Après avoir lu la dépêche consulaire, il demande, impassible :

– Savez-vous où va Napoléon ?

– Le rapport n'en dit rien...

– Il débarquera sur quelque chose d'Italie et se jettera en Suisse, prétend le ministre.

Metternich réplique :

– Il ira droit à Paris.

Le chancelier a raison. Talleyrand est vraiment troublé. Il affecte un détachement digne, comme si cette nouvelle qui réveille Vienne engourdie était mineure mais, en réalité, il ne sait que penser. L'essentiel est de ne pas céder à l'inquiétude. Le soir même, Dorothée *« fort bien mise et fort jolie »*, joue dans la pièce prévue devant la Cour, laquelle est divisée sur les intentions de Napoléon mais pas sur le sort qu'il faudrait lui réserver, un procès. N'en avait-on pas fait un à Louis XVI qui n'avait pas des millions de morts sur la conscience ? Talleyrand est ébloui – aveuglé – par le talent de sa nièce qui *« a eu un succès prodigieux »*. La seconde comédie avait pour titre – cela ne s'invente pas – *La Danse interrompue* ! En effet... Talleyrand ferme son visage, l'envie de plaisanter l'a quitté.

À la pause entre les deux spectacles, tandis que l'on soupe modérément – il y a Carême et carême –, quelqu'un assurant que « l'Usurpateur » faisait route vers Naples, Talleyrand tente de reprendre la main :

– Je m'y attendais ! Jamais il ne parviendra à Paris !

On regarde Son Excellence sans vraiment le croire. Pour convaincre son auditoire, l'ambassadeur conclut :

– Cet homme est organiquement fou !

Les nouvelles qui parviennent de France, le fameux *« vol de l'Aigle de clocher en clocher »*, assomment Vienne. L'anxiété est partout même si quelques personnes ricanent en silence, Napoléon ayant conservé – c'est toujours le cas – de nombreux admirateurs, souvent inattendus, dans les pays qu'il a malmenés. Les bals et les fêtes sont suspendus, comme le souffle des valseurs. Comment ? Le drapeau tricolore est rétabli et sur la route qui le conduit vers Paris, les partisans de Bonaparte sont de plus en plus nombreux. Le 13 mars, Metternich concocte une protestation commune des Alliés (ils le sont à nouveau) retentissante, que Talleyrand ne peut contester et Wellington, qui a reçu carte blanche, signe le premier : *« En rompant ainsi la convention qui l'avait établi à l'île d'Elbe, Bonaparte détruit le seul titre légal auquel son existence se trouvait attachée. En reparaissant en France, avec des projets de troubles et de bouleversements, il s'est privé lui-même de la protection des lois et a manifesté à la face de l'Univers qu'il ne saurait y avoir ni paix ni trêve avec lui. »*

Il faut imaginer Vienne en cette soirée de mars 1815. Il y a ceux qui savent la nouvelle, il y en a qui, bien qu'au sommet des couronnes, ne savent encore rien et apprendront la fuite de « l'Ogre » avec vingt-quatre heures de retard, ce qui est le cas de Marie-Louise ; elle a passé sa journée à cheval dans les bois autour de Schönbrunn. La rigidité de sa réaction est exemplaire. Elle ne dit rien, ne marque aucune émotion puis s'enferme dans sa chambre. Mme de Montesquiou, Maman Quiou pour les intimes, gouvernante du petit prince, l'entend pleurer si fort que ses sanglots portent jusqu'à l'antichambre de ses appartements. Toute une éducation.

Le congrès de Vienne est contrarié, frustré de ne pouvoir continuer à savourer cette prolongation des *« temps délicieux »* dont parlait Talleyrand en évoquant l'Ancien Régime. Le Congrès ne s'amuse plus. Et l'ambassadeur se demande quelle France il représente – ou a envie de représenter –, un affreux dilemme que vivront de nombreux fonctionnaires civils et militaires. Isabey a déjà repris le chemin de Paris et est l'un des premiers à saluer Napoléon de nouveau maître des Tuileries dans la soirée du 20 mars. Le 4 avril, alors que le roi et les Bourbons sont en fuite et que l'ouest de la France royaliste est soulevé contre *« le fou de l'île d'Elbe »*, Napoléon envoie une dépêche aux ambassadeurs. Il les assure de son désir de paix et de respecter le traité de Paris, signé le 30 mai 1814. À Vienne, Talleyrand s'interroge. Napoléon a essayé de faire croire que l'Autriche le soutenait et qu'il n'avait débarqué en France que parce que Louis XVIII n'avait pas respecté ses promesses financières.

Dans son ambassade, le prince de l'intrigue est-il prêt à un parjure de plus, c'est-à-dire à se rallier de nouveau à Bonaparte ?

À Sainte-Hélène, dictant son *Mémorial*, Napoléon le laissera entendre car, je le redis, il avait ses informateurs dans le labyrinthe viennois... comme tout le monde : « *M. de Talleyrand était toujours en état de trahison, mais c'était de complicité avec la fortune. Sa circonspection était extrême, se conduisant avec ses amis comme s'ils devaient être ses ennemis, avec ses ennemis comme s'ils pouvaient devenir ses amis... Il a attendu deux fois vingt-quatre heures à Vienne des pleins pouvoirs pour traiter de la paix en mon nom. Mais j'aurais eu honte de prostituer ainsi ma politique. Et pourtant il m'en coûte peut-être l'exil de Sainte-Hélène, car je ne disconviens pas qu'il ne soit d'un rare talent et ne puisse en tout temps mettre un grand poids dans la balance.* » En d'autres termes, Napoléon n'aurait pas apprécié la trahison de Talleyrand à son profit. Et Talleyrand aurait peut-être retourné son habit brodé une fois de plus si le fugitif l'avait contacté... Effectivement, à Vienne, on s'interroge : en quel nom l'ambassadeur de France parle-t-il ? Lui qui a tellement tiré les ficelles de l'Histoire et changé de convictions en servant ses intérêts qui étaient aussi, souvent, ceux de la France, quelle sera son attitude ? Il n'a qu'une certitude : l'esprit de conquête de Napoléon est le pire ennemi de sa gloire.

En ville, les réactions divergent mais atteignent tous les milieux car certaines font craquer le glacis des conventions depuis l'ouverture du Congrès. À commencer par l'ambassade de France ! Et cela explique les hésitations, voire les erreurs d'appréciation de l'ambassadeur. Autour de Talleyrand, son personnel diplomatique trouve plusieurs responsables. Pour certains, les Anglais sont coupables de ne pas avoir surveillé convenablement l'exilé dont ils avaient la garde. Pour d'autres, le tsar est responsable puisque c'est lui qui avait choisi l'île d'Elbe « *si près des côtes de l'Italie et de celles de la France* ». Talleyrand avait songé secrètement aux Açores... Enfin, on maudit le traité de Fontainebleau car il ne contraignait pas Napoléon à rester sur son île – il n'était pas prisonnier mais exilé – et Louis XVIII qui n'a pas réglé les deux millions convenus...

Chez les domestiques de l'ambassade, qui commençaient à trouver le séjour monotone, c'est une explosion de joie, qui révèle un désordre idéologique. Chez les Polonais de Vienne, on exulte. Et le roi de Bavière, longtemps reconnaissant à Napoléon d'avoir érigé son duché en monarchie d'un côté mais qui s'était ensuite rangé aux côtés des coalisés est terrorisé, *« saisi au ventre, en provoquant un relâchement d'entrailles dont les effets ne tardèrent pas à être connus »* ! Ces désagréments font rire le tsar. Les Cent Jours seront difficiles pour quelques organismes... et quelques consciences. Que faire ? Ne rien dire et museler les journaux. Toutes les gazettes qui arrivent de France sont saisies et jusqu'au 12 mars, le silence de la presse viennoise est éloquent. La population s'acoquine avec des valets d'ambassades pour savoir ce que contiennent les dépêches. Metternich met en place un système de surveillance policière auquel il prendra goût ; ses agents investissent les hôtels et les palais, exigeant des aveux ou des révélations des domestiques, lesquels, pour une fois, en savent moins que leurs maîtres. Dans Vienne, deux sortes de craintes circulent. La première est que si Napoléon séduit à nouveau les Français, il n'y a aucun espoir de paix, il va falloir refaire la guerre. La seconde est que les laborieuses discussions et les accords arrachés et paraphés après des nuits de veille risquent d'être caducs. Tout ce qui a été décidé s'écroulerait, à savoir la mainmise de la Russie sur la Pologne, l'extension considérable du territoire prussien, la domination autrichienne en Italie septentrionale, la Belgique unie contre son gré à la Hollande. Le fragile édifice, autoritaire, est menacé, aussi dérisoire qu'un château de cartes. Un Congrès inutile ? Ce serait un autre désastre. L'issue était si proche ! Quelques événements semblent soudain à contretemps, les soirées bien sûr, mais aussi l'anniversaire du fils de Napoléon – il a 4 ans – qui est marqué par le congédiement immédiat de Mme de Montesquiou et la mise sous bonne garde de l'enfant dont on craint le rapt, les cérémoniels de la Semaine Sainte pendant laquelle les souverains autrichiens lavent les pieds de vingt-quatre vieillards, douze hommes et douze femmes, dans la cathédrale... Et cette vision, non moins étonnante, du prince Eugène qui reparaît en livrée française dans son équipage près du duc de Wellington, en frac bleu sur un cheval blanc... Toutes ces incantations pourront-elles conjurer la menace d'un nouveau conflit européen ? Dans les cafés où l'on reparle des anciens périls qui avaient menacé, les paris sont ouverts. Sans enthousiasme.

Napoléon ayant été déclaré hors la loi, le Congrès est ridicule. Talleyrand écrit à la duchesse de Courlande son rejet définitif de Bonaparte mais il a attendu une bonne semaine : *« L'Histoire ne fournit aucun exemple d'un pareil repoussement par tout le genre humain. On ne dira plus que son beau-père le soutient. Son nom à la fin de cette déclaration ne permet pas aux crédules de croire qu'il y a pour Bonaparte un asile quelque part. »* Le 25 mars, l'ambassadeur de France n'est pas convié à la signature d'un nouveau traité secret mobilisant 600 0000 hommes. Il y adhère trois jours plus tard *« au nom de Sa Majesté Très Chrétienne Louis XVIII »*. Les anciens nouveaux alliés, c'est-à-dire la France comprise, estiment l'entreprise de Napoléon vouée à l'échec. Du moins cherchent-ils à s'en convaincre. Les conférences militaires se succèdent (on y traite, enfin, du sort de la Suisse) mais on y adjoint de nouvelles prières, le 16 avril. La joie a fait place au recueillement pendant quatre jours. Le Congrès devient un centre de processions. Des moines, des porteurs de drapeaux, des élèves des écoles et la population viennoise avancent en cortège à travers les ruelles jusqu'à Saint-Étienne. On pourrait penser que ces manifestations ne sont que l'expression d'un fort sentiment anti-français. Pour les fidèles napoléoniens, le spectacle est pénible. Mais pour ceux qui espéraient tant la paix aussi. Un témoin rapporte les effets de cette ardeur religieuse et patriotique qui choque ceux qui ne veulent plus d'une guerre après des mois de diplomatie : *« [...] Ces chants harmonieux et monotones, cette marche grave et lente, l'ordre et la régularité de la cérémonie, cette réunion de femmes, de mères, d'épouses, l'absence de soldats pour lesquels on prie, tout cela annonce tant de malheurs et de larmes, qu'il n'y a pas un spectateur qui n'en ait pas l'âme profondément émue, à quelque nation qu'il appartienne. »*

Vienne ne peut mesurer l'ampleur de l'effervescence en Europe. Mais ce qu'on y apprend révèle une confusion indescriptible. À Londres, par exemple, le Parlement rechigne à se lancer dans une nouvelle guerre simplement parce que la France a changé de gouvernement ou même de régime. Sur la côte Adriatique, à Rimini, Murat lance un appel aux armes pour l'affranchissement de l'Italie puis met en fuite les Autrichiens qui occupaient Bologne. À Paris, une profusion, de libelles, de pamphlets et de feuilles plus ou moins clandestines fustige *« l'évadé de l'île d'Elbe »*. Bien que Napoléon ait, officiellement, aboli la censure dès son retour, des rédacteurs-censeurs manient les ciseaux avec mesure. Sous le manteau, on peut lire, dans la gazette royaliste *Journal du Lys* : *« Le monstre qui nous gouverne n'a pour lui que la canaille. Bonaparte est rentré à la tête d'une troupe de misérables. Il est poursuivi par la haine et le mépris de tous les Français »*, ce qui est faux si on consulte *Le Moniteur*, journal officiel, donc celui du vrai pouvoir : *« L'Empereur ne veut régner que par une Constitution faite et acceptée dans l'intérêt et par la volonté de la Nation. »* À Gand, Louis XVIII a constitué un cabinet d'exil dont Chateaubriand assure l'intérim, symbolique, du ministère de l'Intérieur. En observant le roi écroulé sur son fauteuil, le vicomte écrit que *« la légitimité gisait en dépôt comme un vieux fourgon brisé »*. Plus aimables, les partisans de Louis XVIII le surnomment, sans rire mais on rit quand même : *« Notre Père de Gand »* !

29 mars 1815. Wellington, que tout Vienne reconnaissait grâce à son splendide habit rouge, quitte la ville inquiète pour gagner Bruxelles et prendre le commandement des troupes anglaises car il craint une offensive du *« petit roi de l'île d'Elbe »* en Belgique. Son séjour a duré moins de deux mois, son action diplomatique brève mais décisive alors que les communications avec son Premier ministre étaient aléatoires. À l'arrivée du duc à Vienne – c'était le 3 février –, le peintre Isabey, impressionné par Wellington, avait souhaité le représenter sur le tableau, devenu célèbre, qu'il achevait. L'émissaire britannique n'hésita pas bien qu'il n'ait encore participé à aucune séance ! Isabey dessina le duc de profil, lui assurant qu'il ressemblait au bon roi Henri IV. Isabey avait flatté le duc. En l'apprenant, Metternich fit dire au peintre qui surveillait ses bagages du retour que c'était dommage car il était *« [...] assez bon diplomate pour faire partie du Congrès »*. C'est avéré : Isabey

interrompt sa célèbre composition où tous les participants sont autour d'une table. Il reprendra ses pinceaux quand la situation sera moins incertaine...

L'ambassadeur Talleyrand le constate, les diplomates ne sont plus guère utiles à Vienne sinon pour signer, tout de même, un acte final. Il serait impensable que sept mois de discussions ne soient pas sanctionnés par un document de conclusion. Dès le 27 avril, Louis XVIII prie son ambassadeur de le rejoindre à Gand. Le 5 mai, Sa Majesté insiste, lui donnant l'ordre de quitter Vienne *« aussitôt que vous aurez en mon nom signé l'acte final du Congrès »*. Le roi accorde trois jours à son représentant pour se mettre en route. Or, le 11 mai Talleyrand est toujours à Vienne, ce qui est surprenant car *« les affaires allemandes et italiennes »* sont en cours de règlement ; les principautés sont distribuées comme des récompenses. Le prince-diplomate est le champion des petits territoires. Certains lui doivent leur survie, inespérée. Ainsi en est-il de la principauté de Monaco, supprimée par la Révolution, rétablie par Napoléon, à nouveau menacée de disparition, les Grimaldi s'étant mis au service de l'empereur en vertu d'accords du XVIIe siècle impliquant que les princes de cette Maison se placent du côté de la France lorsqu'elle est en danger et en armes. Le Congrès, penché sur le puzzle de ces minuscules territoires, entend un Talleyrand grandiose dire, à la fin d'une séance :

– Et le prince de Monaco rentrera dans ses États !

Par cette seule phrase, consignée dans les décisions officielles, Monaco existe toujours, grâce à l'avocat des faibles. Petites causes mais un grand rôle... L'ambassadeur domine le Congrès des minorités. On pourrait y voir la preuve, inattendue, d'une générosité politique chez Talleyrand. Comme toujours, derrière un discours brillant, le Sphinx sert son intérêt. Parmi les hochets que lui avait attribués Napoléon, il y avait le titre le prince de Bénévent, petite ville d'Italie méridionale appartenant au Saint-Siège depuis 1053 et constituant une enclave dans le royaume de Naples. La papauté appréciait peu qu'un ancien prêtre défroqué règne sur des terres de l'Église et se comporte en suzerain. La région avait déjà souffert de deux usurpations dans le royaume de Naples, celle de Joseph

Bonaparte puis celle de Joachim Murat. Son titre rapportait à Talleyrand 60 000 francs par an ; on s'explique alors mieux pourquoi il tarde à Vienne. En réglant le sort des petits États, il semble altruiste avec les modestes... C'est exact mais, comme d'habitude, il tente surtout de sauver son patrimoine. La démarche est à peine cachée. Par décence – ou prudence – il a renoncé à son titre de Bénévent depuis le retour de Napoléon et se fait annoncer partout sous sa seule identité de prince de Talleyrand, espérant, d'ailleurs, que Louis XVIII lui en accordera un autre, davantage évocateur de la monarchie légitime. Dans ses dîners viennois, le représentant du Bourbon à qui ses voisines demandent des nouvelles de personnages bonapartistes portant des noms de victoires, Talleyrand affiche son soudain mépris envers la noblesse d'Empire :

– Je n'en ai jamais entendu parler, dit-il sèchement.

C'est donc en luttant contre les spoliations dont ont été victimes les petits princes d'Europe que Talleyrand prolonge son congrès de Vienne très personnel, celui de la récupération de ses prébendes. Que Bénévent lui soit retiré n'a aucune importance – il n'y est jamais allé ! – mais que les 60 000 francs ne lui soient plus versés, voilà qui est contrariant ! Ce dossier est gênant. Or, Metternich le soutient, enchanté de porter un mauvais coup à l'Église, trop riche et trop puissante. Si le chancelier avait dit, selon son patronyme *« Nicht ! »* à la manœuvre de l'ambassadeur affairiste, ce dernier aurait tenu sa parole auprès de Louis XVIII, dans son courrier du 27 mai : *« Sire, je n'aurai plus l'honneur d'écrire à Votre Majesté de Vienne. Je vais me mettre en route et porter à Ses pieds l'hommage de mon respect et de mon dévouement. »*

Quand il ose rédiger ce mensonge, Talleyrand fait uniquement patienter le monarque. Il faut absolument qu'il signe lui-même l'acte final et non, comme l'a souhaité le roi, un quelconque plénipotentiaire. Qu'importe à Talleyrand, par exemple, que le maréchal Berthier perde son titre de prince de Neuchâtel et que sa principauté soit restituée au roi de Prusse ! Jusqu'au 28 mai, seul Metternich et ses proches collaborateurs ont percé les raisons de la présence bizarre de Talleyrand à Vienne alors que sa nièce Dorothée a demandé ses bagages car elle va visiter ses domaines prussiens et quitter son oncle. À la fin mai, l'entêtement de Talleyrand à monnayer son titre devient le sujet le plus scabreux des discussions. Le temps presse, d'autant plus que l'Europe est liguée contre Napoléon. Il faut faire vite. Vienne se fait l'écho de l'impatience de l'ambassadeur qui fait toujours semblant de plaider pour les oubliés sur la carte si complexe de l'Europe... Les espions de Metternich multiplient les billets d'alerte : *« Intrigues pour Bénévent »* (note du 28 mai) *« Acharnement de Talleyrand »* (note du 1er juin). La manœuvre est éventée, Talleyrand n'est plus diplomate mais un marchand d'usurpations liquidant son stock. Il n'attend qu'une indemnité (pour ne plus rien devoir à l'Empire) et ne partira pas sans un accord. Il l'obtiendra, après une discussion interminable, quasi orientale, conforme à ce que disait Metternich, *« L'Asie commence à la Landstrasse »*, une rue où se trouvait sa résidence. Au cours d'une sordide négociation, l'ambassadeur, qui exigeait six millions, n'en obtiendra qu'un et demi... du roi de Naples et du pape ! Il vend un avantage napoléonien à des symboles de l'Ancien Régime, c'est admirable ! Décortiquant cette bassesse supplémentaire et ces comptes de boutiquier, Chateaubriand assure Talleyrand de son mépris par une formule cinglante en annonçant au monde que l'ambassadeur a vendu *« sa livrée en changeant de maître »*...

Enfin, il va pouvoir quitter Vienne. La ville est désertée par les monarques qui l'avaient honorée. Huit mois de fêtes, de savants calculs politiques, d'affaires en tous genres, s'achèvent dans une simplicité surprenante. Vienne n'est plus le centre de l'Europe ni le havre de la paix ; le temps des armes est revenu. Mais il faut bien conclure, en attendant que la guerre décide définitivement si une Europe restaurée d'avant l'ouragan napoléonien est possible ou si une Europe à la Bonaparte va s'imposer, contre toute attente. Les diplomates espèrent, discrètement, que cette dernière solution sera obsolète. Wellington a reçu ses ordres et 500 000 hommes doivent débarrasser définitivement le monde de ce gêneur de Bonaparte. Vienne a retrouvé son aspect printanier. Si les fêtes ont cessé depuis des semaines – elles finissaient par être totalement déliées de la situation réelle et fastidieuses –, un temps superbe fait sortir les Viennois de chez eux. Les embarras de cortèges ont disparu, Vienne est aux Viennois, alors qu'il fait *« chaud comme en été »* et que les promenades vers le Prater et l'Augarten annoncent le retour à une vie normale. Metternich lui-même quitte son quartier général de la Chancellerie pour sa maison du Rennweg où il avait donné des bals masqués. Cette résidence, vouée au repos, construite pour lui, appelée *Villa Metternich*, est remplie de trésors d'art et entourée de magnifiques jardins. Pour respirer un air plus frais, débarrassé des miasmes répandus par les conspirateurs, le chancelier dîne sous ses ombrages ; quelques personnages secondaires du Congrès viennent lui faire leurs adieux. Enfin ! Vienne continue de se vider, en proie à une métamorphose rassurante, comme si ces huit mois n'avaient été qu'une fièvre artificiellement provoquée. D'une certaine façon, c'était le cas. Toutefois, quelques mauvaises habitudes subsistent. Ainsi, le 25 mai, la ville a été réveillée par des fanfares à... trois heures et demie du matin ! Il ne s'agissait que du début des processions de la Fête-Dieu qui contraint la foule à s'agenouiller à chaque coin de rue, à chaque place. On aurait cru l'arrivée d'un souverain, comme pendant l'hiver. Et puis, personne ne va vraiment regretter Castelreagh, le délégué britannique et son épouse. Qu'ils dansent pour essayer de faire fondre leur embonpoint était cocasse et... sans espoir. Mais l'ambassadeur et sa femme grande, forte et blonde, ont laissé de mauvais souvenirs aux commerçants du Graben. On voyait ce couple, sans enfant, tendrement uni avec l'intention de faire des courses. Les premiers jours, c'était à qui serait sur le pas de sa boutique ou réaménagerait sa vitrine en espérant retenir l'attention du représentant de Sa Gracieuse Majesté. Très vite, il avait fallu déchanter. Selon le récit d'un témoin indigné : *« On voit lord et lady Castelreagh partout dans les rues, dans les boutiques, se promener en se donnant le bras, entrer dans tous les magasins, se faire montrer tout ce que contient l'établissement et s'en aller sans jamais rien acheter. »* Et les Viennois se souviendront que c'est le diplomate qui a donné le moins de fêtes, sauf un grand bal, en janvier. La véritable Vienne de ce début d'été 1815 se débarrasse enfin de ses importations de mondanités qui ont fait sa fortune, sa ruine et sa gloire depuis le mois de septembre. Et, comme chaque année, on s'offre des brins de muguet. Après avoir pesé sur des semaines de tractations, Napoléon est bien loin.

Le 9 juin, les plénipotentiaires signent l'acte final du congrès de Vienne. De nombreux artistes ont fixé ces heures d'Histoire mais Isabey en est, si je puis dire, l'illustrateur officiel. Le musée municipal de Vienne en présente une gravure de Godefroy. Cette œuvre est un exemple intéressant de la peinture d'Histoire relatant un événement d'une manière étirée dans le temps, ni dans son début ni dans sa fin mais dans son symbole. C'est à la fois une ouverture et une conclusion de ces débats. En effet, ce célèbre tableau ne reflète pas la signature de l'Acte mais une séance intemporelle. Nous sommes, en même temps, deux mois plus tôt puisque Wellington, à l'extrême gauche, qui vient d'arriver, est accueilli par Metternich, debout en culotte blanche et nous sommes juste après le 18 juin quand le même Wellington, généralissime des armées alliées, a définitivement battu Napoléon à Waterloo et rassuré les plénipotentiaires – on le voit à leur sourire ! –, lesquels, Wellington inclus, n'étaient plus à Vienne depuis longtemps ! L'autre particularité de ce *Congrès de Vienne* est qu'il avait été largement peint avant le retour de l'île d'Elbe et que sa commande, comme son exécution, excluaient toute réapparition de Bonaparte dans les inquiétudes européennes ! Depuis le vol triomphal de l'Aigle, c'était risqué... Dans cette grande salle du premier étage de la Ballhausplatz, que de symboles révélés par cette toile ! L'empereur François, l'hôte suprême, ne figure pas en souverain autrichien mais en empereur germanique, c'est-à-dire avant 1806, comme si Napoléon n'avait rien bouleversé alors que les personnages rassemblés sont, précisément, en discussion sur l'avenir de ses éphémères conquêtes. Isabey ne peut restituer les nuances, les hésitations, les oppositions, pour tout dire les marchandages de huit mois ni même la réalité du contexte, cependant, cette œuvre est très instructive. À l'extrême droite du tableau, un buste de Kaunitz indique que l'Autriche de Marie-Thérèse n'est pas engloutie par les appétits du Corse et on va s'en apercevoir. Ils sont vingt-trois, ces plénipotentiaires, dont neuf se partagent chaises et fauteuils ; les principaux semblent saisis sur le vif. Talleyrand ne pouvait qu'être assis au premier plan – il avait commandé l'œuvre ! –, son bras droit reposant sur le velours de la table ; ses pieds croisés permettent à Isabey de dissimuler adroitement son infirmité. C'est aussi une manière pour le peintre de remercier l'ambassadeur de l'avoir inclus dans sa délégation. Près de Metternich, Nesselrode, le Russe, debout, se penche légèrement, comme pour prendre connaissance d'un document qu'il s'apprête à saisir de sa main droite. De l'autre côté de la table, également debout, se tient le Prussien Humboldt. À son côté, le secrétaire du Congrès, l'Autrichien Gentz semble lire une des feuilles éparpillées sur la table ; il est la mémoire des débats. En bas, au centre, huit armoiries, celles des pays signataires, sont séparées par une plaque. Celle-ci précise : « *Congrès de Vienne. Séance des plénipotentiaires des huit puissances signataires du traité de Paris.* » Vienne-Paris ? Comme l'explique le roi Ferdinand VII d'Espagne, longtemps prisonnier de Napoléon chez Talleyrand au château de Valençay, « *il ne s'agit pas aujourd'hui de maintenir le traité de Paris, il s'agit de le refaire* ». Cette déclaration date du 9 juin ; elle marque la fin, officielle, du Congrès, signée par vingt et un diplomates. Huit jours plus tard, la défaite de Waterloo assure ces messieurs que les accords conclus à Vienne seront appliqués. Jusque-là, pendant neuf jours, les conventions étaient comme suspendues dans l'atmosphère, inappliquées car inapplicables. Rien n'était sûr. C'était ce qu'avait pensé Talleyrand qui ne s'était finalement mis en route que le 10 juin, après avoir confié les intérêts français au chargé d'affaires d'Espagne. La lenteur soignée avec laquelle l'ambassadeur de Louis XVIII avance vers son maître du moment est révélatrice. Il se hâte d'arriver en retard – on ne sait jamais ! – et trois jours après Waterloo, le 21 juin, il est encore à Aix-la-Chapelle lorsqu'il apprend la nouvelle. Enfin ! L'émissaire du roi de France défend immédiatement la monarchie... car elle est sauvée ! Il arrive donc tardivement en Belgique, ce que

Louis XVIII, fine mouche, lui fait remarquer avec humeur. Talleyrand fournit au gros homme une excuse décevante et plate :

– Sire... Les embarras du voyage...

En réalité, de Mons, Talleyrand avait expédié son secrétaire à Naples pour percevoir d'urgence les millions de sa principauté de Bénévent qu'il avait vendue. Le congrès de Vienne s'appliquait désormais, y compris les négociations très personnelles de l'ambassadeur, son mesquin congrès des braderies. Talleyrand voulait bien voler au secours de la victoire des Bourbons mais pas les poches vides... Ses affaires étant réglées, il allait pouvoir s'occuper de celles de l'Europe. L'ordre ancien est rétabli, à quelques exceptions notoires près : les États ecclésiastiques, les villes libres d'Allemagne et les républiques marchandes italiennes. L'Autriche est le grand vainqueur. Elle accentue son emprise, se faisant attribuer l'héritage de Venise et obtient une influence étendue dans la péninsule. Le Saint Empire n'est pas reconstitué, il est remplacé par la *Confédération germanique*. Si cette nouvelle institution dispose d'une diète fédérale à Francfort, c'est l'empereur d'Autriche qui en est le souverain et règne sur trente-neuf États. En pratique, Vienne reste donc la capitale de l'après-congrès et l'Autriche ne domine pas que des États allemands. Même si le bilan est fragile, jamais on ne reverra un tel éclat ni une telle démesure dans un congrès, que ce soit à Laybach, à Vérone, à Paris, à Berlin au cours du XIXe siècle.

L'une des conséquences de cette suprématie retrouvée des Habsbourg est le renforcement du pouvoir de Metternich. Il est le gendarme de l'Europe. Et à Schönbrunn, le petit-fils de son souverain est son plus précieux otage. L'Aiglon est comme son père, dans une cage dorée mais sans espoir d'évasion. C'est à Vienne que réside, sous surveillance policière, le plus délicat héritage napoléonien, un enfant de 5 ans. Jusqu'à Waterloo, il était un risque. Désormais, il est un espoir foudroyé. L'Europe des Princes va se reconstruire et se perpétuer sans qu'il y joue un rôle. Il y aura pire pour ses partisans : dans trois ans, son grand-père va lui octroyer le titre du duc de Reichstadt, achevant de le priver de toutes ses racines françaises et francophones. C'est le plus étonnant, le plus émouvant – et souvent méconnu – résultat du congrès de Vienne : le fils de Napoléon est devenu viennois...

VII

LA CRYPTE DES FANTÔMES

L'entrée est discrète, modeste. La façade, d'un crépi rose encadré de filets blancs et surmontée d'un clocher, s'ouvre sur quelques marches puis un sombre et long couloir. Jusqu'à une époque récente, les visiteurs se présentaient devant une simple table et prenaient leur billet auprès d'un moine. Le religieux rappelle la statue glissée dans une niche extérieure ; elle représente Marco d'Aviano, légat du pape soutenant l'armée de Charles de Lorraine. C'est lui qui, au matin du 12 septembre 1683, avait célébré la messe sur les hauteurs du Kahlenberg, dominant Vienne. C'était avant la bataille contre les Turcs.

Sur la droite, on descendait par un escalier pentu qui était, en son milieu, orné d'une inscription latine : *« Silentium ! »* (« Silence ! »). Une recommandation de plus en plus difficile à respecter en raison de l'affluence depuis la chute du mur de Berlin et l'ouverture des frontières. Pour mieux accueillir les foules de curieux, l'entrée du public a été déplacée vers la droite, en longeant le bâtiment qui donne sur le Neue Markt, en plein centre. Le silence qu'il convient d'observer en un tel lieu est celui qu'impose l'Histoire. La crypte des Capucins est un endroit impressionnant, certes moins attractif que la Hofburg ou Schönbrunn mais dont l'importance historique exige une visite lorsqu'on s'intéresse à Vienne. On ira de préférence le matin, à l'ouverture de la grille. Je ne manque jamais de m'y rendre. Jusqu'à la fin de la monarchie, la crypte était ouverte au public viennois le jour des Morts et aux étrangers tous les jours ; la visite, gratuite, se faisait alors obligatoirement sous la conduite d'un frère capucin que l'on trouvait à la sacristie. Appartenant à un ordre mendiant, il espérait une aumône pour les pauvres.

La Crypte des Capucins est aussi le titre d'un célèbre roman de Joseph Roth, commencé en 1916 et qui s'achève en 1938. Il fait suite à *La Marche de Radetzky*, se terminant à la mort de François-Joseph. Ces deux livres, majeurs et bouleversants, sont à lire et à relire tant ils évoquent, sous la forme romanesque, le naufrage de l'Autriche impériale et les souffrances de Vienne entre deux guerres mondiales. C'est d'ailleurs à cette époque, entre 1933 et 1936, pour le tricentenaire des premiers aménagements de la crypte, que l'extérieur a été transformé, sur la base d'anciens plans et dessins. Ici, dans les sous-sols, a été creusé le caveau de souverains et de leurs proches. À l'origine se trouvait un couvent – il y en a toujours un, qu'on ne visite pas – et une église fondés par l'impératrice Anna au début du XVIIe siècle. Elle et son époux, Mathias, ont fait construire, à partir de 1619, un premier caveau, mais l'usage d'y recevoir les dépouilles de la dynastie ne date que de 1633 car les travaux ont été longs. Au cours des siècles, cette dizaine de salles voûtées a été agrandie, transformée, complétée d'une partie dite nouvelle pour obtenir une présentation moins désordonnée des cercueils, pour la plupart en cuivre, certains recouverts d'argent. Ici, par ordre chronologique, douze empereurs, dix-sept impératrices et plus de cent archiducs et archiduchesses sont ensevelis dans des sépultures simples ou grandioses. Les Habsbourg puis les Habsbourg-Lorraine y ont été admis ; quelques illustres membres de la famille sont absents, nous verrons plus loin pour quelles raisons.

On ne peut ignorer, près de l'ancienne entrée, le monumental double sarcophage rococo destiné à Marie-Thérèse et à son mari. Un travail conçu par Balthasar Moll dès 1753, alors que le couple souverain était vivant. L'artiste avait déjà édifié le tombeau de Charles VI. Les deux époux, en partie allongés sur un lit d'apparat, se redressent face à face, dans un dialogue muet pour l'éternité. Les bas-reliefs représentent leur couronnement. Un ange les domine, prêt à souffler dans sa trompette au jour du Jugement dernier. Aux angles, des têtes de mort couronnées nous mettent mal à l'aise. Il faut comprendre que ces sculptures soulignent la manière dont la maison d'Autriche fréquente familièrement le trépas comme une préparation à l'au-delà. Sur les 139 cercueils réunis dans la crypte impériale, un seul n'est pas celui d'un membre de la famille, celui de la comtesse Fuchs, gouvernante de Marie-Thérèse. L'impératrice la tenait en une telle estime qu'elle lui accorda l'insigne honneur de la nécropole privée. Ce panthéon comporte aussi des tombeaux d'un grand dépouillement, tel celui de Joseph II dont la sobriété contraste avec la noire somptuosité de celui de ses parents.

Ne cherchez pas la sépulture de Charles Quint, inhumé à l'Escorial, près de Madrid, ni celle de François-Ferdinand, l'archiduc assassiné à Sarajevo avec sa femme en 1914. Ils reposent tous deux au château de Artstetten, à 100 kilomètres à l'ouest de Vienne. Le neveu héritier désigné de François-Joseph avait épousé, au nom d'un grand amour, une aristocrate tchèque mais cette union n'avait pas eu l'agrément impérial ; les enfants du couple, très uni, n'étant pas dynastes, leurs parents, qui sont deux les premières victimes de la guerre de 1914-1918, furent inhumés, selon leur volonté, dans ce ravissant château au-dessus du Danube, qui présente régulièrement de remarquables expositions historiques.

On ne trouvera pas davantage le tombeau du successeur de François-Ferdinand, son petit-cousin et dernier souverain d'Autriche-Hongrie, l'empereur et roi Charles, mort à Madère en 1922. Il y repose toujours et fut béatifié en novembre 2004. Souvent, depuis cette date, il est question de rapatrier sa dépouille ici mais les autorités de Funchal et de Madère n'ont guère envie de se séparer d'un homme qui a aimé l'île malgré son exil misérable et constitue un point d'intérêt touristique plus important qu'il n'y paraît. En revanche, sa veuve, l'impératrice et reine Zita, que j'avais eu l'honneur de rencontrer lors de son retour triomphal à Vienne en 1983 et qui est décédée le 14 mars 1989, fut enterrée ici, selon son vœu, le 1er avril suivant, jour anniversaire de la mort de son mari. Le président de la République autrichienne, Kurt Waldheim, assista à ses funérailles, ce qui attisa davantage les critiques contre lui, son passé de sympathisant hitlérien lui étant de plus en plus reproché dans une accusation bien tardive et qui ne l'avait pourtant pas empêché d'être, auparavant, élu secrétaire général des Nations unies. Le maire de Vienne, le socialiste Helmut Zilk, était également présent. En revanche, le chancelier Franz Vranitzky, avait refusé, déclarant que *«Zita Habsbourg est une personne privée»*, ce qui scandalisa de nombreux autres Viennois. Ces funérailles prirent l'allure d'obsèques nationales mais il est important de préciser qu'elles ne coûtèrent rien à l'État ni à la ville, leurs frais étant entièrement supportés par la famille. Dans un premier temps, le cercueil de Zita, simple et austère, fut déposé, provisoirement, aux pieds d'une statue de la Vierge en *Mater Dolorosa*, ouvrant les bras sur les malheurs de l'Empire, cadeau des femmes hongroises après la disparition de Sissi, qu'elles vénéraient. Aujourd'hui, le tombeau de Zita, déplacé, est conforme à ce qu'on pouvait attendre, près d'un buste de son mari. Sissi, Zita, ces deux épouses d'empereurs ne pouvaient être plus différentes, à tous égards, l'une de l'autre. Rappelons qu'après dix-huit années pendant lesquelles la double monarchie avait été sans souveraine, de 1898 à 1916, Zita, en pleine Première Guerre mondiale, avait été l'impératrice du courage et du malheur, la dernière souveraine de 55 millions de sujets parlant quinze langues et pratiquant cinq religions.

Pour ses obsèques, en présence d'un million de personnes, le vieux char funèbre que l'on peut voir au musée des Carrosses de Schönbrunn avait été sorti. Cochers et palefreniers s'étaient épuisés à reconstituer un équipage de huit chevaux, comme autrefois, pour le tirer dans les rues de Vienne, soudain transportée en une autre époque, en dépit de quelques polémiques mineures et indécentes. Ici, il faut bien parler du protocole funèbre suivi par la dynastie pendant des siècles.

Jusqu'à la mort du père de François-Joseph, l'archiduc François-Charles, disparu le 8 mars 1878, une procédure sévère était observée. Avant les obsèques, le cœur du défunt était extrait puis placé dans un vase canope et placé dans la crypte de l'église des

Augustins. Puis, les viscères étaient enfermés dans une urne en argent et scellés dans une boîte métallique rangée sur une étagère, dans la crypte de la cathédrale Saint-Étienne. Cette dispersion des restes obéissait à une double préoccupation. D'une part, elle rappelait la vanité de la vie terrestre. D'autre part, ainsi que me l'a confirmé le prêtre gardien des catacombes de la cathédrale, l'éparpillement de ces restes permettait aux fidèles de mieux prier pour l'âme des disparus. Plus il y avait de lieux pour demander le pardon de leurs fautes, plus ils avaient l'espoir de gagner le paradis. Or, cet usage, supprimé par François-Joseph, est à l'origine d'un surprenant malentendu historique à propos du fils de Napoléon. Il convient de le dissiper.

Dans la nouvelle crypte, aménagée en 1961, un cercueil est souvent ignoré des visiteurs. C'est celui de Marie-Louise, la seconde épouse de Napoléon, impératrice des Français puis princesse de Parme, morte en 1847. Ce sarcophage rectangulaire, en bronze, décoré de couronnes de lierre, est orné, à son pied et à sa tête, d'une tête de lion tenant un anneau dans la gueule. Des bouquets de violettes sont régulièrement déposés sur sa sépulture où l'on remarque une simple croix latine et une inscription latine indiquant son identité. La ville de Parme, reconnaissante envers ses bienfaits, a plusieurs fois réclamé le transfert de son corps. En vain. Son fils, le duc de Reichstadt, fut inhumé à ses côtés en 1832 jusqu'à 1940. Depuis, il a été transféré à Paris, aux Invalides, près de son père, Napoléon Ier. L'événement est connu des Viennois, des Parisiens et de tous les historiens. Cependant, pour beaucoup, un mystère demeure : cet adolescent fragile, emporté par la tuberculose à l'âge de 21 ans, repose-t-il à Paris... ou à Vienne ? Oui... et non.

À sa disparition, le protocole cité plus haut était en vigueur. L'idée de rapatrier sa dépouille à Paris avait été émise par Napoléon III mais sans succès. Pour justifier son refus, l'empereur François-Joseph avait rappelé que l'ex-roi de Rome était mort sous l'identité autrichienne et il est vrai que la cour des Habsbourg avait observé, en 1832, un deuil de six semaines. Elle pleurait davantage le fils d'une archiduchesse d'Autriche que celui de Napoléon. Et, pendant des décennies, celui qu'on appelait en France Napoléon II dormit de son dernier sommeil dans la crypte des Capucins, sous un double cercueil, entre sa mère et son grand-père. En 1938, peu après l'annexion de l'Autriche par l'Allemagne, Otto Abetz, ambassadeur du IIIe Reich à Paris, fait sienne l'idée de cette restitution, estimant que ce geste, généreux et spontané, servirait au rapprochement franco-allemand dont il servait la cause. La suggestion ne reçoit alors aucun écho, ni à Vienne ni à Berlin, encore moins à Paris. Après la défaite française de 1940, Otto Abetz reprend son idée et se jure d'aboutir. Il plaide son dossier auprès d'Hitler et lui suggère de procéder au transfert le 15 décembre 1940, exactement cent ans après le retour des cendres de Napoléon Ier aux Invalides, à l'initiative du roi Louis-Philippe, cérémonie grandiose qui avait été organisée dans un esprit de réconciliation nationale. Le chancelier accepte cette translation du 15 décembre 1940 avec un but secret, faire revenir à Paris le maréchal Pétain, ce qui serait symboliquement très spectaculaire. Mais le chef de l'État français décline l'invitation : ce jour-là, il présidera, à Vichy, un important Conseil des ministres dont l'ordre du jour prévoit la constitution d'une Assemblée consultative.

Très déçu que « le Vainqueur de Verdun » n'ait pas souhaité assister à cette commémoration doublée d'un hommage exceptionnel de la part de l'Allemagne, Hitler ne s'oppose pourtant pas au retour des restes de l'Aiglon. Mais... quels restes ? Uniquement le corps conservé dans la crypte des Capucins. Dans la hâte des préparatifs et peut-être par ignorance ou mépris de l'ancien rite de l'éparpillement, seul le sarcophage déposé en 1832 est extrait de la crypte. On peut supposer que la famille de Habsbourg-Lorraine n'a pas été priée de donner son avis ; l'archiduc Otto, chef de la maison impériale, avait été contraint de s'enfuir de son pays. Ayant lu *Mein Kampf* et annoncé à l'Europe – en vain ! – qu'Hitler déclencherait une nouvelle guerre mondiale, le fils aîné de Zita était devenu la cible du national-socialisme. Le chancelier avait même tenté de le faire enlever par un commando d'une cinquantaine d'hommes, qui échoua. En représailles, Hitler donna à l'Anschluss qu'il préparait un nom de code explicite « Opération Otto ».

Ce retour « incomplet » (il n'y a pas d'autre mot...) du fils de Napoléon et de Marie-Louise commence le 12 décembre 1940. En présence des Capucins, la tombe est ouverte ; une garde spectaculaire présente les honneurs militaires à Napoléon II. Puis, un cortège très dense se dirige vers la gare de l'Ouest, l'une des sept que compte Vienne, tête de l'ancienne compagnie qui portait le nom de l'impératrice Élisabeth. Dans une atmosphère étrange et sinistre, un train spécial, rideaux tirés, est sous pression. Le cercueil est hissé à bord d'un fourgon transformé en chapelle ardente, au pied d'une croix de plus d'un mètre de haut. Les lourdes portes métalliques sont refermées, deux soldats montent la garde devant le fourgon recouvert des armes du roi de Rome qui retrouve, à titre posthume, l'identité de sa naissance. Des officiers montent dans une voiture-salon et une voiture-lit ; ils font le voyage. Après de nouveaux honneurs, dans la soirée, le convoi quitte Vienne à vitesse réduite en direction de Paris. Il atteint la capitale pétrifiée par la défaite et par le froid le samedi 14 décembre, à 23 heures, après quarante-huit heures de voyage. Une escorte attend sur le quai de la gare de l'Est. Le cercueil est descendu, fixé sur une prolonge d'artillerie et de nouveaux honneurs militaires allemands sont rendus à celui qui n'a jamais régné avant son départ pour les Invalides. Une pluie froide, mêlée de glaçons et de neige, tombe sur Paris, obscur et silencieux. Aux Invalides, deux cents gardes républicains, formant une double haie, immobiles, tiennent à la main une torche de résine. Exactement cent ans après l'arrivée du cercueil de Napoléon Ier, se déroule, selon la presse *« un événement historique qui fut aussi, dans sa simple grandeur, le plus impressionnant des spectacles »* [1]. Depuis, on répète que l'Aiglon repose auprès de son père. Or, son cœur et ses entrailles sont toujours à Vienne, et c'est facile à

1. Seule la partie autrichienne de ce transfert nous intéresse ici. Rappelons, cependant, qu'il fait aussi froid le 15 décembre 1940 que le 15 décembre 1840. Cette similitude de température a suscité un mot de la part des quelques Parisiens présents, peu nombreux : « Nous avons besoin de charbon et on nous envoie des cendres » !

vérifier si l'on demande deux visites spéciales. Le cœur est dans la chapelle de Notre-Dame de Lorette, à droite de l'autel de l'église des Augustins. Elle est de taille très réduite et en 1940, son accès était muré, peut-être pour éviter un vol de ce précieux souvenir. Sur deux étagères en marbre, en forme de fer à cheval, 53 cœurs sont conservés depuis 1618. Les urnes sont en or ou en argent, de taille variable. Celle du duc de Reichstadt est sur la première rangée, la dixième à partir de la gauche. Elle est très reconnaissable car elle est la seule ayant un signe distinctif, un petit ruban tricolore qui l'entoure. De même, les viscères sont enfermés dans une urne en argent, plongés dans l'alcool, sous le maître-autel de la cathédrale Saint-Étienne. Des catacombes recèlent les restes de onze mille personnes. Sous une croix fut béni, entre autres, le corps de Mozart, le 6 décembre 1791, le lendemain de son décès. Après un passage par des escaliers, diverses portes et grilles que seul un religieux peut ouvrir, on découvre, sous un couloir voûté, des rangées de niches grillagées, de chaque côté. Soixante-dix grosses urnes sont rassemblées dans un nouvel ordre qui date de 1957. Au deuxième niveau, à droite une sorte de gros carton à chapeau métallique renferme les *« intestina »* du fils de Napoléon. Précisons qu'en 1940, leur état de conservation était dégradé, l'alcool ayant attaqué le réceptacle interne ; il a fallu procéder à un transvasement délicat après la guerre.

Le lecteur doit savoir que je ne donne pas ces indications macabres par plaisir mais au seul nom de l'exactitude historique. En effet, lorsque l'Europe voulut sanctionner l'Autriche de ses choix électoraux nationalistes, un long article de M. Bernard-Henri Lévy, paru dans le journal *Le Monde* du jeudi 2 mars 2000, me surprit comme il étonna les gens bien informés et en fit sourire plus d'un. Dans « L'Autriche selon BHL », on pouvait lire que, parcourant la crypte des Capucins, ce visiteur inspiré s'était recueilli, notamment, sur les tombes de l'Aiglon (ce qui est impossible, je viens de le prouver), et de Charles (également faux) et qu'il avait jugé le cercueil de Sissi *« charmant, couvert de menues offrandes comme l'autel à la princesse Diana »* (!), ajoutant que le mausolée de Marie-Thérèse était *« en forme d'immense gâteau viennois »*, ce qui indique une curieuse conception de la viennoiserie... Entre les erreurs et les hallucinations, j'en conclus que BHL avait été très perturbé par son éprouvante visite de la crypte des Capucins, croyant y voir ce que des millions de touristes ne sauraient constater. Il faut pardonner à M. Bernard-Henri Lévy ses visions. Il n'est pas historien, il est philosophe.

Dans la nouvelle crypte, trois sarcophages aux pattes griffues attirent les foules. De gauche à droite reposent Sissi, François-Joseph (tombe surélevée) et leur fils, l'archiduc Rodolphe. Leurs corps sont entiers. L'impératrice et reine Élisabeth, assassinée à Genève par un anarchiste italien le 10 septembre 1898, fut la deuxième inhumée ici ; sa sépulture est régulièrement fleurie. François-Joseph, né à Schönbrunn en 1830, y décéda en 1916, après l'un des plus longs règnes de l'Histoire, soixante-huit ans. Le destin lui épargna de voir l'effondrement et la dislocation de son empire multinational. Son cercueil est également fleuri, notamment depuis les années 1990. Rodolphe, retrouvé mort dans le pavillon de chasse de Mayerling, est le héros d'une passionnante énigme posthume, qui divise toujours l'opinion. Tout porte à croire, ainsi que j'ai pu l'établir dans un livre récent, que la thèse de son suicide après qu'il eut tué sa jeune maîtresse Mary Vetsera n'est pas crédible. Le tombeau de la jeune fille, au cimetière de Heiligenkreuz, ayant été profané à deux reprises, la médecine légale a pu établir que la jeune fille n'avait pas été tué d'une balle dans la tempe mais d'un coup porté sur le crâne par un objet qui n'est pas une arme mais probablement un instrument agraire, ce que m'avait affirmé l'impératrice Zita. La tombe de Rodolphe n'est presque jamais fleurie. On peut seulement rappeler que quelques jours après ses obsèques, le 5 février 1889, une main anonyme déposa sur son sarcophage une branche d'acacia, signe de la proximité du défunt avec les milieux de la franc-maçonnerie, qu'il avait fréquentés. Informé, son père l'empereur fit immédiatement enlever ce témoignage qui le contrariait. On suppose que si l'on ouvrait cette tombe chargée d'un des plus retentissants mystères du XIXe siècle, celui-ci pourrait être expliqué, du moins en partie. Mais les autorités et la famille impériale s'y opposent, au nom de la paix qui doit être accordée aux morts.

Ce trio d'illustres fantômes incarne l'apothéose d'une puissance retrouvée, l'expansion d'une capitale puis les convulsions d'un État cité en exemple et les derniers fastes impériaux dans ce qu'on a nommé « l'Apocalypse joyeuse ». Tout avait pourtant bien commencé après le congrès de Vienne, quand la ville, soulagée, grisée d'une fièvre de plaisirs, avait adopté un nouvel hymne national en même temps qu'imposé une signature internationale, Sa Majesté la valse...

VIII

SA MAJESTÉ LA VALSE

Entre 1815 et 1848, Vienne connaît une période très heureuse. Arbitre de la paix en Europe, Metternich est devenu son gendarme. Le régime, tantôt faussement bonasse tantôt policier, se fond dans un art de vivre revenu aux valeurs simples. Capitale de l'Europe pendant son congrès, Vienne se dégage des rigueurs d'un protocole étouffant comme on se débarrasse d'un habit devenu trop juste. L'esprit de famille, déjà cultivé sous Marie-Thérèse, est de nouveau à l'honneur. Le mobilier et la décoration donnent le ton. Le style Biedermeir accorde la priorité au confort. Même l'empereur François devient bourgeois, recevant ses sujets le mercredi lors d'une audience sans éclat. Son successeur, Ferdinand Ier, ose se rendre sans escorte au Prater, flâneur parmi d'autres ; il est seulement attentif au salut des promeneurs qui le reconnaissent. La Cour et la ville semblent sur le point de somnoler, se régalant de moka, de chocolat et de pâtisseries. Le café Hugelmann, près du Danube, a ses adeptes tandis qu'une adresse attire de plus en plus de fidèles, véritables pèlerins des en-cas à toute heure, la célébrissime confiserie Demel. Une institution, aujourd'hui entre la Hofburg et le Graben. Ce restaurant salon de thé, dont le personnel en salle est exclusivement féminin, a été fondé en 1786 ; il est si connu qu'il est devenu, pour certains voyageurs, un lieu rendez-vous automatique. Quel que soit leur itinéraire, ils s'y retrouvent (par hasard, prétendent-ils !) pour déguster un succulent et aérien *Strudel* aux pommes tièdes. Regardons la façade. Elle n'a pas changé malgré la chute des Habsbourg et ne changera pas. En 1921, Anna Demel, qui avait un regard d'aigle, savait qu'il fallait sauver des lambeaux d'un autre temps pour qu'ils deviennent un atout de l'avenir, alors fort sombre. Le salon de thé était une base de la civilisation viennoise, il devait le rester. Alors qu'il était interdit – et réprimé – de faire la moindre allusion à la double monarchie depuis la proclamation de la république, la propriétaire fit repeindre les lettres dorées indiquant que *Demel et Fils* étaient fournisseurs de la cour impériale et royale. On ne pouvait manquer l'inscription ; on la voit toujours, régulièrement entretenue, sur fond sombre, ainsi que sur les boîtes de chocolats et de bonbons. Cet entêtement, inaltérable malgré d'autres épreuves, valut à Anna Demel d'être nommée, en 1952, première femme conseiller du Commerce en Autriche.

Cette époque paisible qui s'écoule à partir de 1825-1830 est souvent qualifiée de *Vormärz* (Avant-Mars) par allusion aux journées insurrectionnelles de 1848, la chute de Metternich et l'avènement de François-Joseph. À en croire certains, il ne se serait rien passé d'extraordinaire, comme si Vienne, épuisée par son interminable congrès, poursuivait une prudente convalescence. Pourtant, s'il y a bien un élément nouveau, pendant ces années, c'est l'ascension de la valse que je n'aurai pas l'indécence de qualifier de viennoise tant il est clair qu'elle ne peut qu'être viennoise !

Des génies tels que Haydn, Mozart, Beethoven et Schubert n'ont pas, officiellement, de successeurs à leur hauteur. Novateurs, éblouissants, éternels, ils le sont. Mais quand on prononce le nom des Strauss père et fils à Vienne, personne n'y voit un genre mineur. Beethoven, Wagner, Verdi et Mahler eux-mêmes reconnaîtront à la valse ses lettres de noblesse, allant jusqu'à atteindre la puissance évocatrice de symphonies. C'est une musique différente, aux autres finalités offrant un cocktail de gaieté, de nostalgie et de finesse sans équivalent. *Aimer, boire et danser* est le titre d'une de ces compositions inusables. Sans la valse, la ville se serait engourdie dans un ennui louis-philippard. Et nous serions privés de nombreux moments de rêves. En l'an 2000, trois cents bals entre le jour de l'an et le mercredi des Cendres, sans compter les divertissements musicaux permanents, qui dit mieux ?

Il n'y a pas de bal à Vienne sans valse. Il n'y a pas de valse sans Strauss, cette dynastie qui accompagne celle des Habsbourg et lui a survécu. La valse n'est pas seulement une révolution intellectuelle par son écriture et son rythme, c'est une libération physique et sociale. Jusqu'à son apparition, la danse reste une succession de figures sévères. Le menuet est un carcan, le quadrille une traversée de salon et le galop une charge de cavalerie sans chevaux. En bref, la danse n'est qu'un enchaînement de mondanités distantes, ennuyeuses, répétitives et obligatoirement en groupes. Aucune fantaisie n'est admise. Corvée protocolaire, elle interdit le moindre plaisir. On s'effleure à peine, on se salue souvent, on avance, on recule ; la danse est une série de manœuvres d'une brigade très mondaine, fastidieuses, froides et sans aucune intimité ; il en est ainsi jusqu'au début du XIXe siècle. L'arrivée de la valse est un spectacle inouï : deux inconnus, un homme et une femme, vont avoir le droit de joindre leurs mains, de s'enlacer, de mêler leurs regards et de glisser dans un tourbillon de joie. Inouïe, cette audace d'un homme prenant la taille d'une femme, inouïe cette réplique de la danseuse posant sa main gantée sur l'épaule du danseur ! On ne compte plus la cadence, on est emporté. Comme me l'a dit le chef d'un petit orchestre de guinguette : « *À Vienne, la valse est dans l'air. Elle s'apprend presque naturellement.* » Et à la stupéfaction générale, la valse engendre cette vision inédite, celle d'un couple. Un couple de danseurs. Les gens qui dansent deviennent des valseurs car il a fallu définir cette curiosité. Avec la valse, un bal est ouvert. On peut s'y livrer à mille ou à deux. Désormais, la musique dansée peut être aussi spectaculaire qu'intimiste. On valsera à la Hofburg comme dans les villages autour de Vienne, Grinzing, Nussdorf, Sievering. On valsera en habit, uniforme et robe longue ou en costume paysan de gros drap. On l'interprétera aussi bien au piano qu'avec un orchestre de cent musiciens, elle sera impériale et populaire, campagnarde et citadine. La valse viennoise est le plus formidable brassage social qu'on ait jamais vu, se glissant dans tous les milieux, pour tous les âges, abolissant les frontières que sont les conventions. Si le XIXe siècle européen connaît, au moins, deux révolutions, en 1830 et en 1848, à Vienne la valse symbolise une métamorphose sans victime ; il n'y a aucun vaincu, seulement des gagnants, heureux de s'étourdir, contemporains d'une extension de la ville et d'un épanouissement de la vie culturelle. En février 1809, les bastions que Napoléon avait pulvérisés avec ses canons sont transformés en jardins publics par l'ouverture des Volksgarten et Burggarten. Quand Vienne, qui compte alors 200 000 habitants, se met à danser, ce sont près de 50 000 personnes qui envahissent les lieux où se pratique le nouveau rite. Au Prater, des établissements se spécialisent, deviennent des palais du tourbillon. L'*Apollo*, par exemple, aussi luxueux que d'un goût discutable pour l'Antique (un vague style Retour d'Égypte comparable aux extravagances de Las Vegas aujourd'hui !), l'*Apollo*, donc, peut recevoir quatre mille personnes. De même que la naissance du chemin de fer provoquera des inquiétudes et des avertissements scientifiques stupides, la valse a droit à des commentaires négatifs. Elle est déconseillée dans *L'Encyclopédie des exercices du corps : « Dès l'entrée dans la salle de danse, l'homme doué du sens du rythme est incommodé par la rapidité excessive de la valse. Ces mouvements désordonnés, ces bonds sauvages proviennent, incontestablement, non du caractère spécifique de la valse mais du vertige propre aux danseurs. »* Une dangereuse gymnastique ! Si les évolutions, encore lentes, surprennent les spectateurs de ces démonstrations, l'angoisse se mue en peur lorsqu'il s'agit de tourner en rond ! La véritable nouveauté est là et on en perd la tête ! Les valseurs ne regardent plus la salle, ils ne voient qu'eux-mêmes. Ils dansent les yeux dans les yeux. Ils sont seuls... à deux ! Quelques visiteurs, arrivant des États de l'Allemagne du Nord protestante, sont scandalisés. Une étreinte en dansant est non seulement une atteinte à la morale mais encore contraire à l'hygiène ! Un médecin, débarqué de Hambourg, commet un opuscule pour dénoncer les risques de cette danse du Diable sous le titre *La Preuve que la valse est la principale cause de la faiblesse de corps et d'esprit de notre génération*. Vaste programme ! D'autres dévots soulignent *« cette indécente et abominable façon des hommes de faire tourner les femmes, surtout quand elle a pour résultat de faire voler les robes en dévoilant ce qui devrait rester caché »*. De l'utilité des jupons ! Les tartuffes de la danse ont déjà perdu : l'épidémie de valse gagne les familles !

Comment l'éclosion de ce phénomène, unique au monde, a-t-elle été vécue à Vienne ? L'origine de la valse est sans aucun doute paysanne et remonterait au début du XVIIe siècle mais on s'interroge encore sur sa localisation. Certains y voient une adaptation de la volte provençale ; d'autres une transformation des danses dites *« allemandes »*, très en vogue à la fin du XVIIIe. Les polkas et les galops venus de Styrie, dans le sud de l'Autriche furent, à la fin du règne de Marie-Thérèse, peu à peu concurrencés par une forme moins épuisante et surtout plus distinguée lors des grandes fêtes villageoises. Cette mode s'empare de Vienne vers 1810 et fait quelques débuts mondains remarqués lors du congrès. On la crédite d'une origine tyrolienne sous le nom de *Ländler* (« campagnard ») et on ne l'appelle pas encore valse même si elle se danse sur trois temps. Certaines partitions de Haydn et de Mozart en sont imprégnées. De modestes orchestres – le violon en est la base et parfois l'unique instrument – vont de cabaret en auberge, le plus souvent sur les bords du Danube. Ces établissements sont en général miteux mais le vin y est bon et cette musique donne des envies de se lever et d'entraîner une partenaire (ou de se laisser entraîner) dans des sensations nouvelles. Auparavant, un homme ou une femme pouvait danser seul(e). Désormais, le duo, obligatoire, transforme la vie sociale puisque deux corps sont en permanence face à face au lieu de se croiser, de se rencontrer, de se saluer et de se quitter dans les éternelles figures imposées. Avant la valse, la danse n'est qu'un ballet ; désormais, elle est un dialogue. Et elle a ses temples construits spécialement pour elle et ses fidèles, les salles de bal. Encore une révolution ! Jusqu'au début du XIXe siècle, palais et châteaux ont leurs salles des fêtes ou de réception où l'on peut danser. À Vienne, on construit d'immenses salles entièrement et exclusivement réservées à la valse.

Véritables casinos, vastes comme le seront les gares, ces cathédrales de la danse aident les Viennois à résister et à s'évader de plusieurs soucis dont les revers des armées autrichiennes infligés par Napoléon et la crise économique née de la dévaluation du florin. La valse est ainsi une arme. Elle permet de dissiper les difficultés quotidiennes. Aujourd'hui encore, en hiver, près d'un grand hôtel, une patinoire permet aux Viennois de se délasser après leur travail. La construction de ces établissements qui deviendront légendaires va jouer un rôle important dans l'extension et la transformation de la ville ; cette musique légère multiplie les lieux de rendez-vous, donc la circulation des équipages et des premiers omnibus à chevaux, les restaurants, les brasseries. Un peu partout naissent des kiosques dans les jardins et le chocolat-concert ou le pichet de vin accompagné d'une danse devient vite une habitude. La valse fournit des emplois à beaucoup de monde.

Mais le mouvement est encore un peu confus et les interprètes médiocres. La danse a besoin d'être codifiée, écrite, orchestrée. Elle attend ses véritables maîtres.

On pense, c'est inévitable, au nom de Strauss, les deux Johann, le père et le fils. On doit, pourtant, rendre d'abord justice au véritable « inventeur » de la valse et à son premier « promoteur », Joseph Lanner, né en 1801. Son père, gantier, lui assure une enfance douillette dans une famille aisée. Or, à 12 ans, rejetant un avenir tout tracé, le jeune Lanner est saisi par le démon de la musique et racle les cordes d'un violon qui ne le quitte pas. Fort heureusement pour ses proches et ses voisins, il est doué ! Il entre dans l'orchestre d'un certain Pamer qui se produit à *La Poire d'or*, un beuglant sordide où les relents de cuisine vous donnent la nausée. Pamer est un ivrogne. Il ne peut pas jouer sans ingurgiter, entre deux morceaux, une chope de bière moussue. Le résultat est invariable : il titube sur son estrade, invective les clients et ses musiciens faméliques mais le public en redemande. Une hystérie. Quelle ambiance, surtout, après la chute définitive de Napoléon ! L'invraisemblable Pamer est le saltimbanque grâce à qui la valse franchit les murailles de Vienne car on vient entendre et surtout voir l'énergumène qui finit sa soirée inondé de bière... Parmi les musiciens qui supportent l'irascible tenancier, un autre jeune homme se fait remarquer par sa dextérité. Et lui, qui ne boit pas, joue juste, comme Joseph Lanner, dont il est le cadet de trois ans. Ce musicien, né en 1804, coiffé d'une tignasse noire, le regard sombre et le teint mat, a l'aspect d'un Tzigane. Il est vrai que les bateaux qui remontent de Hongrie sont chargés de populations colorées attirées par les plaisirs de Vienne. C'est Johann Strauss père. Son enfance a été chaotique. Il est né dans le faubourg de Saint-Ulrich, aujourd'hui dans le 8e arrondissement. Son père, aubergiste qui s'était endetté, a été retrouvé noyé dans le Danube au moment du congrès de Vienne; on n'a jamais pu établir s'il s'agissait d'un suicide ou d'un accident. Son fils aurait dû être relieur, il en a fait l'apprentissage avec son tuteur mais à la coupe et à la colle des cuirs il préfère l'archet et les sonorités de son alto. Lanner et Strauss partagent le même pupitre et quelques coups de pied sur leurs postérieurs quand Pamer – qui a des trouvailles musicales non négligeables – ne sait plus diriger son orchestre. Ils patientent : Mozart n'a-t-il pas subi le même traitement ?

1819. Une grande date dans l'histoire de la valse et de ces deux compagnons de chaîne. Pamer est engagé avec ses musiciens à la brasserie *Sperl*, qui dispose d'une des plus célèbres salles de danse à Vienne. Enfin un endroit sérieux !

Mais une altercation trop violente entre Pamer et Joseph Lanner anéantit tous les projets du violoniste de 18 ans. Il quitte son bagne musical et avec deux camarades tchèques, les frères Drahanek, monte... son orchestre, un trio. Sa salle ? Le Prater ! Il commence par jouer dans une allée, sous les arbres ; on s'agglutine. Un tavernier propose une estrade. Ses recettes ? Quelques pièces qui tombent sur l'assiette que les musiciens ambulants font passer de table en table. Bientôt, les aubergistes s'arrachent ces violonistes de talent, qui présentent bien et plaisent à la clientèle. Surtout Johann Strauss, ce beau ténébreux qui a une façon de regarder les femmes avec insistance... alors qu'il est âgé de 15 ans ! L'adolescent n'a pas que son talent pour séduire ; toute sa personnalité dégage un charme irrésistible qui lui rapportera des plaisirs et des ennuis. Il joue quelque temps à l'auberge *Au coq rouge*, dans un faubourg nord, aujourd'hui dans le 9e arrondissement, le long du canal du Danube.

La vie de bohème est faite de miracles entre deux drames. Johann Strauss rejoint ce qu'on n'ose appeler l'orchestre de Lanner. Un quatuor mais il est très apprécié. Comme on l'a vu, les étrangers restés à Vienne après le congrès ont pris goût à ces concerts dansants dont raffolent les Viennois. Lanner étoffe son équipe ; maintenant, ils sont douze, lui compris. On commence à le prendre au sérieux, cet entêté violoneux et sa musique différente. Comment dit-on, déjà ? Une «*valse*» ? C'est cela, une «*valse*»... Lanner est si demandé qu'il s'offre le luxe de vendre ses compositions à un éditeur, Diabelli, compositeur raté mais homme d'affaires rusé. Joseph Lanner s'en rend vite compte et change d'éditeur, s'offrant les services, s'il vous plaît, de celui de Beethoven et Schubert, l'honorable Haslinger, qui verse plus d'argent que son concurrent. Entre Lanner et Strauss, l'émulation est saine mais le cadet n'est pas encore compositeur. Il le devient au hasard d'une défaillance de son chef. Un soir, Joseph Lanner, qui avait promis à son public une nouvelle valse, reste sans la moindre inspiration créatrice. Rien de neuf ! C'est Johann Strauss qui le sauve, composant un morceau impétueux, sensuel, lancé par une attaque brutale. En cette soirée des années 1820, les bourgeois et le petit peuple de Vienne entendent la première valse de Johann Strauss père... sans connaître son nom car Lanner, ingrat, oublie de le révéler au public. Il ne va pas tarder à s'imposer. Un exceptionnel talent est né. La valse reçoit son passeport définitif aux armes de Vienne.

L'ambition lui donnant des ailes, Johann Strauss annonce à Joseph Lanner qu'il le quitte. Un soir de 1825 – la scène se passe *Au coq rouge* –, Lanner est bien obligé d'informer ses habitués qu'ils n'entendront plus le jeune Strauss, 21 ans.

Son discours s'achève dans la jalousie, l'amertume et une rixe imprévue. Lorsqu'il réalisera combien son propos était grossier, Joseph Lanner voudra exprimer ses regrets. Il n'y parviendra réellement qu'en composant une œuvre de circonstance, *La Valse de la séparation*. L'incident est le premier offrant à la valse une panoplie de motivations. Il y en aura pour les rencontres, les amours naissantes, les adieux, les arbres, les oiseaux, le vin, les roses, le Danube et diverses émotions. À Vienne, la valse accompagne la vie quotidienne.

Mais Strauss a une autre raison de vouloir son indépendance. Ayant séduit la fille du patron de la brasserie, Anna Streim, qui a trois ans de plus que lui, il est contraint de l'épouser car elle est enceinte. Il n'est pas certain qu'il ait souhaité ce mariage car au même moment, il a demandé un passeport pour se rendre dans les États de la Couronne impériale, sans doute à Graz, c'est-à-dire loin de Vienne... La fuite ? Trop tard ! Son contrat de mariage lui interdit – on se demande pourquoi ! – de continuer ses *« productions musicales »* ; il doit se contenter d'être *« professeur de musique »*. Heureusement que Johann Strauss oublie son engagement (dans tous les sens du terme !) et fonde, en 1827, son propre orchestre de douze exécutants. Il a besoin de gagner sa vie car il est père de famille, le petit Johann, son fils, a déjà deux ans. Dans le jardin du restaurant *Aux deux colombes*, le papa Strauss éblouit l'auditoire. Désormais, il ne joue plus que ses œuvres car il compose tout le temps. Sa production de cette époque est déjà un indicateur et un calendrier de la vie viennoise : voici une valse pour la taverne où il avait débuté et où maintenant il est sous contrat, une autre pour l'inauguration d'une salle et d'un pont suspendu le long du canal du Danube, une troisième est dédiée à l'ouverture du carnaval. Chaque œuvre peut être datée dans le destin municipal, célébrant des événements qui n'auraient pas mérité d'être retenus. Avec Beethoven, l'art de la guerre avait été magnifié ; avec Strauss père, les ingénieurs sont célébrés en musique. Le 4 octobre 1828, ce diable d'homme, qui a déjà écrit une trentaine de compositions, joue sa *Valse de fête du Sperl* du nom de l'établissement où il dirige la danse, organise les programmes et sait attirer les foules. Le propriétaire, Georg Scherzer, se frotte les mains. Chez Strauss, tout est prétexte à écrire un nouveau morceau ; sa vie est une inauguration permanente, ponctuant les travaux et les améliorations de la métropole. Strauss inonde son éditeur de sa production. Ces torrents font une victime, Frédéric Chopin, qui séjourne à Vienne. Inconnu, souhaitant faire publier sa première valse, le Polonais s'est adressé au même éditeur que celui de Strauss, le plus prestigieux. Le pauvre Chopin, déçu, attendra comme le prouve une de ses lettres : *« Haslinger a remis à plus tard la publication de tous les manuscrits et n'imprime plus que Strauss. Aujourd'hui, tous les orgues de Barbarie ne jouent plus que du Strauss. »* Et vexé qu'on ne lui réserve pas un meilleur accueil, il ajoute : *« Vraiment, il n'y a pas de public pour la musique sérieuse à Vienne actuellement. Les gens ont perdu le goût de la grande musique. Les Strauss et les Lanner accaparent tout avec leurs flonflons ! »* La jalousie égare le fragile Chopin.

Qu'en pense Richard Wagner, alors dans sa vingtième année ? Attablé presque chaque soir au *Sperl* (et oubliant, selon son habitude, de régler ses consommations), il est fasciné par le spectacle qu'engendre la valse. Y a-t-il le choléra aux portes de Vienne en 1831 ? Wagner ignore l'exode, ne fuyant que les créanciers ; il reste pour essayer de percer le secret de cet engouement qui s'est emparé des Viennois. Le Saxon est condescendant à l'égard des foules qui applaudissent et suivent le maître dans ses déplacements, jusqu'à six concerts par soirée ! *« Je n'oublierai jamais l'accueil comme hystérique fait par ce curieux peuple à chacune des œuvres de Strauss*, écrit Wagner. *Un démon nouveau semble s'emparer de cette populace viennoise dès que commence une nouvelle valse. Il est hors de doute que ces frissons de plaisir qui la secouent viennent de la musique plus que du vin et j'ai le vertige de voir la frénésie qu'ils ont pour la musique de ce maître magicien. »* Wagner a raison, il s'agit bien de magie, d'un numéro de grande illusion qui se regarde autant qu'il s'écoute pour la fusion des corps et des cœurs. Les grincheux et les hypocrites ont définitivement perdu puisque, sous la plume de son correspondant, un journal de Hambourg publie : *« Vienne n'est pas seulement dans Vienne. Elle est partout où est Strauss. »*

Si le Congrès avait attiré des foules de curieux, de désœuvrés, d'importuns et de femmes à la recherche d'un mari, la valse et ses retombées, tant économiques que sociales, des papetiers aux voitures de louage en passant par les bottiers et cordonniers qui, eux aussi, connaissent l'empreinte de la valse, des critiques, des échotiers, des correspondants de publications variées se déplacent aussi jusqu'à Vienne. Décidément, la ville est la maternité musicale d'Europe. Un chroniqueur d'un journal de Leipzig, *Die Elegante Zeitung*, nous relate l'apparition puis la prestation du maestro avec un humour caustique : « *C'est chose unique que de voir le Napoléon autrichien et j'eus plaisir à le contempler au centre de son champ de bataille. Il en était à son Austerlitz quand nous arrivâmes ; il pointait son archet vers le ciel et les violons saluaient le lever du soleil. Tous les yeux étaient tournés vers lui et ce fut un moment d'adoration. Vous allez me demander "À quoi ressemble Johann Strauss ?" Si Napoléon avait quelque chose de romain et de classique, si Paganini avait l'étrangeté et le romantisme d'un clair de lune, le maestro Strauss a quelque chose d'africain... L'homme est noir comme un More ; sa chevelure est bouclée ; la bouche est bien dessinée, énergique, aux lèvres ourlées, le nez est retroussé.*

S'il n'était pas de race blanche, il pourrait faire un parfait négus d'Éthiopie, un parfait Balthazar. C'est Balthazar qui apporte l'encens qui captive nos sens. C'est la même chose avec Strauss ; il commande aux démons qui nous habitent par le moyen des valses qu'il compose... Le début de chaque valse est tout à fait caractéristique. Strauss prélude d'une façon haletante ; avant que la musique prenne toute sa puissance, il se passe un moment tragique : le cavalier commence à enserrer étroitement sa danseuse et tous deux s'intègrent à la mesure. Pendant quelques moments, nous entendons ces longues notes de poitrine par lesquelles le rossignol commence son chant et ébranle nos nerfs, puis, brusquement, ce trille prolongé prend fin, la véritable danse entame son tourbillon et le couple entre dans ce maelström. Les danseurs se fraient un chemin dans leur joyeuse frénésie. Rien ne peut les retenir, pas même ces bouffées de vent brûlant qui viennent d'un bout ou l'autre de la salle, comme de quelque désert africain... Ces fêtes durent jusqu'au petit matin où les couples s'éparpillent dans la nuit viennoise et disparaissent avec des rires amoureux dans toutes les directions. »

On peut suivre le succès croissant du premier Strauss par ses changements d'adresse, cinq en dix ans, au fur et à mesure que sa famille s'agrandit. Sa plus vaste résidence est située 17, Taborstrasse, à la Maison des Cerfs où la tribu emménage en 1834. Il y a quatorze pièces, quatre antichambres, trois cuisines, deux chambres de bonne, quatre entrées et deux escaliers. Le maestro s'installe dans une aile et son travail est si intense que les voisins parlent d'une «*usine à musique*». Mais quelle usine ! Le 31 juillet 1834, dans les jardins impériaux Augarten, un grandiose spectacle nocturne est organisé sous le titre «Une nuit à Venise». Des illuminations reconstituent le palais des Doges et les deux colonnes de la piazetta qui jouxte la place Saint-Marc. On dîne en musique. Un témoin note : «... *On avait, pour cette occasion, allumé au moins deux millions de chandelles et environ trois cent mille personnes étaient venues. La ville de Venise n'a jamais été représentée d'une manière aussi vraisemblable.* » Les répétitions de l'orchestre sont les premières leçons que Johann fils et son frère Joseph reçoivent, fascinés.

L'amour domine la vie de Strauss père. Il compose des œuvres aussi facilement qu'il séduit de coquettes Viennoises subjuguées par cet homme vigoureux au physique... si peu viennois. Il semble venir d'ailleurs et son charme est redoutable. Il est aussi prolifique géniteur que créateur prolixe. En dix ans, il a six enfants de son épouse Anna dont un ne vivra que quelques semaines. En même temps, il a cinq autres enfants de sa maîtresse, une modiste nommée Émilie Trampusch, dont un autre petit Johann, ce que l'épouse légitime, longtemps patiente, ne peut supporter. Entre Anna, sensible, raffinée mais raisonneuse, et sa rivale vulgaire, bornée, intéressée mais sensuelle, le duel est inévitable. C'est Émilie qui l'emporte à l'été 1843. Johann Strauss rompt avec son épouse, lui laissant à peine de quoi élever ses enfants (les légitimes !) ; obligé de gagner de plus en plus d'argent pour subvenir à son double foyer, il fuit, travaille comme un fou et s'épuise dans des tournées européennes, devenant une sorte d'ambassadeur du plaisir de vivre à la viennoise. Il est le premier musicien à faire voyager la musique de bal. On le surnomme «le Mozart de la valse», «le Beethoven des Cotillons», «le Schubert du galop» et autres sobriquets péjoratifs mais qui prouvent sa popularité. Peu importe : ce qu'il glisse dans ses bagages, c'est la valse qu'on danse à Vienne et que l'Europe veut découvrir. Il est vrai que la ville s'est considérablement transformée et installée dans son rôle de métropole. Au chapitre musical, depuis le 20 novembre 1809, la Société des amis de la musique a pris de l'importance ; en 1842, la fondation de l'Orchestre philharmonique de Vienne a suscité bien des commentaires car son chef doit être choisi par les musiciens eux-mêmes ce qui est toujours le cas. Le Prussien Otto Nicolaï tient la première baguette lors de deux concerts annuels. L'orchestre de l'Opéra s'y consacre à des œuvres symphoniques et se partage les bénéfices. En 1847, lors de l'élection d'un nouveau chef, Otto Dessoff, les Viennois estiment que cette formation est d'un excellent niveau. En quinze années, elle a bâti une réputation qui ne sera jamais usurpée. Les étrangers affluent. Depuis 1824, la première liaison Vienne-Pesth a été un succès, confirmé par un service régulier en 1830. Un nouveau courant migratoire est créé ; il fera la fortune de Vienne. Dès 1828, une usine à gaz fonctionne pour l'éclairage des ruelles. En 1837, à l'instar de ce qui se passe en France et en Russie, le premier chemin de fer transportant des voyageurs roule depuis Florisdorf vers Wagram, ce qui donne à ce nom une nouvelle célébrité. La vie est intense dans la capitale. Ainsi, le choléra ne saurait interrompre le fonctionnement de la Bourse ; elle se contente de déménager, installant ses cotations dans le Manège d'hiver. Quelques esprits grincheux ont beau hurler au sacrilège dans le temple équestre, le Manège donne des idées aux inventeurs depuis qu'en avril 1808 un certain Jakob Degen y avait présenté un curieux appareil qui, prétendait-il, permettrait à l'homme de voler. On l'avait traité de fou : cet émule d'Icare et sa machine terrorisaient presque autant que Napoléon. Le Manège sera encore utilisé, pendant des décennies, pour le tirage de la Loterie nationale.

Le Viennois se contente rarement d'un repas frugal. C'est au cours de cette période que la réputation de Vienne comme capitale gastronomique se forge. Un après-midi de 1832, le cuisinier de Metternich est malade, cloué dans son lit, incapable de réaliser un dessert pour le dîner du chancelier. Dans la brigade, un commis pâtissier de 16 ans le remplace. Le jeune homme n'est que dans sa deuxième année d'apprentissage. Il a l'idée d'un gâteau au chocolat selon une nouvelle recette. C'est sa recette. Il s'appelle Franz Sacher. La spécialité deviendra la fameuse Sacher Torte dont les ingrédients ne sont toujours pas révélés au public malgré des décennies d'espionnage et de rivalités entre la vraie pâtisserie et ses imitateurs (très acceptables mais chut !), sans oublier un mémorable procès en contrefaçon gagné par la maison Sacher dans les années 1970. La Sacher Torte est protégée comme un secret d'État. Entre les portions – généreuses – consommées dans l'hôtel Sacher, le restaurant et le café d'une part et les pâtisseries achetées ou expédiées dans le monde entier, la production moyenne est d'environ 7 000 gâteaux par jour ! Avec Franz Sacher naît, par hasard, une légende viennoise.

Trois ans après le sauvetage du dîner de Metternich, un voyageur décrit l'activité commerciale de Vienne : *« Le luxe des magasins est tel qu'on a sans arrêt envie d'acheter. Chaque magasin a, en plus de son numéro, une enseigne merveilleusement peinte, parfois exécutée par des artistes importants et on les achèterait facilement dans une galerie de peinture. »* Ce point de vue est celui du comte Helmuth von Moltke, âgé de 35 ans, fils d'un général danois et futur maréchal, créateur de la stratégie prussienne qui battra l'Autriche à Sadowa en 1866 et la France en 1870-1871. Mais les nourritures spirituelles attirent également des voyageurs. Une première phase de travaux autour de la cathédrale, en 1827, inspire à Leopold von Ranke, historien allemand réputé, cette impression après sa première visite à Saint-Étienne :

« J'y suis entré. C'est aussi beau que dehors. À l'intérieur, je suis devenu pieux d'un seul coup. La magie est spéciale dans cette obscurité, très différente de celle de toutes les autres cathédrales, avec des chandelles, des gens qui prient, des gens qui partent et des gens qui arrivent. Le malheur est que la dévotion reste seulement quand on est à l'intérieur, pas tellement longtemps... »

Si Lanner est devenu le musicien officiel de l'Empire, Strauss est le préféré des Viennois. À un demi-siècle de distance se rejoue la rivalité entre Salieri et Mozart, le duel entre le talent et le génie. Pour l'empereur et Metternich, l'essentiel est que les Viennois dansent... Leur désintérêt pour la vie politique, figée, fait écho à la surveillance policière qu'a instaurée le chancelier en excluant la bourgeoisie des affaires de l'État. Lanner et Strauss se sont réconciliés mais l'étoile du premier pâlit. Certes, il est directeur des Bals de la Cour. Chaque quinzaine, il doit faire valser des brochettes d'archiducs et d'archiduchesses, des dignitaires impériaux, des invités célèbres, en particulier dans la Grande Galerie de Schönbrunn. Pour bien souligner son statut, Lanner compose un morceau de six minutes intitulé *Gens de Schönbrunn*. Mais la valse a l'inconvénient de donner soif. Un soir, Joseph Lanner, qui a enchaîné trois danses et bu plus que de raison, s'avance, la démarche hésitante, vers le cercle de dames de la Cour. À la stupéfaction générale et sans doute pour montrer combien il mérite la confiance du souverain, il invite l'archiduchesse Sophie (mère de François-Joseph) à... vérifier que sa chemise est bien trempée de sueur ! La tante et future belle-mère de Sissi a un sens de l'humour très mesuré. Sa manie de l'étiquette et son humeur acariâtre ont vite fait de remettre l'imprudent Lanner à sa place. Dès 1831, Strauss lui succède comme directeur de la Musique et de 1840 à 1843, ils alternent la responsabilité des bals. Une rivalité épuisante qui ne s'éteint que par la mort de Lanner à l'âge de 42 ans. Mais le pire concurrent de Johann Strauss entre 1830 et 1843 est lui-même.

Comment résiste-t-il au rythme qu'il s'impose ? Devenu le seul maître de musique des Viennois, il se multiplie, passant d'une salle à un kiosque car il tient à diriger lui-même ses œuvres. Il est unique et pluriel. Des affiches annoncent qu'il sera au pupitre en personne de cinq heures et demie à six heures et demie. Puis, son fiacre le conduit vers un autre orchestre qu'il s'approprie dès qu'il saisit son violon car c'est ainsi qu'il dirige. Et ainsi de suite jusqu'à une heure avancée de la nuit. Cependant, à dater de la mort de Lanner, une terrible confrontation bouleverse la famille Strauss (l'officielle !) et excite les Viennois. Johann fils, 18 ans et donc mineur, adresse à un magistrat qui avait suivi le divorce de ses parents (et obligé le mari volage à payer sa pension alimentaire) une requête. Il demande l'autorisation de diriger *« un orchestre de douze à quinze personnes, dans les tavernes, notamment chez Dommayer à Hietzing, qui m'a garanti que je pourrai jouer chez lui dès que j'aurai rassemblé mon orchestre »*. Ce 31 juillet 1844, Johann Strauss père ignore encore qu'il va devoir se battre en duels musicaux contre Johann Strauss fils... Quelques jours plus tard, sa requête pour faire interdire à son enfant de se produire en public est rejetée. Strauss contre Strauss, la rivalité, inouïe, commence. Le 10 octobre, on peut lire cette annonce dans la *Wiener Zeitung* :

« Invitation à une soirée dansante qui aura lieu mardi 15 octobre 1844, même en cas d'intempéries, au Casino Dommayer à Hietzing. » Et ces mots, inimaginables trois semaines auparavant : *« Johann Strauss (le Jeune) aura l'honneur de diriger pour la première fois son propre orchestre et exécutera plusieurs ouvertures et airs d'opéra et quelques-unes de ses propres compositions. Johann Strauss fils s'en remet à la clémence et à la faveur du très honorable public. »* Il est surtout curieux, le public, et se demande si on pourra danser car, enfin, des airs d'opéra ?... Or, on assiste au premier festival Strauss : le fils joue des œuvres de son père puis deux valses et une polka de son cru. Il fait sensation. Quatre jours plus tard, l'humoriste Franz West lance des formules qui font le tour de Vienne : *« Bonne nuit Lanner ! Bonsoir Johann Strauss l'Aîné ! Bonjour Johann Strauss le Jeune ! »* On imagine les ravages d'une telle presse dans une famille déjà déchirée ! Vienne se partage. Le père a son public et ses lieux habituels, comme le *Sperl* dans le quartier de Leopoldstadt et la vaste salle à miroirs du théâtre de la Josefstadt. Le fils occupe les estrades des casinos et des endroits éloignés du centre, comme le parc d'attractions de Tivoli, près de Schönbrunn. Sur une colline, des wagonnets à deux places dévalent un toboggan. Ces *« Montagnes russes à la Viennoise »*, connues depuis la fin du XVIIIe siècle, attirent un public friand d'une sensation née de la vitesse. Mais à dater de l'automne 1844, les spectacles musicaux opposant Strauss père et fils sont

nettement plus originaux. Il est intéressant de noter que le fils s'impose vite comme compositeur reflétant le caractère multinational de l'Empire. Il flatte les minorités et attire sa génération. Le *Quadrille Serbe*, la *Polka des Tchèques*, le *Pot-pourri slave* ou le *Quadrille des Tziganes* révèlent une approche musicale plus ambitieuse que celle de son père. Et annoncent l'armature dramatique et lyrique de ses futures opérettes. Cette concurrence semble sans limite. Le fils compose une *Marche des patriotes* et se retrouve nommé chef de musique du deuxième régiment de la Milice de Vienne tandis que le père dirige celle du premier régiment !

Toutefois, n'exagérons pas cette rivalité. Le père a vite reconnu le talent de son fils, un autre lui-même. À l'été 1847, pour la Saint-Johann, le Jeune offre à son père une sonate, spécialement écrite pour sa fête. Le dédicataire est bouleversé, ému aux larmes. C'est la réconciliation, la complémentarité et non la guerre. Même si l'apaisement a des motifs secrets d'ordre commercial – ce qui n'est pas établi –, il intervient avant des événements qui vont bousculer l'ordre viennois.

Metternich, lui aussi, affronte un rival qui le poursuit depuis près de soixante ans sans espoir de conciliation : l'usure du pouvoir. Vienne tremble. Cette fois, la révolution domine les coups d'archets. La valse est interrompue par des marches militaires...

IX

UNE VILLE EN RÉVOLUTION

1848. Dans toute l'Europe, à l'exception de l'Angleterre et de la Russie, le ciel politique du printemps est chargé. Depuis près de trente-trois années, la poigne ferme de Metternich et sa manière intraitable de museler l'opinion ont tenu la capitale à l'écart des spasmes du monde. Les idées venues de France lui sont toujours aussi insupportables. Et lorsque les revendications liminaires lui sont présentées, au début mars, sous forme d'une demande d'audience d'ouvriers et d'étudiants, il répond qu'il ne discutera pas avec *« la canaille »*. Jusque-là paisibles, les Viennois réagissent. Les premières émeutes éclatent le 13 mars alors que Strauss fils est en tournée à Bucarest. Devant le *Landhaus*, la Diète de Basse-Autriche sise dans un bâtiment néoclassique, la manifestation de la jeunesse populaire dégénère en affrontement sanguinaire. La foule réclamait des réformes – déjà en 1845 une pétition d'écrivains avait circulé contre la censure – mais pour toute réponse, la troupe ouvre le feu ; les manifestants exigeaient surtout le départ de Metternich. Et la fin de « l'État policier ». Le chancelier qu'ils avaient admiré est détesté.

Les Viennois pillent l'arsenal et assassinent le ministre de la Guerre, le comte Matour. Deux jours plus tard, Metternich remet sa démission à l'empereur et s'enfuit en direction de Londres. D'une manière peu glorieuse, cet inconditionnel serviteur de la monarchie danubienne abandonne la scène politique après en avoir été le régisseur. Le vieil homme d'État n'a pas le plaisir d'occuper sa nouvelle résidence, destinée à remplacer la Villa Metternich et ses jardins du Rennweg. Les travaux de son palais, commencés en 1846 par les architectes Romano et Schwendenwein, sont encore inachevés. Ils rompent avec le style Biedermeier et marquent un retour à la Renaissance et au Cinquecento italien. Ce changement esthétique est un symbole : le temps de Metternich est dépassé. Il pourra toutefois revenir dans son palais trois ans et demi plus tard et y mourir à plus de 80 ans. On ne s'étonne pas qu'en raison de son aspect et après divers travaux, ce palais soit devenu, en 1908, l'ambassade d'Italie.

L'empereur Ferdinand, dit le Débonnaire, frère de François Ier, supprime la Milice qu'il remplace par une Garde nationale et la Légion académique des étudiants. Il abolit aussi la censure, promet la liberté de la presse et une nouvelle Constitution ; elle sera octroyée en avril. Mais en s'enfuyant, le chancelier a laissé une capitale en proie au désordre et à l'anarchie. Et sans gouvernement.

La fièvre, que l'on croyait retombée, s'empare à nouveau d'une population exaspérée ; l'Université est à la pointe des combats de rue. Sous leur pression, le souverain retire la Constitution qu'il venait de proposer. Vienne se couvre de barricades, des fusils pointent presque à chaque fenêtre. Le monarque, dont la santé mentale semble fort perturbée, s'enfuit à son tour le 17 mai en direction d'Innsbruck, la capitale du Tyrol, traditionnellement attachée à la monarchie des Habsbourg. Il prouve, d'une manière éclatante, sa totale incapacité à assumer la fonction impériale. Le vide gouvernemental se double d'un vide étatique. Dans Vienne, le 26 mai, le peuple, armé de pioches, de haches et de marteaux, aide la Garde et la Légion à ériger de nouvelles barricades pour empêcher l'armée, seule institution à son poste, d'intervenir. Aux côtés des insurgés, on trouve la présence, plus ou moins naturelle, de Strauss fils, revenu fin mai de Bucarest avec un bon mois de retard. Le rôle joué par le nouveau maître de la valse dans la contestation politique est assez cocasse et aura des effets sur la suite de sa carrière. Puisque les Viennois n'ont plus le cœur à valser, ils vont marcher. Johann Strauss fils compose plusieurs œuvres martiales soutenant le moral des émeutiers, dont *La Marche de la révolution* et *La Marche des étudiants.* La police le traque et confisque ses partitions chez l'éditeur Müller installé dans le Kohlmarkt. Le musicien en profite pour introduire des fragments de *La Marseillaise* dans *La Polka des coups de fouet*, sa soixantième œuvre. Les services de renseignements de l'Empire consignent soigneusement la sympathie de Johann fils pour les émeutiers et son soutien à leur cause avec une arme imprévue et incontrôlable, la musique. Depuis 1830 et le soulèvement des Belges contre les Hollandais, les peuples s'adonnent à la révolution accompagnée de compositeurs et d'orchestres. Les uns et les autres peuvent se faire entendre mieux que des canons. Le jeune Strauss est facétieux et son humour l'empêche de rallier, réellement, la cause de l'insurrection. Il se contente de réagir aux événements politiques et sociaux et d'en tirer profit. Son travail est alors un reflet de l'actualité, il saisit vite la manière dont il peut la mettre en musique, même si le prétexte est grotesque ou futile. Les résultats sont parfois étonnants. Ainsi, une de ses polkas porte le titre, curieux, de *Soupir des Liguoriens.* C'est une satire contre l'ordre religieux des Rédemptoristes, fondé par saint Alphonse-Marie de Liguori près de Naples, en 1732. Observant la règle de saint Augustin, ces prêtres évangélisent les campagnes. À Vienne et dans les environs, on les soupçonne d'avoir renseigné la police secrète de Metternich et leur expulsion par l'empereur a été officielle dès le 6 avril. Leurs partisans étaient pourchassés et dénoncés comme sur une scène de théâtre : chaque nuit, les insurgés venaient chanter sous leurs fenêtres une « *musique de chats* », c'est-à-dire des miaulements accompagnés d'instruments bruyants et de couplets satiriques. Strauss fils emboîte le pas à ces noctambules et dans son *Soupir*, il introduit un trio de « *musiques de chats* » qui fait beaucoup rire. La révolution marque un point. Le jeune Strauss est avec elle.

Mais la situation a une conséquence imprévue. Alors que depuis un an les Strauss père et fils sont réconciliés, leurs opinions sur les émeutes et la très grave crise politique paraissent opposées. L'aîné répond à son cadet en composant l'une de ses œuvres les plus connues, qui clôt de nombreux concerts en Autriche et en

Hongrie, à commencer par celui du nouvel an dans la grande salle de la Philharmonie, *La Marche de Radetzky.* On en oublie souvent l'origine. Illustre soldat et vieux maréchal (il a 82 ans), le comte Radetzky est issu d'une ancienne famille de Bohême. Dans l'autre siècle, il a servi contre les Turcs et les Français ; le plan stratégique de la Bataille des Nations, à Leipzig en 1813, est son œuvre. L'été 1848 malmène sa présence de commandant en chef des troupes autrichiennes en Italie. Après quelques échecs, il remporte la victoire décisive de Custozza contre le roi Charles-Albert de Sardaigne. Ayant repris, sans ménagements, le contrôle de la Lombardie, il entre triomphalement dans Milan ; ce sont ces lauriers que scande *La Marche de Radetzky.* Le frontispice de la partition pour piano s'orne du portrait du maréchal en uniforme, dans un médaillon auréolé de drapeaux. L'immense succès de cette 228e œuvre, écrite en août 1848, assure la popularité définitive de celui qui, militairement, était déjà un héros national. Radetzky restera gouverneur général des provinces d'Italie du Nord occupées par les Habsbourg et comme le symbole de la consolidation du pouvoir impérial face aux mouvements révolutionnaires. Un haut fonctionnaire du ministère des Finances, Franz Grillparzer, plus connu comme auteur dramatique viennois à succès, accompagne le talent de Strauss père glorifiant le maréchal d'un mot célèbre : *« L'Autriche est dans ton camp ! »* L'engagement du compositeur auprès de la monarchie n'est guère surprenant : depuis 1846, il est *« directeur de la musique de bal de la cour impériale et royale »*, titre créé expressément pour lui ! Et il dirige son orchestre vêtu, comme ses musiciens, d'un habit rouge à col officier et d'un pantalon blanc, les couleurs nationales autrichiennes...

Strauss fils, dont les insurgés tentent de souligner le libéralisme courageux, demeure prudent. Fin août, il accepte de monter la garde sur la *Karmeliterplatz*, près du canal du Danube, en face du domicile de ses parents, la Maison des Cerfs, aujourd'hui disparue. Quelle est l'exacte mission de la sentinelle Strauss fils ? On ne sait mais quand ceux qui tiennent la barricade lui disent de se préparer à affronter une charge de cavalerie et une contre-attaque policière, il déserte son poste et va dîner avec sa femme.

Une attitude peu révolutionnaire ! Après des semaines de confusion et la fuite de la famille impériale, Ferdinand Ier est contraint d'abdiquer sur l'insistance du nouveau chancelier, l'énergique Schwarzenberg, fils du commandant en chef des armées alliées en 1814 et dont la statue équestre, érigée en 1867, est un des repères de Vienne, devant le monument à la gloire des *« libérateurs »* de l'Armée rouge en 1945, aujourd'hui plus ou moins masqué par un jet d'eau... La situation reste explosive et le nouvel empereur, l'archiduc François-Joseph, 18 ans, est un neveu de Ferdinand. On comprend mieux que François-Joseph, monarque légendaire, sans doute demeuré trop longtemps sur le trône, ait toujours détesté l'émeute qui a terni son accession au pouvoir, alors qu'il succédait à un oncle empereur et remplaçait son père qui avait renoncé au trône en sa faveur. Deux hommes défaillants. Il n'a pas pu être couronné à Vienne, peu sûre, et a dû se contenter d'une cérémonie d'intronisation en exil, à Olmütz (aujourd'hui Olomuc, en Moravie), le 2 décembre 1848. Le lendemain, Strauss fils célèbre l'accession de François-Joseph d'une façon iconoclaste : dans la salle de *La Tour verte*, le concert qu'il dirige comprend *La Marseillaise*, l'hymne séditieux par excellence pour les conservateurs viennois. Le jeune Johann veut exprimer sa déception de voir échouer partiellement le mouvement qu'il avait soutenu... mais qui lui a valu une notoriété dérangeante. Des policiers sont dans la salle et dressent un procès-verbal. Il y est rapporté que l'avènement du nouvel empereur d'Autriche a été salué par l'hymne de la révolution et de la République française, un regrettable mélange... Le dossier Strauss fils provocateur s'épaissit. Cela pourra toujours servir.

L'insurrection matée par Schwarzenberg – il sera un successeur de Metternich aussi autoritaire que lui – place Johann Strauss père dans une situation pénible. Son attitude progouvernementale lui vaut des quolibets de la jeunesse qui lui préfère son fils. Des lettres de menaces lui sont adressées. Pire : la joyeuse musique qu'il a fait connaître au monde ne semble plus intéresser les Viennois. Comme leur ville a changé ! Décidément, la valse n'est pas faite pour des temps troublés. Espérant retrouver l'inspiration et le public qui le boudent, il décide de voyager mais les salles sont à moitié vides et des chahuteurs professionnels se chargent d'empêcher le déroulement normal des concerts et des bals. Lorsqu'il regagne Vienne, à l'été 1849, il est assez démoralisé même si l'accueil que lui ont réservé la reine Victoria et le prince Albert à Londres était un baume sur son amertume. Mais, à son grand étonnement, l'ordre ancien semble revenu à Vienne, Schwarzenberg ayant aidé le débutant François-Joseph à confirmer l'emprise des Habsbourg en Lombardie ainsi qu'en Hongrie où les émeutes n'ont été réprimées qu'avec l'aide des troupes du tsar de Russie, le redoutable Nicolas Ier. Une tache que les Hongrois n'effaceront pas.

Une Constitution est accordée mais on est loin des concessions exigées par le peuple en colère. Cependant, les foules étant versatiles et les susceptibilités politiques solubles dans l'oubli, Johann Strauss retrouve un public nombreux et enthousiaste au *Casino Unger*. Nous sommes le 15 juillet et c'est son concert de rentrée. Ayant pris possession de l'estrade, il ajuste son archet sur les cordes. L'orchestre attaque mais au bout de quelques instants, l'archet se brise, ce qui arrive quelquefois sous la main d'un interprète nerveux. Immédiatement, le plus proche musicien – nous dirions le premier violon – tend un autre archet à Johann Strauss père qui demeure figé, comme absent, les yeux vides et fixes. Un silence suivi de réactions inquiètes envahit la salle. Puis, le maître, comme s'il était revenu à la vie, reprend son programme. Dans son excellente étude sur *La Valse viennoise au temps des Strauss*[1], Claude Dufresne – également spécialiste de l'opérette – estime que *« cet incident, en apparence anodin, a agi sur les nerfs déjà éprouvés du musicien ; il lui prête un caractère symbolique, y voit l'image de son destin brisé, l'annonce de sa fin prochaine »*. En effet, une richissime Viennoise qui vient de décéder a laissé par testament une somme conséquente pour que le père Strauss – le seul Strauss, selon elle – joue une dernière valse au moment de ses obsèques.

1. Solar, 1996.

Elle les avait tant aimés, ces hymnes à l'éternel tourbillon de la vie ! Mais tout de même, cette attention, délicate, est bien macabre...

Le 22 septembre, un concert est organisé à la Hofburg pour le retour à Vienne du maréchal Radetzky, en présence de François-Joseph. L'empereur a fait savoir à Strauss père qu'il tenait à sa direction d'orchestre pour fêter le valeureux soldat. Le programme sera mixte ; entre les inévitables marches, des valses adouciront les références guerrières. Mais le jour tant attendu, ce n'est pas Johann Strauss père qui monte sur l'estrade mais un de ses assistants. Depuis la veille, il est alité au domicile de sa maîtresse, un logement indigne d'un tel génie dans une ruelle, Kumpfgasse. Le corps fiévreux et couvert de larges plaques, le musicien est victime de la scarlatine, transmise par une de ses filles naturelles. Implacable punition ! Trois jours plus tard, Johann Strauss père, totalement nu – Émilie a emporté tout ce qu'elle pouvait ! – est découvert par son fils Édouard. L'homme qui a donné à la valse viennoise une existence mondiale est décédé seul, à l'âge de 45 ans. On remarquera combien d'illustres musiciens viennois ont eu une fin pitoyable. En revanche, leurs funérailles n'ont pas toujours été sordides. Cent mille personnes suivent son corbillard jusqu'au cimetière de Döbling, au nord de la ville, près de l'ancienne Redoute des Turcs, dans l'actuel 19e arrondissement. Un chroniqueur note que *« Strauss est mort comme un chien mais il a été enterré comme un roi »*. En effet, c'était bien le roi de Vienne que la capitale venait de perdre.

Schwarzenberg s'oppose aux minorités et aux libéraux mais il fait respecter l'Autriche lors d'une tension qui se soldera par « la reculade d'Olmütz ». La crise contraint le roi de Prusse à abandonner son projet d'union germanique restreinte de l'Allemagne du Nord sous l'autorité des Hohenzollern. L'humiliation marque profondément les milieux patriotiques et militaires prussiens. Bismarck s'en servira pour développer une politique hostile à l'encontre de Vienne. François-Joseph suspend la Constitution et il a levé l'état de siège le 1er septembre 1849. On peut considérer que l'Autriche impériale, un moment vacillante, a retrouvé sa puissance. La ville se calque sur cette image rassurante et sous l'impulsion du souverain, infatigable travailleur, Vienne commence à prendre sa physionomie moderne. En 1850, elle reçoit un nouveau statut municipal et incorpore des faubourgs, augmentant sa population de 431 000 habitants. Le 31 décembre 1851, la Constitution de mars 1849 est définitivement abolie. Et, paradoxalement, la capitale devient la vitrine d'un Empire libéral du point de vue économique s'efforçant de masquer son absolutisme politique. L'unité de la monarchie est renforcée par la suppression des douanes entre l'Autriche et la Hongrie et les échanges commerciaux s'intensifient avec la mise en place d'un remarquable réseau ferroviaire ; l'État, qui contrôlait près de 70 % des lignes, accorde des concessions à des compagnies privées, lesquelles, à partir des grandes gares viennoises – de vraies cathédrales du progrès –, hissent la capacité de transport à près de 10 000 kilomètres, franchissant des obstacles naturels difficiles, comme dans le massif de l'Arlberg. Leur environnement crée de nouveaux quartiers, industrieux et très actifs, où les provinciaux ont leurs habitudes. Eux aussi deviennent viennois.

Dès la mort de son père, Johann Strauss fils espère obtenir le titre de directeur de la Musique de bal à la Cour. Sa demande, en janvier 1850, est rejetée. L'intendant de ces plaisirs a sur son bureau les rapports de police sur son comportement en 1848. Il est considéré comme une *« personne farfelue, immorale et dissipatrice, qui ne mène que depuis peu une attitude plus conforme »*. On pardonne difficilement des égarements de jeunesse. Pour ces raisons, le titre lui sera refusé longtemps. On le met à l'épreuve sans se priver de son talent. Les bals qu'il dirige ponctuellement sont animés par son orchestre de 30 à 40 musiciens ; s'il s'agit d'un concert de musique *« en chambre »*, dans un appartement de la Hofburg, la formation est réduite à 10 exécutants. Mais Strauss le rebelle perçoit de toute manière 9 gulden d'honoraires, somme considérable pour des programmes de musique légère, allant du thé dansant aux spectacles pour enfants. Strauss ne se décourage pas, essayant d'adoucir ses relations avec la Cour. Ainsi, il compose un *Hymne à l'empereur* et reprend, dans plusieurs œuvres, des extraits du *Gott erhalte* de Joseph Haydn. Un événement imprévu va lui faciliter sa reconnaissance. Le 18 février 1853, François-Joseph échappe de peu à la mort. Un apprenti couturier hongrois, János Libény, se précipite armé d'un couteau sur le souverain. Sans le réflexe rapide d'un passant, le boucher Josef Ettenreich, Sa Majesté aurait péri. La lame glisse sur le col du dolman et l'empereur s'en tire avec une blessure à la gorge. Par superstition, le monarque apparaîtra presque toujours en uniforme, sauf vers la fin de sa longue vie. Le souvenir de cet incident est commémoré par l'église votive, impressionnant édifice néogothique élevé en bordure du Ring, de 1856 à 1879. Immédiatement, Strauss compose une *Marche de jubilation pour le sauvetage de l'empereur François-Joseph Ier*. Il fait jouer sa 126e œuvre le 6 mars suivant au fameux restaurant *Sperl* où son père avait triomphé. À moins de 30 ans, le fils Strauss sait flatter le régime qu'il avait, musicalement, contesté. Après des années d'efforts, Strauss obtient enfin son titre directorial le 25 février 1863. Son retour en grâces et son ascension protocolaire ont duré dix ans. Un purgatoire qui avait fait de lui le plus fameux musicien de son pays, définitivement patriotique, auteur d'une qualité et d'une invention harmonique qui allait presque reléguer son géniteur à l'oubli. S'il devient, pour toujours, « le Roi de la valse », Johann Strauss le second est aussi le compositeur officiel du régime. Les occasions de le célébrer abondent. Citons, par exemple, la valse n° 154, intitulée *Couronnes de myrtes*, créée lors du grand bal donné pour le mariage de l'empereur avec sa belle cousine Sissi, le 24 avril 1854 ; ou encore une polka, hommage à la jeune mariée de 16 ans, pétrifiée de ne plus être une duchesse en Bavière, sauvageonne et en guerre contre l'étiquette, muée en impératrice dont la taille, l'allure et la beauté sont aussi légendaires que ses caprices et ses révoltes contre le carcan des usages.

De passage à Vienne en 1854, Mérimée ose dire qu'il s'ennuie *« à mort »* à Paris et que *« Vienne est, après Madrid, la ville la plus civilisée d'Europe, celle où l'on vit le mieux »*. Pourquoi une telle déclaration d'amour à une cité ? Parce que sa transformation en métropole européenne est déjà tangible. Sa révolution urbaine commence. Le 20 décembre 1857, l'empereur signe le décret ordonnant de raser les vieux bastions et de tracer une ceinture de boulevards autour du cœur historique. On abat les vestiges des remparts que Napoléon avait partiellement détruits au canon. L'impératrice douairière, l'archiduchesse Sophie, soupire et maugrée de voir disparaître la Vienne de son époque, celle où Talleyrand la qualifiait de *« seul homme de la famille »*... La Ringstrasse, le Ring pour les Viennois, marque leur ancien tracé sur 4 kilomètres de long et 57 mètres de large. L'antique Vienne se dote d'un boulevard intérieur qui mesure un kilomètre de moins que son équivalent parisien. Selon les endroits, il porte différents noms. Des architectes renommés, autrichiens et étrangers, contribuent à cette spéculaire métamorphose qui n'aura d'égale que la transformation de Paris par le préfet Haussmann. Parmi les édifices et monuments qui sortent de terre, citons le *Rathaus*, l'Hôtel de Ville néogothique, le Parlement néoclassique, l'Opéra, sur le modèle du Châtelet parisien (inauguré avec *Don Giovanni*), le nouveau *Burgtheater*, les musées des Beaux-Arts et des Sciences naturelles, divers jardins publics et des perspectives. Le *Prater* ne désemplit pas. Le comte de Saint-Aulaire, ambassadeur de France, rapporte cette animation foisonnante : *« Dès cinq heures de l'après-midi, la file des équipages commence au petit pont du Danube et ne se rompt qu'à l'entrée du Prater. Jusque-là, les voitures marchent au pas sur une seule ligne, aucune ne doit quitter son rang. Il n'y a de privilèges pour personne. J'ai vu l'Empereur et l'Impératrice respecter cette consigne et, après avoir attendu longtemps, désespérer d'arriver au Prater avant la nuit, renoncer à leur promenade et rebrousser chemin vers la Hofburg. »* Des Viennois moins huppés se consolent agréablement chez *Demel* ; les fils de Christoph Demel, Josef et Carl, ont reçu, en 1857, le brevet qui fait tant de jaloux, celui de *« boulanger-confiseur fournisseur de la cour impériale et royale »*. S'ils ne trouvent pas une table libre, ils peuvent se diriger, dès 1866, vers l'élégant restaurant qu'Édouard Sacher, deuxième fils de Franz et Rosa Sacher, a ouvert dans le palais Todesco. Les immeubles élevés le long du Ring ou à proximité sont majestueux et témoignent de fortunes rapidement assises. L'affluence des visiteurs exige un équipement hôtelier en rapport. Certains établissements naissent parfois d'une manière inattendue. Ainsi, en 1863, le duc de Württemberg commande un palais à l'architecte munichois Arnold Zanetti. Mais le duc et la duchesse y résident peu. De plus, la municipalité décrète le percement d'une rue sur leur terrain. Les Württemberg, furieux, quittent leur somptueuse résidence et vont s'installer dans un endroit plus calme. Deux ans plus tard, le bâtiment est transformé et en 1872, Horace, chevalier de Landau, achète l'immense demeure avec l'intention d'en faire un hôtel de réputation internationale. Ce sera l'*Imperial*. Il ouvre le 28 avril 1873, juste à temps pour l'Exposition universelle qui commence le 1er mai. La presse le juge *« agréable, élégant, simple, avec un grand style, cent cinquante chambres, vraiment de classe impériale »*. Hélas, la fête est gravement gâchée par le krach boursier du 9 mai. Ce vendredi noir, des milliers d'épargnants et de spéculateurs sont ruinés. Vienne, première place financière de l'Empire, tremble. Rappelons qu'un réseau bancaire, sur le modèle de celui de la France de Napoléon III, avait été mis en place avec le concours des frères Pereire, fondateurs du *Crédit Mobilier* en 1855. Les plus grands noms de l'aristocratie siègent dans les conseils d'administration, tels les princes Auersperg et Fürstenberg ou les comtes Chotek, Barkoczy et Zichy. Autrichiens, Tchèques et Hongrois tiennent les commandes. Ce vendredi soir, sur les 138 banques fondées entre 1867 et 1873 (70 ont leur siège social à Vienne), plus de la moitié sont balayées par la banqueroute. L'industrie va en souffrir car les banquiers subsistant considèrent le secteur risqué et déconseillent à leurs clients affolés d'y investir. La construction de la Bourse, commencée depuis un an dans le style Renaissance, est interrompue. En couronnement de cette catastrophe, on redoute une épidémie de choléra. En finira-t-on avec ce fléau d'un autre temps, celui des envahisseurs ? Les travaux d'assainissement doivent continuer.

En 1875 et en 1876, Richard Wagner, à la veille de la création de son festival de Bayreuth grâce à l'inlassable mécénat de son protecteur Louis II de Bavière, vient diriger *Tannhäuser* puis *Lohengrin* à l'opéra. Lors de ces deux séjours – il est descendu à l'*Impérial* –, le créateur de *« la musique de l'avenir »* est bien accueilli par le public mais malmené par les journaux. Comme d'habitude... Les luxueux hôtels sont également choisis par la Cour et le gouvernement pour accueillir leurs hôtes officiels s'ils dédaignent leurs ambassades. En 1879, la consolidation de l'entente austro-allemande forgée par un lien personnel entre les deux empereurs, François-Joseph et Guillaume Ier, donne au mari de Sissi l'occasion de se rendre, pour la première fois, à l'*Impérial*. Le monarque avait voulu éviter, jusque-là, un amalgame publicitaire. Sa venue est exceptionnelle. Le Habsbourg rend une visite remarquée au chancelier Bismarck, lui-même enchanté de son installation. Dans son journal, il note : « *Dès que j'apparais à la fenêtre de mon appartement, l'accueillante population viennoise me salue par des acclamations. Elles sont venues encore plus fortes lorsque Sa Majesté m'a personnellement rendu visite à l'hôtel.* » Cette ferveur est tout de même surprenante si on se souvient du contentieux armé entre la Prusse et l'Autriche, sanctionné par la défaite de Vienne le 3 juillet 1866, à Sadowa (Königgratz), sept années plus tôt. On avait voulu oublier cette défaite mais la ville résonne encore du geste de Johann Strauss qui, cinq jours après la victoire prussienne, avait ouvert ses maisons pour la convalescence des officiers blessés autrichiens. Sa femme, née Jetty Treffz, qu'il avait épousée quatre ans plus tôt, tenait le rôle d'une exemplaire hôtesse-infirmière. Ancienne cantatrice, âgée de dix ans de plus que Johann Strauss, elle était la maîtresse du riche baron Todesco avant de succomber au charme du célèbre M. Strauss habitué aux conquêtes faciles.

Puis – mais il n'y a qu'à Vienne qu'une telle histoire était possible ! – l'amant trompé a non seulement rendu sa liberté à l'infidèle mais encore il l'a confortablement dotée ! Un gentilhomme ! Lorsque Johann Strauss épouse, discrètement, Jetty, ce mariage d'amour le met définitivement à l'abri des soucis matériels. La maison achetée par Jetty à Hietzing, faubourg cossu de Vienne où l'on peut apercevoir l'empereur entrer et sortir des jardins tyroliens de Schönbrunn, est un moment transformée en hôpital. L'heureux époux dirigera ensuite les concerts de charité lors d'une fête au Prater, offrant 800 gulden de bénéfice aux caisses de secours de l'armée vaincue.

Ces manifestations musicales soulignent la permanence du nom Strauss dans la vie viennoise. Derrière l'omniprésence de la famille célébrant les joies et les malheurs, la vie publique ou des événements privés, il y a un mystère. On s'était demandé comment le père Strauss parvenait à être partout, y compris dans ses deux foyers. La réponse avait été sa mort prématurée. Maintenant, Strauss n'est plus un nom de musicien, c'est celui d'une véritable entreprise. Ils sont plusieurs, pas tout à fait interchangeables car seul Johann a du génie mais tous excellent à représenter leur patronyme. Pas moyen d'éviter un Strauss dans Vienne ! Depuis 1861, les trois frères, Johann, Josef et Édouard ont chacun leur orchestre et signent ensemble des valses et des danses qui font fureur, dites, en français, les *« galops monstres »*, épuisants mouvements perpétuels que le diabolique Paganini éjectait déjà de son violon enragé devant des spectateurs électrisés. Les trois Strauss rendent souvent hommage à leur père. Ils s'imposent telle une marque commerciale Leur valse *Trifolien*, composée en 1865, authentifie leur label. Sur la partition pour piano, les trois prénoms, sur une ligne, dominent leur patronyme. À gauche, un violon géant est entre les mains de trois joyeux lutins, les trois frères bien sûr. Deux manient l'archet, celui du haut pince les cordes. L'importance de cette association se mesure au fait que cette partition est aussi en vente à Paris, à Milan, à Londres et à Saint-Pétersbourg. Les rois de la valse n'ont qu'un passeport, leur musique. Et ils se dédient mutuellement des œuvres ou des morceaux, par jeu. N'oubliant jamais de courtiser les puissants, Johann fait naître un chef-d'œuvre musical et... diplomatique. Il s'agit des célèbres *Histoires de la forêt viennoise*, sa 325e valse, dédiée au premier grand intendant de l'empereur (un homme à ménager !), le prince Constantin von Hohenlohe ; il l'interprète en l'honneur de ses deux frères le 19 juin 1868, lors d'une soirée au Volksgarten. Ces spectacles en plein air reprennent souvent la tradition des fêtes pyrotechniques, le feu d'artifice clôturant le bal. En janvier 1870, la Société des amis de la musique dispose enfin d'une nouvelle salle pour ses concerts. Les travaux, qui ont duré deux ans, ont été confiés à l'architecte Theophil Hansen, admirateur du style grec. Comme le Parlement dont il est aussi l'auteur, l'édifice de la Musikverein, est bien un temple. Dans la salle dorée (celle du concert du nouvel an), les Strauss testent l'acoustique. Les seize cariatides qui se font face et le plafond représentant *Apollon et les neuf muses* enthousiasment les experts. Quelques mouvements sont joués, des accords plaqués, les essais déclarés concluants : cette salle est l'une des meilleurs du monde ; on peut y jouer du Mozart, du Beethoven et du Strauss. Composant une valse spéciale dont la partition, rarissime, montre le bâtiment, ils lui donnent un titre-confession : *Joie de vivre.* Deux mois plus tard, appliquant à Vienne une habitude venue de Londres, Édouard dirige, chaque dimanche après-midi, des concerts-promenades fort appréciés. Un morceau, un pays ou du moins l'idée qu'en a la dynastie de musiciens. Un voyage immobile mais enchanteur. L'endroit devient *« la salle »* des concerts à Vienne. Le 22 avril 1873, Johann Strauss rencontre les musiciens de l'Association, en fait les membres de la formation qui joue à l'opéra. Violon en main, il dirige son opus n° 354, le délicieux *Sang viennois*, doux, tendre et inoubliable. La confrontation entre le compositeur et de tels interprètes fait sensation. Le morceau est bissé. On peut considérer l'événement comme la préhistoire du concert du premier janvier.

L'idée des éditeurs de musique d'illustrer les partitions d'un nouveau monument ou d'un événement nous montre combien les Strauss accompagnent la vie viennoise ; il célèbre aussi bien le durable (le nouvel hôtel de ville a sa valse, la 438e œuvre du maître à *« sa chère ville natale de Vienne »*) que l'éphémère (*l'Exposition universelle* : sur la Mozartplatz, Johann Strauss dirige l'orchestre de Julius Langenbach installé dans une vaste alvéole qui renvoie les sons). Mais c'est l'éternité qu'il glorifie avec *Le Beau Danube bleu* qui, à l'origine de sa création, n'est ni beau ni bleu et pas davantage un succès ! En février 1867, Johann Strauss joue en public sa 314e œuvre destinée à une chorale de douze cents hommes. Cette commande est devenue une partition langoureuse, nostalgique et inoubliable. Mais le chef de la chorale a eu la désastreuse idée de solliciter un parolier car il lui semblait que la valse seule n'aurait aucun succès ! Le parolier est un fonctionnaire qui se pique de poésie mais d'un genre particulier, la poésie industrielle vantant les améliorations de la vie viennoise. La municipalité ayant mis en service les premières lampes à arc électriques pour l'éclairage des rues, le laborieux Joseph Weyl mijote un texte célébrant l'invention. Cela donne, en français :

Vienne, sois joyeuse !
Pourquoi donc ?
À cause de la lumière de l'arc !
Ici, il fait encore sombre.

On frémit en songeant que ce gratte-papier aurait pu vanter les charmes du tout-à-l'égout ! Le résultat est un fiasco sans précédent. Le Danube est ridicule, gris, et le public s'esclaffe. Furieux, Strauss jette la partition au fond d'un tiroir, se jurant, dira-t-il, de ne plus jamais l'inscrire à ses programmes. Or, pour une fois, Paris vient au secours de Vienne. L'Exposition universelle qui se tient sur les bords de la Seine – la dernière et la plus belle carte de visite du Second Empire – attend l'arrivée, tardive, de François-Joseph. Johann Strauss accompagne son souverain. À l'initiative de la princesse de Metternich, épouse de l'ambassadeur d'Autriche, fils de l'ancien chancelier, le roi de la valse se produit devant un auditoire impérial et royal. Puis, sur l'insistance du patron du *Figaro*, Henri de Villmessant, enthousiasmé, un autre concert, public cette fois, est organisé au cœur même de l'Exposition. Ayant épuisé son programme, le Viennois retrouve, presque par hasard, la partition de son maudit *Danube bleu* ; il se pourrait que sa femme ait glissé ces pages oubliées dans ses affaires. Tant pis, on ne sait jamais ! Il attaque sa valse lente. Même s'il écrit pour la danse, Strauss soigne le caractère symphonique ; allongeant ses œuvres, notamment en comparaison de celles de son père, il obtient ce merveilleux résultat : on écoute aussi ses valses. Immédiatement, les flots du Danube enchantent les auditeurs qui s'entassent sous un chapiteau étouffant. L'enthousiasme parisien efface l'échec viennois. C'est même un triomphe. En un peu moins de dix minutes, Strauss venge son affront. Il joue sa valse près de vingt fois de suite. La Seine a sauvé le Danube. Réorchestrée, purgée de ses paroles ineptes, l'œuvre va faire le tour du monde et continue son tourbillon sans fin même si, honnêtement, le Danube est rarement bleu !

Croire que Vienne ne fait que danser et chanter à cette époque serait évidemment faux mais la ville est bien devenue la salle de bal de l'Europe. Si l'on a peu le souvenir des manifestations ouvrières (13 décembre 1869), l'incendie du théâtre du Ring, en décembre 1881, est inoubliable. Après s'être rendu sur place, François-Joseph, très ému parce que les victimes ont été piétinées contre les portes qui s'ouvraient de l'intérieur, décide de faire construire, à ses frais, un établissement de charité avec une chapelle expiatoire au premier étage. L'un des spectateurs disparus dans les flammes du théâtre est le fils de la baronne Hélène Vetsera, mère de la future éphémère et célèbre jeune maîtresse de l'archiduc Rodolphe, officiellement morte avec lui dans l'énigme dérangeante de Mayerling[1]. En 1880, Vienne continue ses révolutions, entre les travaux urbains, l'implantation des usines, l'ouverture de cinq nouvelles brasseries et le développement de la petite entreprise de type familial (60 000 patrons-artisans pour 200 000 artisans employés et ouvriers). Seul le secteur du textile et de la confection connaît une récession. L'institution de la double monarchie, l'Autriche-Hongrie à partir de 1867, fait de Budapest, son égale politique en théorie, une rivale économique de Vienne dans le domaine alimentaire. Toutes les cuisines de l'Empire ont leurs restaurants et leurs auberges. La révolution paisible connaît son triomphe le 31 décembre 1877 avec le premier Bal de l'Empereur,

1. Cet incendie est une tragique préfiguration de celui du *Bazar de la Charité*, qui éclatera à Paris, le 4 mai 1897. Une sœur de l'impératrice, la duchesse d'Alençon, y périra en sacrifiant sa vie pour sauver des jeunes filles de la haute société. L'exemple viennois n'avait pas servi : la plupart des victimes ont aussi été écrasées contre les portes de la salle du cinématographe qui, cette fois encore, ne s'ouvraient que de l'intérieur. Voir aussi, du même auteur, *Rodolphe et les secrets de Mayerling* (Perrin, 2004).

dans les salles de la Hofburg où François-Joseph veille à saluer, consciencieusement, tous ses invités dans une cascade de révérences et de baisemains. La fête, somptueuse, inaugure la tradition des bals des corporations et des métiers, le bal des chasseurs, le bal des cochers, le bal de la gendarmerie, etc. Certains existent encore ou renaissent de nos jours, preuve d'une cohabitation sociale unique au monde. Et la démocratie ? Elle est en sourdine. En 1883, lors de l'inauguration du nouveau Parlement, une statue de style grec est érigée devant le bâtiment qui se veut aussi un hommage à la Grèce antique. Toujours caustiques, les Viennois font immédiatement remarquer que la Démocratie reste... à l'extérieur des débats parlementaires ! Cette révolution attendra.

X

L'AMAZONE DU PRATER

Les Viennois n'ont jamais réellement aimé Sissi, jugeant insupportable sa fuite permanente de ses devoirs d'épouse et de souveraine. Aujourd'hui encore, à la différence des habitants de Budapest qui l'ont toujours vénérée et respectée, ils critiquent son comportement, ses futilités, ses caprices et font semblant d'admirer son tour de taille qui n'excédait jamais les cinquante centimètres comme le prouve sa garde-robe conservée dans un endroit secret, inaccessible au public[1]. Le paradoxe est évident : Vienne vit, largement, du souvenir des fastes impériaux en décriant volontiers certains de ses travers. Juste retour des choses, l'impératrice se sentait mal à l'aise dans cette capitale qui l'observait ; elle préférait des résidences campagnardes, discrètes, où elle recherchait une vie de famille plutôt qu'une existence de représentation permanente. Ce fut une guerre des nerfs, alimentée de commérages et de rumeurs souvent peu flatteuses. Tout patrimoine a ses revers et Vienne continue, malgré un jugement souvent défavorable, à exploiter l'image de la souveraine errante qui, une année, selon les calculs des journaux, passa 267 jours hors de Vienne... En 1998, année du centenaire de son assassinat à Genève, l'épouse

1. Mais les caméras de l'émission « Des racines et des ailes », déjà citée au début de ce livre, ont eu l'autorisation exceptionnelle de pénétrer dans ce sanctuaire de la mode impériale et d'enregistrer des images inédites.

de François-Joseph eut droit à une exposition bien conçue sous le titre « Une beauté pour l'éternité ». Depuis, à l'entrée des appartements impériaux et curieusement placé avant les pièces occupées par le souverain, un *musée Sissi* a été ouvert. Six salles au contenu et au principe plutôt kitsch. On y retrouve des aspects de sa vie privée fébrile, ses poèmes mélancoliques et divers objets personnels. À côté de ces souvenirs authentiques, il est dommage d'avoir sacrifié à des reproductions de portraits, une copie de la robe qu'elle portait lors de son dernier bal public et une reconstitution partielle de sa voiture-lit-salon alors que l'original, nettement plus émouvant et instructif, peut être facilement examiné dans le département ferroviaire du musée des Sciences et des Techniques, face à Schönbrunn. Même les bijoux et diadèmes présentés sont faux ; ce sont des copies qu'on peut s'offrir à peu de frais, y compris les célèbres étoles piquées dans les cheveux de l'impératrice, immortalisées par un tableau de Winterhalter en 1867. J'ai tenu un instant les vraies dans mes mains. Donc un musée où il y a beaucoup de toc. Mais l'erreur est surtout de croire qu'on peut rassembler la mythique Élisabeth d'Autriche (et Erzsébet de Hongrie) en un seul endroit. Elle était partout et nulle part. On attire le touriste en réduisant le monde mobile d'une voyageuse perpétuelle. Sissi a parcouru l'Europe et il est dérisoire de l'enfermer dans une cage. Le *musée Sissi* s'efforce de combler un long et choquant oubli officiel. Si les Habsbourg ont laissé leurs empreintes dans d'innombrables endroits de Vienne, Sissi n'avait droit qu'à des fragments d'histoire. Cette femme puzzle n'est pas facile à saisir. Traversons donc la Hofburg en suivant l'enfilade des salons et des bureaux où régnait et travaillait son mari lorsqu'il était présent, surtout l'hiver. Trois marches et un tournant à gauche conduisent à l'aile Amélie de cet immense bâtiment austère. Ici vécurent le tsar Alexandre Ier lors du Congrès puis, de 1916 à 1918, le dernier couple impérial, Charles Ier et Zita. Mais c'est le vrai souvenir de Sissi que l'on rencontre, entre ces deux époques. Sa statue en marbre blanc, grandeur nature, longtemps aperçue comme un fantôme, se tenait devant une porte cachée conduisant à un petit escalier secret. C'était ainsi que, lassée d'être scrutée et détaillée, elle s'enfuyait. Souvent pour faire des courses, seulement accompagnée d'une dame d'honneur telle la comtesse Sztàray, une Hongroise qui recueillit son dernier soupir à Genève, le 10 septembre 1898, à 14 h 40, dans une chambre de l'hôtel Beau Rivage.

Un autre paradoxe veut que les tableaux, des originaux et quelques bonnes copies de l'époque, montrent une souveraine très présente dans ce palais alors qu'elle se voulait invisible, acharnée dans une permanente fuite d'elle-même. Ainsi, un immense salon où dominent le rouge et le blanc lui servait-il de... chambre. Comme si elle se considérait de passage dans ce labyrinthe de 2 600 pièces, Sissi refusait d'avoir une véritable chambre à coucher. Chaque soir, ses femmes de chambre sortaient des couloirs sur l'arrière un lit de fer, très simple, le même que celui de François-Joseph qui, lui, disposait d'une chambre permanente. Et chaque matin, le lit était enlevé et caché jusqu'au soir. En revanche – et c'est une attraction de la visite –, son boudoir-cabinet de toilette est intégralement aménagé tel qu'elle l'utilisait. Le regard est attiré, sous les lambris, par deux anneaux beige sale fichés dans le chambranle de la porte. Des agrès pour de longues séances d'une gymnastique qui provoquait les évanouissements de son entourage et l'indignation de sa belle-mère et tante, la sévère archiduchesse Sophie. C'était un rite. Il commençait tôt le matin, dans les allées du Prater. Quelques Viennois voulant absolument apercevoir leur souveraine se postaient derrière des bosquets. Ils avaient alors le spectacle d'une amazone élégante et intrépide ; elle pouvait passer des heures à cheval. Les messieurs, admiratifs, soulevaient leur chapeau ou leur casquette. Une apparition. Oui, c'était bien elle. Il était plus difficile de la voir évoluer sur son lippizan dans le Manège d'hiver, suivant des leçons de haute école dispensées par une écuyère de renom, Eliza Renz, dont le père était propriétaire et directeur d'un cirque à Berlin. Sa présence régulière aux côtés de l'impératrice comme celle de son état-major féminin avait fini par faire circuler l'accusation, évidemment non fondée à ce jour, d'un penchant pour des relations saphiques. Puisqu'on avait été incapables de donner des noms à ses éventuels amants, l'explication était ailleurs... Son professeur d'équitation, furieuse de cette calomnie, avait publié une savoureuse mise au point !

Ensuite venait un autre rite, inventé par Sissi et qui a été considéré comme un scandale de plus. Elle prenait un bain ! L'archiduchesse Sophie s'en étranglait de rage. Est-ce qu'une impératrice d'Autriche a besoin de se laver complètement tous les jours ? Elle en concluait que sa belle-fille était une anarchiste, triste appellation quand on sait que, justement, Sissi est morte sous le coup d'un poinçon aiguisé porté par l'Italien Luigi Lucheni, un anarchiste. Alors que François-Joseph se contente d'un *tub* à l'anglaise où l'on s'asperge de seaux d'eau, Sissi exige une baignoire. Longtemps dissimulée aux regards des visiteurs, une véritable salle de bains est désormais visible. C'est la première qui ait été installée à la Hofburg. On peut en voir une autre dans ses appartements de Schönbrunn. La douche est équipée d'un collier métallique, percé de petits trous ; elle permettait à Élisabeth de ne pas mouiller sa longue chevelure en faisant ses ablutions. Une anarchiste ! Ses cheveux étaient l'objet de soins longs et attentifs ; l'opération pouvait prendre deux heures. Elle disait *« C'est ma vraie couronne ! »* Et pendant qu'on s'affairait autour de sa tête, elle écoutait une de ses lectrices réciter, par exemple, des poèmes de Heine, son auteur favori. Ce n'était pas tout. Récemment, on a remis en place le tapis de massage sur lequel elle s'allongeait. Enfin, cette préparation étant achevée, l'impératrice se suspendait aux anneaux pour des étirements destinés à maintenir sa souplesse. La question qui se pose est de savoir si ce culte de sa beauté n'était qu'une obsession, comme celle de son régime alimentaire. En réalité, son corps (1,72 mètre) était une arme. Elle s'en servait pour exister, rayonner, dominer un milieu qu'elle sentait hostile, user de son influence y compris politique en faveur de sa chère Hongrie. Elle séduisait. Il est vrai que la fine silhouette qu'elle conserva jusqu'à sa fin tranchait avec la corpulence souvent confortable de quelques dames de la cour... Et c'était un moyen de ne pas vieillir. On la verra ainsi, dans une robe noire, concentrée sur ses exercices. On insinuait qu'elle ressemblait à un oiseau exotique ! Puisqu'elle était habillée, son lecteur de grec classique

La cathédrale Saint-Étienne. Centre de Vienne et l'un de ses symboles, son aspect gothique remonte aux premiers travaux du chœur, achevés en 1340. Souvent détruite ou endommagée – un boulet turc de 1683 reste fiché au-dessus de la sacristie –, elle a été victime des canons français en 1809 et des bombardements alliés en 1945. Sa flèche s'élève à 137 mètres. © *Erich Lessing / AKG-images* En médaillon : un fragment de la toiture recouverte de tuiles polychromes en 1490. Les losanges allègent l'édifice dont la construction a duré deux siècles. © *Valsecchi / Alinari / Roger Viollet*

Le 13 mars 1848, les Viennois demandent des réformes. Une manifestation devant la Diète entraîne le pillage de l'Arsenal et l'assassinat du ministre de la Guerre. Metternich, l'imin-surrections durent jusqu'au 31 octobre. *© AKG-images*

François-Joseph, empereur à 18 ans, monte sur le trône le 2 décembre 1848 en dehors de Vienne car la ville n'est pas totalement sûre. Au printemps 1849 (en bas, à gauche), le nouveau souverain décore les généraux et officiers qui ont rétabli l'ordre. *© AKG-images*

(Parlement) de Basse-Autriche est réprimée dans le sang. Le soulèvement de la population
placable chancelier qui gouverne un régime policier depuis 1815, s'enfuit de Vienne. Les

L'un des trois célèbres portraits de l'impératrice Élisabeth, dite Sissi, par Winterhalter. L'épouse de François-Joseph depuis 1854, qui est aussi sa cousine, ne cesse de fuir Vienne où elle se sent observée et scrutée. Selon elle, le palais de la Hofburg est une prison. Elle y installe un petit gymnase, une salle de bains et boit de la bière, ce qui indigne la cour et lui vaut une réputation d'anarchiste.

En fin d'après-midi, le rendez-vous des élégances au Prater, en 1900. © *AKG-images*
En médaillon : Station de métro d' Otto Wagner. © *Erich Lessing / AKG-images*

Le Café Central, une institution viennoise depuis plus d'un siècle. Fréquenté par les milieux intellectuels, il eut parmi ses clients Stefan Zweig et Léon Trotski. © *Hoa-Qui*

La Pavilon de la Sécession, symbole de la révolution de l'Art Nouveau. Construit de 1897 à 1898, décoré par Klimt et Moser, il est coiffé d'une coupole recouverte de lauriers d'or. Sa devise : « À chaque époque son art, à l'art sa liberté. » © *Erich Lessing / AKG*-images

Des œuvres majeures des artistes de la Vienne 1900 qui valsent au cours du dernier bal d'avant 1914, celui d'un art total. *Le Baiser* de Gustav Klimt (1862-1918), un *Nu* d'Egon Schiele (qui dessinait rarement les pieds de ses modèles) et *L'Artiste et sa maîtresse* (1913) d'Oskar Kokoschka, représentant le peintre meurtri par sa passion pour Alma, veuve de Gustave Mahler.

Sigmund Freud photographié par l'une de ses illustres patientes, la princesse Marie Bonaparte, épouse frustrée du roi Georges de Grèce. Freud l'appelait affectueusement « Notre princesse ». Le fondateur de la psychanalyse, docteur en médecine à Vienne à partir de 1881, étudia les maladies nerveuses à Paris puis ouvrit son cabinet de consultation. Sur son célèbre divan, la clientèle raconte ses désirs, ses fantasmes, ses phobies. Explorateur, critiqué ou adulé, de l'inconscient, Freud, qualifié de « Juif libidineux », s'enfuit de Vienne en 1938.
© Rue des Archives

Devant la Grande Roue du Prater, modernisée en 1947, une scène du film culte *Le Troisième Homme*, de Carol Reed (1949). L'acteur Joseph Cotten incarne l'ami d'un dangereux trafiquant de pénicilline et agent soviétique, Harry Lime, joué par l'inquiétant Orson Welles. Ce chef-d'œuvre a aussi une immense valeur documentaire. Il décrit l'atmosphère de Vienne, humiliée et blessée, occupée par les quatre Alliés de 1945 à 1955. La ville est divisée en quatre secteurs d'occupation – sauf le 1er arrondissement, par alternance hedomadaire – où circulent les Jeep avec quatre soldats (un de chaque camp). La musique d'Anton Karas à la cithare est un des éléments de l'immense succès de ce film passionnant, le plus fascinant des reportages sur la Vienne sombre de l'immédiat après-guerre, bientôt capitale de la guerre froide. *© TCD*

L'étonnante maison du peintre Hundertwasser, dans le 11e arrondissement a été construite entre 1983 et 1985. Elle comprend cinquante appartements habités par des artistes. Mélange de formes, de styles et de couleurs, cette création contemporaine, financée avec le soutien de la municipalité de Vienne, est la demeure de tous les fantasmes en même temps qu'une HLM de luxe. Son créateur, né en 1928 et disparu en 2000, affirmait qu'elle était son « rêve d'architecture ». *© Erich Lessing / AKG-images*

Le Bal de l'Opéra, l'hiver, est le sommet de la tradition très vivante à Vienne, unique par son ampleur et sa qualité. La fosse d'orchestre est recouverte d'un plancher et le théâtre n'est plus qu'une immense salle de bal. Habits, robes longues, baisemains et révérences sont de rigueur. Les loges sont réservées longtemps à l'avance. Débutantes et danseurs confirmés – il y a de nombreuses et prestigieuses écoles – prouvent que la valse règne toujours à Vienne. *© Ullstein / AKG-images*

– elle en eut quatre –, Constantin Christomanos, était autorisé à lui lire l'*Illiade* et l'*Odyssée.* Son amour de la Grèce la conduira jusqu'à Corfou, sur les traces d'un de ses oncles, un Wittelsbach choisi comme premier roi de la Grèce indépendante en 1832.

Le boudoir a longtemps été garni des seuls portraits de ses chevaux car on lui prêtait cette réflexion de préférer ses montures à certains membres de la dynastie ! Ce n'était pas totalement faux mais on a replacé, récemment, des tableaux et photographies de ses parents, frères, sœurs et de ses enfants. La réputée anarchiste pouvait aussi être une femme comme les autres. Les moments d'intimité étaient rares, donc sacrés. Une petite table est dressée. C'était celle du petit déjeuner avec l'empereur, viscéralement matinal : dès cinq heures du matin, François-Joseph se plongeait, avec gourmandise, dans les dossiers de l'État. À la fin de la présentation actuelle des appartements impériaux, une salle à manger nous éblouit. Elle est supposée privée bien que disposée pour vingt-quatre couverts. Selon l'étiquette espagnole et une lointaine empreinte bourguignonne, les couverts sont disposés uniquement à droite. Le pliage des serviettes est, aujourd'hui encore, un secret d'État, seulement partagé par deux femmes qu'on ne saurait circonvenir. Les repas étaient rapides, environ une heure, et dès que l'empereur avait fini, il était d'usage de se lever de table en même temps que Sa Majesté, même si on était encore en train de s'alimenter ! François-Joseph n'aimait pas perdre de temps, mais ces déjeuners ou dîners avec des intimes ou de grands dignitaires restaient essentiels. Il adorait savoir ce qu'on disait en ville et s'amusait des ragots. Ici encore, Sissi s'est attiré les foudres du protocole. Ayant demandé de la bière au lieu des vins fins proposés, elle entendit sa belle-mère lui signifier que la Hofburg n'était pas une taverne bavaroise ! Et lorsqu'elle constata que, par un usage stupide, les dames devaient conserver leurs gants, elle les retira. Bravant une admonestation, elle déclara, rouge de courroux : *« Cette règle est désormais sans objet ! »* Une anarchiste, on vous le dit !

Quand on se rend à l'opéra, on entre dans un magnifique théâtre reconstruit après les bombardements de 1945. Les Alliés avaient confondu le théâtre avec... une gare ! Miraculeusement, parmi les pièces d'origine, on peut visiter, sur rendez-vous et seulement dans certaines circonstances, le salon de l'impératrice situé derrière l'ancienne loge des souverains. Aux entractes, Sissi recevait. Mais c'était rare ! Et, après des semaines d'absence, lorsqu'elle était apparue à une soirée marquant l'ouverture de la saison, elle avait été accueillie avec fraîcheur. Ne portait-elle pas, ostensiblement, une robe hongroise avec un gilet brodé ? La souveraine d'Autriche en tenue magyare à Vienne ! Cette provocation – c'en était une – marquait l'implication progressive d'Élisabeth dans les affaires de Hongrie et son combat pour faire aboutir le compromis austro-hongrois de 1867. Sur le bureau de François-Joseph, le portrait d'Erzsébet en reine de Hongrie, dans l'éclat de ses 30 ans, prouve combien elle avait réussi à infiltrer le palais impérial viennois d'une empreinte venue de Budapest. On n'allait pas tarder à savoir que, dans ce même esprit, elle remplaçait peu à peu ses dames d'honneur et lectrices autrichiennes par des Hongroises ; elles avaient l'avantage d'échapper à la dictature protocolaire de l'archiduchesse Sophie. Cependant, dans les grandes occasions, Sissi tient son rang. Imaginons le Ring à la date du 27 avril 1879. Un gigantesque défilé costumé a été préparé pour célébrer les noces d'argent du couple impérial. Cette fête raconte, tout simplement, l'empire des Habsbourg. Et c'est une manière de mettre en valeur ce boulevard des temps modernes. L'allégorie rassemble 40 000 Viennois vêtus à la mode de la Renaissance, représentant quarante-trois métiers et corporations. C'est grandiose, cela dure des heures et Sissi résiste. Le spectacle est réglé par Hans Makart, arrivé à Vienne en 1868. Peintre et régisseur de scènes historiques, Makart apparaît lui-même habillé de soie noire et chevauchant un cheval blanc. Un de ses assistants a décoré les immeubles sur le passage de l'interminable cortège. C'est Otto Wagner, né en 1841, un artiste majeur dont on reparlera. Cette journée est également wagnérienne puisque les scènes présentées sur des chars s'inspirent du IIIe acte des *Maîtres chanteurs de Nuremberg*. François-Joseph apprécie beaucoup Makart. Il a mis à sa disposition une villa de la Gusshaustrasse et chaque jour, l'atelier est ouvert au public. On s'y presse. Devant une toile géante représentant l'entrée triomphale de Charles Quint à Anvers en 1520, l'artiste prend pour les visages féminins des figures viennoises bien connues. Ainsi, plus de 35 000 personnes viennent scruter ce tableau monumental, avides de mettre un nom sur chaque tête. Ne pas s'y retrouver est humiliant ! Touche-à-tout de génie, Hans Makart en vient à conseiller les dames sur leurs chapeaux puis sur leurs atours. Il les dessine et les coud lui-même. Bientôt, son nom passe dans le langage courant : on dit un chapeau Makart, un bouquet Makart. Il a une prédilection pour le rouge pompéien. Aujourd'hui, on retrouve sa patte dans un édifice que peu de touristes à Vienne prennent le temps de visiter, ce qui est fort dommage. Il s'agit de la Villa Hermès, au cœur d'un vaste parc où la circulation automobile est proscrite. C'est proche de Schönbrunn. L'histoire de cette résidence finalement peu connue est celle d'un mari amoureux, François-Joseph, qui tente de retenir à Vienne sa femme, dont il est toujours épris. En 1882, Sissi semble vouloir se fixer dans la capitale, à condition de se débarrasser des lourdeurs de la Hofburg et de pouvoir faire décorer la villa selon ses goûts. La construction n'est achevée qu'en 1884, des bornes à l'entrée indiquant cette date surmontée du monogramme couronné d'Élisabeth. De ses deniers, l'empereur a fait un cadeau à celle à qui il dit : *« Je préfère te savoir heureuse loin de moi que malheureuse près de moi. »* Une abnégation admirable car il souffre... mais dès le 24 mai 1886, lorsqu'il fait don de ce domaine à Sissi par acte notarié, François-Joseph ne se considère plus que comme l'invité de sa femme. Ensemble, ils visitent cette résidence qui ressemble à leur amour, un mélange de banalité et de folie insoupçonnée. Dans un premier temps, le nom petit-bourgeois de *Mon Repos* est bizarrement donné à la villa, comme si l'impératrice était sûre d'y trouver l'apaisement. Le bâtiment principal, avec sa façade rose et blanc, ses clochetons, son escalier semi-circulaire et ses passages couverts dentelés de fonte, oscille entre le genre ville d'eaux et le style chalet forestier pour les immenses écuries. Longtemps, au pied du grand escalier intérieur, une statue de la propriétaire aux cheveux tressés en couronne, ciselée en marbre blanc par Johannes Benk en 1912, accueillait les visiteurs. Elle semblait surprise dans la lecture d'un livre qu'elle n'avait pas refermé. Et se lever pour un ami qu'elle n'attendait pas. Dans ce qui est actuellement un musée municipal viennois, deux pièces sont particulièrement significatives. Sur les instructions très précises de la souveraine, Makart peint dans la chambre des scènes inspirées du *Songe d'une nuit d'été* de Shakespeare, un auteur dont Sissi apprécie le théâtre en disant : *« Avez-vous remarqué que dans ses pièces, seuls les fous sont des sages ? »* Le projet est encore à l'état d'ébauche lorsque Makart meurt, en octobre 1884 ; l'aménagement est donc réalisé par ses successeurs mais avec la même exigence. Les tonalités sombres et morbides transforment le lit de Sissi en couche funèbre, veillée par une statue allégorique de femme la tête penchée sur la droite ; c'est la *Mélancolie*, la tenace compagne de l'impératrice. Le dessus-de-lit présente une aigle à deux têtes noires couronnées d'or qui déploie ses ailes. Une compagnie plutôt cauchemardesque... La multiplication des trompe-l'œil encadre le blason de la Bavière, le cher pays natal d'Élisabeth. Au plafond, le char d'Obéron et de Titania est tiré par deux tigres furieux. Tout reflète l'âme tourmentée de l'occupante. Contiguë, la salle de gymnastique est un hommage à la Grèce antique avec des personnages mythologiques pratiquant les jeux du stade, le tout sur un obligatoire fond rouge. C'est dans cette villa que Sissi rédige son testament le 14 juin 1896 ; elle lègue la Villa Hermès à sa dernière fille, Marie-Valérie, mais l'empereur en conserve l'usufruit de son vivant. Il en assumera les frais de gestion. C'est encore dans ces murs que Sissi apprend, le 4 mai 1897, par un télégramme de l'ambassadeur d'Autriche à Paris, la mort héroïque de sa sœur Sophie, la duchesse d'Alençon, brûlée vive dans les flammes du *Bazar de la Charité*[1].

Malheureusement, la manie des voyages reprend l'impératrice, cela navre un peu plus son mari mais il n'en dit mot. La dignité est

---

1. Voir, du même auteur, *Sissi ou la Fatalité* (Perrin, réédition 2005) et *Sur les pas de Sissi*, album illustré de photographies de Jérôme da Cunha (Perrin, réédition 1991).

son véritable uniforme. Toutefois, consciente que la solitude lui pèse, Sissi s'est mise en quête de se trouver une remplaçante. Une épouse qui choisit la maîtresse de son mari ne peut qu'être une anarchiste ! Définitivement ! Et une piquante situation se dessine, très viennoise fin de siècle. Depuis 1876, l'hôtel Sacher a déménagé pour s'installer à l'angle de la Kärtnerstrasse et de la Philharmonikerstrasse, à côté de l'endroit où était mort Vivaldi. C'est l'adresse actuelle du palace, objet de travaux de surélévation de deux étages en 2005. L'hôtel de l'Opéra (il est en face) a été vite rebaptisé Sacher. Son restaurant réputé de «*maison meublée*» ne compte que treize tables séparées afin de préserver la tranquillité de la clientèle. On y a accueilli quelques passagers du premier *Train Express d'Orient*, le fameux *Orient-Express* arrivé à Vienne le 6 octobre 1889, à 8 h 15 du soir. Il était parti de Paris le 4 ; le trajet avait duré vingt-six heures et cinquante-trois minutes. Désormais, Vienne allait devenir la plaque tournante des trains de luxe sillonnant l'Europe. Le 1er mai 1890, après la première célébration du 1er mai ouvrier, Anna Sacher engage Joseph Wagner comme premier maître d'hôtel. Il connaît tout le monde, tout le monde le connaît. Modèle de discrétion affable, il incarne la belle tradition des restaurants huppés pendant un demi-siècle, jusqu'à 1940. C'est lui, à la demande d'Anna Sacher, qui obtient des hautes personnalités de passage qu'elles signent une nappe de lin damassé. Le premier client sollicité est l'archiduc Otto, un neveu de l'empereur qui dîne seul. Le précieux maître d'hôte obtiendra ainsi 400 signatures d'hôtes illustres, qu'ils soient habitués comme l'archiduc François-Ferdinand ou occasionnels comme le grand-duc de Russie Nicolas Nicolaievich. Ces pièces de tissu, sans équivalent, sont toujours exposées sous vitrine dans des couloirs de l'hôtel, derrière le salon rouge du restaurant. Pourtant, à ce palmarès d'autographes qu'Anna Sacher rebrode de soie de couleurs différentes afin de les conserver éternellement et de les identifier, il manque la principale au grand désespoir de la propriétaire, celle de l'empereur... Évidemment, il est délicat de demander à Sa Majesté apostolique, Impériale et Royale d'apposer son paraphe même si elle apprécie le *tafelspitz*, le bœuf bouilli, son plat favori servi comme il l'aime ! Comment faire ? C'est ici qu'intervient Katharina Schratt, comédienne et maîtresse de François-Joseph (enfin, on l'espère pour lui !), amie intime d'Anna Sacher. Elle remplace si bien Sissi que quelques jours après sa discrète demande, Anna Sacher reçoit la visite de Mme Schratt ; elle lui rapporte une nappe signée du monarque. Enfin ! Très fière, Mme Sacher recouvre soigneusement les prénoms *franzjosef*, accolés, en lettres minuscules, et brode, légèrement au-dessus à gauche, une couronne impériale avec un fils de soie d'or, accompagnée d'une branche de laurier sur sa droite. En souvenir du rôle d'intermédiaire très bien placée joué par la comédienne, un plat porte toujours son nom et je vous le recommande, surtout l'hiver, *« la soupe aux pommes de terre avec champignons et bacon à la Katharina Schratt »*. Informée et amusée, Sissi envoie, le 25 janvier 1891, sa lectrice et confidente Ida Ferenczy acheter un de ces fameux gâteaux au chocolat pour elle-même, livré dans un emballage spécial. Il lui en coûte 4 florins. Moralité : Élisabeth ne fait pas que des entorses aux convenances conjugales, elle s'en permet aussi avec son régime. Neuf ans avant la parution d'un roman au charme ironique du médecin écrivain Arthur Schnitzler, Vienne distille les subtilités amoureuses de *La Ronde*.

L'*Imperial* et le *Sacher* ont un concurrent, le *Bristol*, ouvert sur le Ring en 1892. Cette même année Édouard Sacher, qui s'était retiré et que personne n'avait vu en public depuis des années, disparaît. Avec une rare compétence, Anna, sa veuve continue de faire de son établissement un rendez-vous du monde. Vienne grossit. En 1885, son université compte 6 000 étudiants, 347 maîtres et une bibliothèque de 320 000 volumes. De ces bâtiments, inaugurés le 10 octobre précédent, dépendent l'Observatoire, l'Institut de physique, le Jardin botanique, le Laboratoire de chimie, le Musée pathologique dans l'Hôpital général, la faculté de Théologie protestante et l'Institut anatomique.

La faculté de médecine a une réputation internationale, attirant étudiants et professeurs. En 1887, un nouveau recensement chiffre les Viennois à 790 000 pour la ville et 1 200 000 avec les faubourgs. Les annexions périphériques se poursuivent ; l'une des plus spectaculaires date de 1892 avec l'incorporation de l'ancien village de Grinzing, désormais dans le 19e arrondissement. Depuis cette date, on peut s'y rendre en tramway. Sur des collines d'où la vue est plaisante, ce typique village de vignerons du XVIe siècle conserve un ancien privilège qui a fait sa gloire : les vendangeurs peuvent verser leur vin à boire s'il a moins d'un an. Le symbole en est une branche de pin sylvestre, accrochée au-dessus de la porte de l'auberge. Le succès des Heurigen, terme qui désigne à la fois le vin nouveau et l'estaminet où on le sert, ne se dément pas. Entre avril et octobre, une soirée à Grinzing fait de vous un véritable Viennois. L'hiver, dans les guinguettes ouvertes, vous n'y rencontrerez que des Viennois.

Si le corso fleuri organisé par la princesse Pauline de Metternich le 29 mai 1886 pour ses 50 ans excite les esprits, c'est parce que cette femme pétillante, d'un goût nettement plus sûr que celui de son temps, est un concentré chic de la société viennoise. Autorité mondaine, elle sait charmer ou imposer, selon son objectif. À Paris, épouse de l'ambassadeur d'Autriche, elle avait défendu Wagner en cassant son éventail sur la tête d'un spectateur qui n'aimait pas sa musique ! Ella avait lancé Worth, l'Anglais qui inventa les grands couturiers français et fait connaître Strauss fils aux Parisiens enchantés. Cette fête est bien dans son genre. Aussi à l'aise sur la scène d'un théâtre d'amateurs qu'au milieu de diplomates aguerris aux non-dits, elle peut tout se permettre et elle se permet tout avec l'impertinence distinguée des gens bien nés. Elle l'est doublement. Par sa mère qui était Metternich puisque issue d'un premier mariage du chancelier et par son mari, né du second mariage du même chancelier. Elle règne sur la société viennoise, donc européenne. Son divertissement dans les rues précède, en célébrité, l'inauguration du nouveau Burgtheater, face à l'hôtel de ville, lui aussi neuf. Ce 10 octobre 1888, *Esther*, de Franz Grillparzer, est au programme. Mais un drame, affreusement romantique, se joue dans la salle. Une jeune spectatrice ne quitte pas du regard l'archiduc Rodolphe dans la loge impériale. Mary Vetsera est tombée amoureuse du prince héritier et elle ose regarder avec insistance le futur empereur accompagné de sa femme, Stéphanie, fille du roi des Belges Léopold II. La princesse héritière et la demoiselle effrontée se mesurent du regard sous ceux, stupéfaits, du public des quatre balcons. Leurs éventails battent l'air dans des gestes énervés. François-Joseph ne se rend pas compte de ce duel au-dessus de la salle. Économe et pour donner l'exemple, il a payé sa place ! À l'entracte, il admire les fresques au plafond du grand escalier. On signale à l'empereur que dans ces scènes qui évoquent le théâtre à l'époque de la reine d'Angleterre Elizabeth Ire et de Shakespeare, les deux auteurs, deux frères, se sont permis de se représenter, selon une vieille tradition. Le souverain les reconnaît sans difficulté. Il s'agit de Gustav et d'Ernst Klimt. Gustav Klimt, 28 ans, fait des débuts viennois officiels fracassants : il est lauréat du prix de l'Empereur et a déjà réalisé d'autres peintures murales pour des théâtres impériaux, à Budapest, à Carslbad, et copié, à ses débuts anonymes, des toiles célèbres dans le château royal de Roumanie de Peles, à Sinaia.

Avril 1894. Une date à retenir. C'est celle du dernier Carrousel géant au Manège d'hiver organisé sous le portrait du père de Marie-Thérèse. Deux cents participants, cent vingt-cinq cavaliers costumés, des quadrilles où se croisent les attelages à deux et à quatre chevaux, des tournois équestres échappés des siècles passés, le tout en présence de l'empereur, immuable, digne et bon, muré dans un secret d'État, celui de la mort de son fils et héritier Rodolphe cinq ans plus tôt. Vienne, la ville qui avait codifié la valse, en était restée des mois le souffle coupé. Mais dans ce vieux Manège où Sissi travaille l'allure de son cheval, la fête équestre s'achève par un tournoi d'artillerie. Une conclusion un peu lourde et bruyante dans ce temple de la grâce animale et humaine. Le temps du cheval est compté ; l'empereur a autorisé le début de la construction du chemin de fer métropolitain, le métro, dont les stations seront des pavillons Art nouveau. Dans son magistral *Fin de siècle*, publié en 1957, Paul Morand dépeint le fascinant cosmopolitisme viennois de l'époque, en particulier la disparition de la race germanique *« sous la cohue slave, turque, juive, ruthène, croate, serbe, roumaine, galicienne ou dalmate. Et les*

Autrichiens, jusque-là souffre-douleur des plaisanteries bismarckiennes, commençaient à devenir les arlequins d'une sorte de mardi gras oriental, dont la capitale constituait le décor permanent. Ce carnaval durait d'un bout de l'année à l'autre, à peine interrompu par un deuil de cour, par une bronchite de l'empereur ou par l'écho, dans une des casemates voûtées où était tapie la plus vieille administration du monde, de quelque coup de feu mettant fin à la carrière d'un haut fonctionnaire surpris en flagrant délit d'espionnage au profit du tsar. Habitée par cent peuples, Vienne 1900 ne se divisait qu'en deux univers : les admis au Palais et les exclus. »

La baronne Vetsera mère n'était pas reçue à la Hofburg mais sa fille vint y rejoindre Rodolphe en secret alors qu'elle aurait dû se trouver à l'opéra, avec sa sœur. François-Joseph incarne volontiers les deux mondes : il sera le premier voyageur du métro, paiera son billet comme à l'inauguration de celui de Budapest en 1896 et aura une station pour lui et son peuple presque devant Schönbrunn. Le mari de l'anarchiste n'est pas aussi vieux jeu ni borné qu'on le prétend.

XI

UNE FIN DE SIÈCLE, UN ART NOUVEAU

Les amoureux de musique légère font le pèlerinage. Au nord de Vienne, la rue du Prater (11e arrondissement) conduit aux attractions foraines. Un vieux bateau à aubes est amarré le long du quai François-Joseph. Il s'appelle le *Johann-Strauss* et est aussi célèbre et photographié que celui qui a servi dans la trilogie des films avec Romy Schneider. Mais ce vétéran de l'emblématique DDS (compagnie allemande de navigation à vapeur sur le Danube, fondée en 1844) n'est pas là par hasard. Et s'il donne, presque chaque soir, des spectacles autour de la valse dans le genre du café-concert d'autrefois, c'est que Johann Strauss vivait tout près. Au numéro 54 de la Praterstrasse, qui traverse le quartier de la Léopoldstadt près du Danube, dans un immeuble rose et blanc de trois étages, un musée est consacré au roi de la valse. C'est là qu'il composa, une nuit de l'hiver 1867, *Le Beau Danube bleu* avant d'en avoir honte. Ce n'est pas la seule adresse viennoise du fils Strauss puisque la famille a toujours déménagé mais cette résidence fut habitée par Johann et sa femme, Jetty, de 1863 à 1870. Le talent du musicien et le sens des affaires de l'ancienne chanteuse, qui fut aussi une très précieuse collaboratrice, avaient consolidé leur fortune et permis l'achat de villas confortables qui, parfois, se prenaient pour des palais Renaissance. Celles qu'ils n'habitaient pas étaient louées et de nombreux locataires étaient fiers d'avoir M. et Mme Strauss comme propriétaires. Par un hasard de l'histoire viennoise, Joseph Lanner avait, en son temps, habité presque au même endroit avant d'enchanter les promeneurs du Prater.

Le 8 avril 1878, Jetty décède brusquement dans leur villa près de Schönbrunn, à Hietzing, aujourd'hui au numéro 18 Maxingstrasse, achetée dix ans plus tôt. Jetty aurait succombé à une crise cardiaque, harcelée par un de ses fils naturels hélas maître chanteur. Mme Strauss avait 59 ans et avait été mariée à Johann quinze années. Leur union avait été très heureuse bien que les mauvaises langues n'aient cessé de mentionner que lorsqu'elle partageait la vie du banquier Moritz Todesco, avant son union avec Johann, cette femme avait eu... sept enfants de sept pères différents, ce qui constituait tout de même un record. Il était normal qu'on lui trouve un air maternel !

Johann, veuf éploré, fuit cette maison du malheur, abandonne son orchestre à la direction de son frère Édouard et part pour Venise. Seul. Ce qui n'est pas bon signe. À son retour, installé dans un hôtel du centre, il veut immédiatement vendre la villa où son épouse a expiré et décide de changer de vie. Rapide dans la composition et l'exécution de ses partitions, Johann Strauss l'est aussi dans la dissipation de son chagrin : il se remarie le 28 mai, soit sept semaines seulement après avoir perdu sa première femme. On fit encore remarquer que c'était là un record de solitude compensée... La nouvelle Mme Strauss se nomme Ernestine Angelika Henriette Ditrich. Elle a 28 ans, il en a 53. Son surnom est Lily. Elle est blonde, aussi intéressée que dépourvue de talent, du moins lyrique. Chanteuse elle aussi, elle l'avait sollicité pour un rôle au théâtre An der Wien qui est, avec l'opéra, la scène la plus prestigieuse et chargée d'histoire de Vienne. Elle pensait pouvoir tout obtenir d'un homme dont l'opérette *La Chauve-Souris* – l'une de ses meilleures avec *Sang viennois* et *Le Baron tzigane* – avait fini par devenir un succès international. Strauss n'a pas toujours eu la main heureuse avec ses librettistes. Et au théâtre, il a connu des échecs sévères. *La Chauve-Souris* s'appuie sur un argument de Meilhac et Halévy, *Le Réveillon*, et pour cette raison elle est toujours jouée, à Vienne entre autres, le soir du 31 décembre. Après quelques passes d'armes avec la censure qui supprima des allusions jugées immorales, l'opérette est créée au théâtre An der Wien le 5 avril 1874. Elle reste à l'affiche cinquante-quatre jours d'affilée, ce qui est extraordinaire. Aux yeux de l'intrigante Lily, un tel auteur n'avait qu'à dire un mot pour faire sa carrière. Il lui dit simplement oui dans l'église Saint-Charles-Borromée. Vienne juge ce remariage de mauvais goût, trop rapide ; cette fille blonde est très vulgaire et commune. Bien qu'il lui ait composé une valse (opus 390) pour leur voyage de noces vers la mer du Nord, Lily rend son mari malheureux. Ses amis le trouvent perdu dans ses pensées ; quand on lui parle, il répond sur un ton mécanique, l'air absent. En réalité, il ne se remet pas de la mort de Jetty et poursuit son spectre, taraudé par son souvenir. Il a même changé d'éditeur, Haslinger étant trop lié à l'aide quotidienne précieuse de Jetty. Lily s'ennuie, Lily s'occupe, Lily le trompe et le quitte au bout de deux ans pour le directeur du... théâtre An der Wien (elle veut toujours un rôle !), Joseph Steiner, qui se trouve être également l'impresario de Johann Strauss. *La Ronde*, toujours... et encore, comme on va le voir. Le 9 décembre 1882, après quatre ans d'orages conjugaux, la séparation « de corps et de biens » est prononcée. Lily a raté son mariage, ce qui ne la chagrine pas ; elle veut réussir sa carrière et semble avoir les arguments nécessaires. Puisque nous sommes chez des gens de spectacle, la vie, cette scénariste facétieuse, s'en mêle. Peu avant cette dissolution légale, une certaine Mme Adèle Strauss, qui n'a aucune parenté avec Johann, a reçu par erreur une lettre destinée à Angelika. Deux prénoms qui commencent par la même lettre, le Diable intervient ! Réexpédiée au théâtre, la lettre vaut à Adèle un remerciement de Johann. Elle a 21 ans, elle est petite, pose un regard langoureux sur la vie, a du charme et une conversation nettement plus châtiée que celle d'Angelika. Elle est déjà veuve d'un fonctionnaire des chemins de fer et en avait eu une fille, Alice (encore la lettre A !). Comme au théâtre, Adèle Strauss était déjà une voisine d'Édouard, le frère de Johann. Elle faisait donc un peu partie de la famille. Le divorce étant interdit dans l'Autriche des Habsbourg, il faut ruser pour qu'un mariage soit possible. Après bien des avatars, le catholique Strauss et la juive Strauss s'unissent... selon la foi luthérienne, le 11 juillet 1883. L'événement est largement – et négativement – commenté par les Viennois En effet, Johann Strauss, le symbole de Vienne et de l'Autriche, a renoncé à être un sujet de François-Joseph. Son avocat, maître Joseph Trutter, lui avait signalé que le duc Ernst II de Saxe-Cobourg-Gotha permettait le divorce et le remariage sur son territoire à deux conditions, devenir citoyen de Saxe puis se convertir à la foi évangélique. Voilà pourquoi ce remariage eut lieu dans la chapelle royale de Cobourg, en Haute-Franconie bavaroise. Depuis l'automne, Adèle était sa secrétaire ; grâce à sa présence, il s'était remis au violon. Pour Johann, 58 ans, l'automne de sa vie est un printemps : Adèle en a 24. Trente-quatre ans les séparent et les rapprochent. Il est amoureux fou de sa troisième femme. Lorsqu'il doit se rendre à Berlin pour discuter affaires avec son éditeur allemand Fritz Simrock, ce jeune marié lui envoie un billet : *« [...] Dors bien, belle Adèle aux yeux noirs, la seule qui existe sur terre. »* Il est meilleur musicien qu'écrivain.

Ayant conservé son domicile à Vienne, le couple vit Igelgasse, numéro 4, dans une maison hélas détruite en 1945. On y joue au billard, dans une pièce que le maître de maison appelle *« mon café privé »*. Très ouverts, aimant recevoir, M et Mme Strauss réunissent chez eux des amis passionnants et de talents divers, des sculpteurs, des directeurs de théâtre, des librettistes, des pianistes et bien entendu le gratin musical, tous genres confondus. Vienne connaît alors un renouveau symphonique illustré par des noms appréciés du ménage Strauss. Anton Bruckner, né en 1824, est un très fécond auteur d'œuvres religieuses. Johannes Brahms, né en 1833, est arrivé à Vienne en septembre 1862, venant de Hambourg. *« J'habite à dix pas du Prater et je peux boire mon vin où Beethoven l'a bu »* écrit-il. On lui avait fait miroiter un poste de chef de chorale, il n'avait donc pas hésité à entreprendre ce long voyage : *« Tout ce qui vient de Vienne sonne merveilleux pour un musicien et tout ce qui appelle là-bas est très séduisant. »* Brahms est un fervent admirateur d'Adèle Strauss. Le compositeur barbu, un temps chef d'orchestre à la Société des amis de la musique, apparaît dans des tenues vestimentaires originales. C'est un célibataire maniaque qui vit dans trois pièces près de Saint-Charles, locataire d'une veuve suisse, Célestine Touxa. Comme il ne parvient pas à se séparer de ses pantalons usés et lustrés, sa logeuse les fait retourner discrètement et rallonger. Ces ajustements ne conviennent pas à M. Brahms. Il a la curieuse habitude de remonter sa ceinture très au-dessus de la taille comme un paysan, ayant visiblement peur de perdre son pantalon ! De cette manière, il est beaucoup trop court. Choquée, sa propriétaire lui fait remarquer qu'il est très laid de montrer des chaussettes en accordéon... Elle rallonge encore le vêtement, il le coupe la nuit ! Pour tester la façon dont son ménage est fait, il laisse traîner des mégots et des allumettes sous les meubles. Pour vérifier l'honnêteté de la pauvre femme accablée de son excentricité, il laisse de l'argent sur ses papiers ou une bouteille de vin du Rhin entamée après avoir tracé un repère sur le verre. Bref, un conflit domestique permanent. Lorsqu'il vient chez les Strauss, il oublie de mettre son col raide. Peu importe, sa longue barbe cache son haut de chemise ouvert ! Un jour, Brahms arrive à l'improviste chez les Strauss. On dirait un vieux clochard. Il trouve Johann à quatre pattes en train de s'amuser avec des fleurs et des coquillages mais il lui parle gastronomie. Le roi de la valse aime aider sa cuisinière, cela le détend. Et le rassure car face à une nouvelle génération de compositeurs et des sonorités nouvelles, il doute souvent de lui. Éplucher des haricots verts ou enlever des queues de groseilles, voilà un plaisir simple. Brahms acquiesce et s'en va, l'intendance étant le cadet de ses soucis. Si on veut mettre en colère ce merveilleux musicien imprégné de lyrisme, il n'y a qu'à lui dire que sa *« première symphonie est la dixième de Beethoven »*. Il ne prend pas ce compliment comme tel et quitte la personne qui a cru lui faire plaisir ; on le voit fouiner chez les marchands d'occasions ou à l'hôtel des ventes de la Dorotheergasse pour racheter des partitions de Schubert. Son admirable *Requiem allemand* est applaudi et sa *Quatrième Symphonie* interrompue par des bravos, contrairement à l'usage. Et du pupitre, le chef qui dirige son œuvre désigne la loge où Brahms, blême, souffrant d'un cancer du pancréas, a du mal à saluer les Viennois enthousiastes. Chapeaux, gants et châles sont agités afin de lui rendre hommage. Pour ses obsèques, le 6 avril 1897, la ville de Vienne, à qui il a fait des dons généreux, offre à sa dépouille un *« tombeau d'honneur »* au cimetière central. Le nouveau Beethoven repose près du vrai Beethoven... Un autre musicien exceptionnel, né en 1860 et qui porte des lorgnons, auteur de lieder et de neuf symphonies, Gustav Mahler, dirige l'opéra à partir de 1897. Jusqu'à sa démission en 1907, il hisse l'orchestre et ce magnifique théâtre à un très haut niveau qui attire toute l'Europe. Après avoir été la salle de bal de l'Ancien Monde, Vienne en devient aussi la salle de concerts. Le 14 octobre 1894 marque les cinquante années de Johann Strauss comme directeur d'orchestre. La Philharmonie le fête. Il répond en félicitant les musiciens *« pour [votre] maîtrise d'exécution mais aussi pour l'expression de [vos] sentiments très aimables, ce qui m'a apporté une grande joie »*.

Mais que se passe-t-il ? En janvier 1897, le *Café Griensteidl* est démoli. Ses habitués, scandalisés, déménagent au Café Central, fréquenté par des feuilletonistes et des échotiers. Les nouveaux clients disent appartenir au mouvement *Jeune Vienne*. Le 5 mai, l'association des Artistes viennois est fondée. Elle rassemble dix-huit personnes dont Gustav Klimt, 35 ans, est le président. Ils parlent de faire *Sécession* avec l'art officiel, académique, pompeux et sclérosé. Les cafés n'ont pas connu pareille animation depuis longtemps. Avant la fin du siècle, si riche et bouillonnant de créations, Vienne subit trois chocs pires que des défaites militaires. Le 30 janvier 1889, avec la mort brutale de Rodolphe, la ville a été frappée de stupeur, incrédule et envahie des rumeurs les plus contradictoires par la maladresse de la Cour et des autorités, visiblement dépassées par le drame, ses causes et ses conséquences. Puis, le 16 septembre 1898, lorsque Sissi achève son dernier voyage terrestre dans la crypte des Capucins, son injuste assassinat six jours plus tôt plonge la cité dans le désarroi. Soixante chefs d'État et de gouvernement se sont déplacés pour saluer la mémoire d'une femme qui, selon ses mots, marchait *« vers un destin effrayant »*. François-Joseph se tient debout au milieu de ces désastres familiaux, figé dans son uniforme, muré dans un chagrin définitif, répétant, en larmes, à son majordome *«personne ne saura combien je l'ai aimée»*. Enfin, le 3 juin 1899, lorsque Johann Strauss, à 16 heures, succombe à une double pneumonie, Vienne croit vivre une apocalypse. Ce n'est que la première... Depuis plusieurs jours, depuis le 22 mai exactement, le roi de la valse n'avait pas paru en public après avoir dirigé l'ouverture de *La Chauve-Souris* à l'opéra pour célébrer les vingt-cinq ans de sa plus célèbre opérette. Au passage, répétons encore qu'à Vienne la division entre le répertoire dit sérieux et celui jugé léger n'existe pas. Il toussait, il avait la fièvre, il avait pris froid. Certains spectateurs quittant l'opéra avaient voulu se rassurer en fredonnant des airs d'*Une nuit à Venise* mais à 74 ans, ce refroidissement ne pouvait qu'être inquiétant. La cérémonie religieuse se déroule au temple protestant du 18, Dorotheergasse, dans le 1er arrondissement. Une foule énorme, évaluée à des centaines de milliers de gens, paralyse le centre de Vienne et la circulation est interdite. Les rideaux des magasins sont tirés, les drapeaux en berne, c'est bien un roi du divertissement que l'on pleure et inhume, lui aussi, dans un tombeau d'honneur. Le monument élevé plus tard montre son visage avec ses légendaires moustaches, entouré d'angelots qui valsent, accompagnés par une muse pinçant les cordes d'or d'une harpe, entourés d'un feuillage qui ne peut qu'être la forêt viennoise. Cet ensemble n'est pas ce que Vienne a fait de mieux. En 1900, une statue de Strauss au violon devant un semblant d'arc de triomphe a été érigée dans le Parc de la Ville. Adèle lui survit jusqu'en 1930, un an avant l'extinction des droits d'auteur de celui qui avait été un ambassadeur de l'Autriche dans ce qu'elle avait de joyeux et subtil au nom de l'amour de la vie. Le jour où le mari de la jeune Adèle fut emporté, un concert fut interrompu et le chef, Eduard Kremser, disciple de Strauss, informé de la triste nouvelle, enchaîna, pianissimo, *Le Beau Danube bleu*. Presque un requiem, presque un hymne national. Un critique avait dit à Johann Strauss combien sa musique était ravissante ; il avait réfuté l'hommage, répondant que Vienne était plus importante que lui : *«S'il est vrai que j'ai du talent, je le dois à ma chère ville natale, Vienne. Dans sa terre, il y a des racines qui sont ma force.*

Dans son air, il y a des mélodies que mes oreilles ont entendues. Ma ville est la ville des chansons et de l'émotion. C'est la ville des jolies femmes, le cœur de l'Autriche bénie par Dieu, la ville en or.»

L'or ? Il s'étale depuis un an avant la disparition de Strauss en plein centre-ville, sur le toit d'un étrange bâtiment. C'est le pavillon de la Sécession, un grand cube blanc surmonté d'un dôme doré que ses détracteurs ont surnommé *«la Tête de chou dorée»*. Œuvre de Josef Maria Olbrich, élève d'Otto Wagner, il nargue sa voisine, l'Académie des beaux-arts. Pourquoi une *Sécession* ? Pour marquer la rupture de certains artistes qui jugeaient trop tièdes les élans de quelques élèves de l'Académie. Il fallait en finir avec le style historiciste à la Makart, mettre au musée les éternelles références à la Renaissance qui jalonnaient les artères viennoises. Le Ring et ses immeubles copiant éternellement le passé leur est insupportable. Ici, on doit faire deux remarques. La première concerne la devise qui claque entre le *«chou doré»* et la porte d'entrée du pavillon : *«À chaque époque son art, à l'art sa liberté.»* Une lecture rapide laisserait croire que les autorités viennoises se sont opposées à la construction de cette maison géométrique inédite, bizarre et incongrue. S'il est vrai que la Cour et les architectes dits de la vieille école ont tourné en dérision le pavillon – et avec eux une partie des passants déconcertés, d'où le surnom de Tête de chou dorée –, François-Joseph n'y a pas mis son veto. Il a même offert le terrain. On peut penser qu'il n'a pas saisi l'importance de cette création mais il aurait pu refuser son installation. Le vieux souverain était qualifié de culotte de peau couronnée mais sa largeur de vues doit être rappelée. C'est bien sous son règne que le fantastique mouvement d'un art totalement nouveau va se développer à Vienne. L'empereur n'aimait pas les automobiles mais il ne les empêchait pas de circuler. Ensuite, que nous puissions voir et visiter ce pavillon emblématique tient du prodige. Gravement endommagé pendant la Deuxième Guerre mondiale, saccagé par des barbares incultes en 1945, abandonné pendant les années de la Vienne honteuse et humiliée, il a été racheté par l'État... seulement en 1975. Ajoutons que pour son centenaire, en 1997, il a subi une agression stupide : on a peint les centaines de feuilles du chou en rouge ! Ce chou rouge était indigeste. Il a heureusement retrouvé sa couleur d'origine. Définitivement, on l'espère...

Peu de temps après la découverte de cette construction dépouillée, une revue, *Le Flambeau* était lancée, le 1er avril 1899 par le satiriste Karl Kraus, né en 1874, avec comme objectif de se battre pour la pureté de la langue. En même temps, la revue officielle de la Sécession, *Ver Sacrum* (« printemps sacré »), est publiée par Gustav Klimt. Le premier numéro, d'une valeur presque inestimable aujourd'hui, montre une vierge nue, *Nuda Veritas.* Cette Vérité sans pudeur s'accompagne de quelques toiles érotiques qui provoquent des réactions scandalisées. N'est-ce pas le sort – et l'intérêt – de tout art nouveau ?

Mais il n'y a pas que les artistes qui dévoilent le secret des corps. Il y a, depuis 1891, un médecin qui pratique une spécialité nouvelle, portant un nom inquiétant, la psycho-analyse. Son adresse est alors peu connue. On prend un fiacre ou un tramway sur le Ring, on dépasse l'église votive sur la gauche et on atteint l'Institut d'anatomie de l'Université. Au numéro 19, Berggasse, le cabinet du Dr Sigmund Freud est au premier étage. On sonne à l'interphone. Il reçoit ses patients l'après-midi en leur demandant de s'allonger sur un divan. Un divan ? Lui se place derrière et demande à ses visiteurs de parler. Il écoute leurs confidences, pose parfois des questions et se tait ensuite, laissant errer son regard sur une collection de statuettes antiques qu'il apprécie beaucoup. Parfois, il prend des notes. Que soigne-t-il ? L'inconscient. Comment ? En fouillant dans le passé, en mettant en valeur des angoisses, des phobies, des frustrations, des désirs, des pulsions. Une exploration de l'âme et du corps où, pour la première fois, la sexualité est décortiquée. Pour le meilleur, selon certains, pour le pire, selon d'autres. Il n'a pas très bonne réputation ce curieux docteur qui vous arrache des secrets inavouables et vous explique des réactions et des envies auxquelles vous n'auriez jamais pensé. Quand il déclare à la mère d'un jeune garçon qui avoue, troublé, son penchant pour les autres garçons *« L'homosexualité n'est certainement pas un avantage, mais ce n'est pas quelque chose dont on puisse avoir honte, un vice ou une perversion. On ne peut la qualifier de maladie »*, on imagine la perplexité de la mère, inquiète ou rassurée. On repart de chez Freud pour y revenir, souvent. On appellera ces consultations des séances d'analyse. Les patients peuvent être rassurés par les livres bien rangés de sa bibliothèque, les œuvres de Goethe, de Shakespeare, de Dostoïevski, Flaubert et Anatole France. Que de grands auteurs ! Mais si on savait qu'il cache dans son bureau des sachets de cocaïne et qu'il en consomme ! Et cependant, ce sujet de l'empereur né en Moravie en 1856 – qui aurait pu avoir Sissi comme patiente mais, désolé, ils ne se sont pas rencontrés ! – vit avec sa femme, Martha (quelle expérience !), épousée en 1886. Quand il la vit pour la première fois, elle était en train de peler une pomme, ce qui avait sûrement un sens mais lequel ? Sa belle-sœur, ses filles et sa gouvernante complètent la maisonnée. Des femmes, uniquement des femmes, tiens... N'est-ce pas, déjà, comment dire... freudien ? En 1885, lors de son premier voyage à Paris, il a fait un stage dans le service réputé du Pr Charcot à la Salpêtrière où ce médecin traitait l'hystérie et les maladies mentales. Entre ses cours, Freud allait au Louvre. Dans le département des arts de la Mésopotamie, il est resté en arrêt devant *« les taureaux ailés à figure humaine, à la chevelure magnifiquement frisée, tout un monde de rêves »*. L'art est une clé pour Freud. La *Tête de Méduse* du Caravage lui inspire un parallèle entre décapitation et castration. Il possède une reproduction du tableau d'Ingres *Œdipe et le Sphinx* qu'il regarde souvent pour échafauder ses théories sur la sexualité féminine.

En 1900, le Dr Freud publie *L'Interprétation des rêves.* L'ouvrage ne rencontre guère de succès à Vienne car on considère l'auteur comme très en marge de son École de médecine, célèbre dans le monde entier grâce aux travaux de « vrais » médecins comme Semmelweis, d'origine hongroise, qui avait découvert le caractère transmissible et infectieux de la fièvre puerpérale chez les accouchées. Sigmund Freud est tout de même élu professeur en 1902. Peu à peu, tous ceux – et surtout toutes celles – qui ne comprennent pas leur mal de vivre vont prendre le chemin de la Berggasse. Des anonymes venus de toute l'Europe ou des noms illustres comme Marie Bonaparte, l'épouse frigide et frustrée du prince Georges de Grèce ; elle fera des photos de son cher Sigmund entre les deux guerres et il l'appelle affectueusement *« notre princesse »*. Pendant plus de quarante ans, Freud soigne à Vienne. En 1938, la rage hitlérienne oblige ce *« juif libidineux »* à fuir. À la demande du président Roosevelt, l'ambassadeur des États-Unis à Vienne, William Bullitt, l'aide à quitter Vienne, moyennant 4 820 dollars. Passant par Paris, il s'exile à Londres. Il déclare, en anglais, d'une voix essoufflée à l'accent viennois : *« J'ai découvert quelques faits nouveaux et importants au sujet de l'activité psychique inconsciente, du rôle de l'instinct. De ces découvertes, est née une nouvelle science, la psychanalyse. La résistance a été forte et incessante. La lutte est loin d'être terminée. »* C'est toujours vrai. En 1930 – il avait 74 ans – il reçoit le prix Goethe mais espérait le Nobel. Son chien, *Jofi*, son chow-chow préféré, souvent dans son bureau, a sûrement deviné sa déception. Le maître des secrets se consolera d'un plat de champignons. Il a fallu attendre 1971 pour que son appartement soit transformé en musée, ce qui prouve que Vienne a longtemps refoulé Freud. La bataille continue. De son vivant, il avait refusé qu'on débaptise la Berggasse pour lui donner son nom ; après sa mort en 1939, d'un cancer de la mâchoire, les pulsions du monde oublient Freud. Aujourd'hui, devant la Votivkirche (l'église votive), seul un petit bout de square aux bosquets rabougris porte le nom de Sigmund Freud Park. C'est une appellation démesurée pour ce carrefour de tramways. Il pourrait aussi s'agir d'un remords... inconscient. Alors que partisans et opposants continuent de s'affronter sur la valeur exacte de son apport scientifique, je me souviens de ma surprise un jour de l'hiver 2000. J'ai constaté que son nom était resté sur l'interphone du 19, Berggasse. On ne se débarrasse facilement ni de l'Enfer, ni du Paradis. Mais le plus cocasse était de lire le nom de son voisin du dessus, portant un nom identifié à Prague mais aussi très répandu à Vienne, un certain M. Kafka ! Entre ces deux patronymes de fantômes, quelle analyse ! Et respectez le précieux divan, enfin revenu de Londres. Une pancarte, d'un humour involontaire, vous prévient : *« Il est interdit de s'allonger »* !

Au tournant du siècle, plusieurs médecins se font remarquer à Vienne mais pas toujours dans le domaine de leurs études. Arthur Schnitzler, né en 1862, est le fils d'un laryngologiste très réputé dans la capitale et qui compte de nombreux acteurs parmi sa clientèle. Son père le contraint à suivre la même voie que lui. Après son doctorat en médecine obtenu en 1885, il exerce pendant dix ans comme assistant à l'Hôpital général. Il travaille aussi auprès de Theodor Meynert, le maître de Freud, et acquiert de solides connaissances en matière d'hypnose et dans le traitement des névroses. Puis, démangé par le virus littéraire, au grand scandale de sa famille, il transcrit son savoir dans des romans dont le plus connu reste celui dont j'ai parlé, *La Ronde*, qui examine à la loupe différentes couches sociales sous forme d'étude de mœurs. *La Ronde* est devenue un film mythique du Viennois Max Ophuls en 1950 puis un film médiocre de Roger Vadim. C'est, dans l'œuvre originale, le reflet d'une société insouciante et légère – en apparence du moins –, sur son déclin. Entre mensonge et vérité, Schnitzler oscille d'une écriture ironique, heureux dans ces méandres. Freud lui-même a une grande admiration envers cet auteur qui tendu un miroir à son pays. Le timide Sigmund lui avoue même qu'il n'a jamais osé le rencontrer parce qu'il voyait en lui son double... On peut rapprocher cette déclaration d'une réflexion d'un petit-fils de Freud, fils du réputé peintre britannique Lucien Freud : quand on lui demandait de parler de son grand-père, il répondait *« Lequel ? j'en ai deux... »*

Mai 1901. L'Art nouveau se fraye un chemin jusqu'à la diplomatie. En application d'une loi promulguée en France le 18 avril précédent, le marquis de Reverseaux, qui représente la République à Vienne depuis octobre 1897, achète à sa municipalité trois parcelles de terrain en forme de triangle bordant la place Schwarzenberg, près de l'église Saint-Charles et du pavillon de la Sécession. Montant de l'acte d'achat, signé par le maire de Vienne Karl Lueger : 945 000 francs-or. Enfin, la France va construire son ambassade en Autriche... L'opération doit mettre fin aux errances de la représentation française de palais en palais comme on l'a vu, depuis le premier émissaire du roi de France auprès de l'empereur, en 1535. Au moment de la conclusion de l'affaire, l'ambassade de France est installée au palais Lobkowicz, qu'elle loue 40 000 francs par an. Le propriétaire, soupçonnant l'éventualité de quelque retard dans la livraison de la nouvelle ambassade, a pris soin de faire préciser que le bail serait prolongé d'un an et porté à 50 000 francs, à dater du 1er novembre 1906. L'architecte désigné par le Quai d'Orsay, Georges-Paul Chedanne, jeune et brillant créateur du nouveau goût, n'a plus qu'à surveiller les travaux pour éviter ces pénalités. Lorsqu'on regarde aujourd'hui l'ambassade de France, on doit savoir qu'elle est le seul bâtiment Art nouveau construit par la République à Vienne et qu'une tenace légende l'entoure encore malgré les pertinentes recherches et les révélations de S.E. André Roderic Lewin, nommé à ce poste en juin 1991 et avec qui j'ai pu m'entretenir profitablement. En effet, depuis cent ans, une rumeur traîne dans Vienne à propos de cette superbe ambassade. Nous avons pu reconstituer l'affaire. De Paris, dès le début de l'été 1901, les fourgons de l'Orient-Express apportent, chaque semaine, de mystérieuses caisses. Devant la lenteur des travaux, certains assurent qu'il y a eu une erreur de plans. On murmure qu'ils ont été intervertis avec ceux d'une nouvelle ambassade de France à Constantinople. Cette incroyable erreur expliquerait que le chantier ait été arrêté. Or, c'est inexact pour une principale raison, à savoir qu'en août 1901, la République française vient de rompre ses relations diplomatiques avec la Sublime Porte et cela pour plusieurs mois. En revanche, la livraison du mobilier de l'ambassade viennoise ayant eu lieu après son inauguration, un mobilier provisoire y fut installé le 15 mai 1909. Il venait du palais Lobkowicz. Puis les bons meubles étant enfin arrivés à Vienne, les provisoires furent expédiés à Constantinople, à l'ambassade installée dans le palais de Pera. Confusion supplémentaire : il y avait là aussi des travaux et ils étaient aussi confiés à M. Chedanne, l'architecte de Vienne... Même après 1945, les conseillers, les chargés de la Légation puis le haut-commissaire de France ne sont pas parvenus à faire justice de ces ragots fantaisistes. Vers 1970, on m'assura même que l'Ambassade a l'air d'un hôpital qui initialement, devait être édifié sur les rives du Bosphore. Encore un fantasme et un faux mystère !

Au moment où le terrain est acheté par les autorités françaises, un jeune auteur – il a 20 ans – publie un premier recueil de poésies. Stefan Zweig est né dans le creuset du brassage culturel viennois. Dans une conférence donnée en 1940 et intitulée « La Vienne d'hier », il dira de sa ville natale que *« composée de tant d'éléments étrangers, Vienne fut le terrain idéal pour une culture commune. »* Les races et les langues se fondaient dans une nationalité viennoise, invisible bien qu'identifiable. Il ajoutera : *« J'ai été élevé à Vienne, la métropole deux fois millénaire, la capitale de plusieurs nations »*. La famille Zweig est un concentré d'influences et de traditions dans la bourgeoisie juive plutôt aisée. Son père, originaire de Bohême, a créé une fabrique de textiles en pleine prospérité ; sa mère, fille d'un des banquiers du Vatican, vient d'Italie méridionale mais ses ancêtres étaient originaires de Moravie. La Bohême-Moravie est un des centres actifs de l'Empire, bases de la future Tchécoslovaquie. Chez les Zweig, on parle allemand, italien, anglais et français. Moritz, le père, joue du piano et malgré ses confortables revenus, il persiste à fumer des cigares ordinaires, ses *Trabucos*. Ce n'est pas vraiment par goût mais parce que l'empereur donne l'exemple de la simplicité. En effet, Sa Majesté fume des cigares de Virginie bon marché, confectionnés par la Régie des tabacs (mais François-Joseph offre des Havane somptueux à ses invités). Ida, sa mère, suit une démarche opposée. Mondaine assez snob, elle est soucieuse des apparences et de réussite sociale. Ses toilettes sont très recherchées. Elles lui permettent, selon son aveu, de *« tenir son rang »*. Stefan Zweig et ses parents auront plusieurs adresses viennoises, toujours dans les beaux quartiers, Schottenring 14, où il est né, puis, à partir de 1895, Rathausstrasse 17, près de l'Université et du Dr Freud. Ce deuxième appartement est, sous l'autorité du père, marqué par une volonté de ne pas afficher son luxe ni de s'habituer à trop de confort. La modestie et la discrétion sont des vertus. Souvent, les pièces de réception restent fermées et leurs meubles recouverts ; le jeune Stefan est élevé sous le signe de l'économie : il n'a pas de chambre à lui et partage celle de son frère Alfred, son aîné de deux ans. Adulte, Zweig vivra dans la Josefstadt, actuel 8e arrondissement. Cet ancien faubourg date du XVIIIe siècle ; un petit théâtre s'y consacre à un répertoire typiquement autrichien. Comme d'autres auteurs, il se rend dans les cafés, au *Beethoven*, au *Rathaus*, au *Reyl* mais n'y recherche pas les discussions littéraires enflammées. Il n'y espère qu'une distraction paisible, enregistre des notations, des idées. C'est dans sa chambre, bourrée de livres et de manuscrits, qu'il achève ses études d'allemand et de langues romanes ; il sera diplômé docteur en philosophie. Fleuron d'un épanouissement intellectuel, Zweig laissera une œuvre romanesque et biographique exceptionnelle, à relire souvent car elle constitue une référence sur bien des sujets. Sur sa chère Vienne, il nous lègue cette fine constatation : *« [...] On n'était pas un vrai Viennois sans cet amour de la culture, sans ce don de joindre le sens du plaisir à celui de l'examen critique devant ce plus sain des superflus qu'offre la vie. »* Amour, culture, plaisir : vraiment *« Le Monde d'hier »*...

Vienne commence à vibrer au nom de cet art neuf. En janvier 1898, la Sécession tient sa première exposition. En architecture, elle est dominée par Otto Wagner, né en 1841, qui, parti de l'éclectisme imitant les critères des siècles passés en les rajeunissant du préfixe « néo », s'appuie sur une technique conditionnant la nouvelle esthétique. Ornementé, corseté de fer, recouvert de céramiques, agrémenté de cuivre et d'aluminium, le style d'Otto Wagner jalonne Vienne d'éléments préfabriqués. Ici encore, si nous pouvons admirer les stations de métro qu'il a conçues, c'est grâce à la protection silencieuse de François-Joseph. Rappelons donc qu'Otto Wagner, membre officiel de la Sécession depuis 1899, avait été nommé conseiller impérial pour l'architecture de Vienne dès 1894. Chargé de l'aménagement des transports publics, il a conçu une trentaine de stations du réseau métropolitain. Toutes ressemblent à de petits palais un peu orientaux, dont celles de la Karlsplatz et de Schönbrunn, sans doute les plus connues. Mais on connaît moins sa Schleusenhaus, sa Maison de l'écluse, plus tardive (1906), installée sur la rive gauche du canal du

Danube. Elle est fort intéressante car c'est le seul vestige du barrage de Kaiserbad. En 1900, Vienne devait s'étendre en domptant l'eau, le métro étant souvent en parallèle avec une rivière. Chez Wagner, la fonction esthétique est toujours pratique, démarche qui avait suscité l'intérêt impérial. Aucune œuvre d'art n'est inutile, au contraire elle a sa raison technique d'exister. Le socle en granit et les plaques de marbre blanc riveté ainsi que les céramiques bleues sont aussi élégantes que nécessaires. Kirk Varnedoe résume parfaitement la liaison des deux préoccupations : *« Otto Wagner est à l'art viennois ce que l'Empereur est à l'Autriche-Hongrie : le ciment d'alliances apparemment impossibles sans lui. »*

Il en découle un style dépouillé de toutes références avec des articulations et des assemblages. Sa célèbre Caisse d'épargne (1904-1906), premier bâtiment selon ces nouvelles règles, est à voir pour saisir l'audace de la conception. Mais on ne peut que recommander au visiteur de se rendre vers les collines au nord de Schönbrunn pour découvrir l'étonnante église Saint-Léopold qui domine l'asile d'aliénés du Steinhof. Dans ce mélange de béton et de marbre clouté, cette église est presque un pastiche froid et vaguement byzantin de Saint-Charles, notamment à cause de son dôme recouvert de plaques de cuivre. Quand on peut visiter l'intérieur, on vérifie la préoccupation de l'architecte : puisque les fidèles sont des malades mentaux qui peuvent être dangereux pour eux-mêmes, il n'y a aucun angle droit, du bénitier aux bancs. Tout est arrondi afin d'adoucir les chocs éventuels des pensionnaires... Enfin, si Otto Wagner construit, le long du métro, ses splendides Maison aux médaillons et Maison aux majoliques, très demandées aujourd'hui et souvent louées à des architectes, ce n'est pas uniquement pour édifier des immeubles de rapport. C'est aussi parce que c'est la route de Schönbrunn et que Wagner, courtisan libre, espère attirer l'attention de l'empereur lors de ses passages et recevoir de nouvelles commandes...

En 1902, la révolution de l'Art nouveau apporte à Vienne une œuvre forte. Et prouve que plus que Paris, Bruxelles ou Berlin, Vienne est, en Europe, la capitale de l'esprit. Mais soyons juste : sans la prospérité stable de l'empire des Habsbourg et donc certains mécènes dotés de moyens pour financer ce qui passait pour des extravagances, nous en serions sans doute restés à Mozart, à Sissi et à la plus légère pâtisserie du monde... Gustav Klimt, ce fauve hirsute mais massif comme une colonne peint, à l'intérieur du pavillon de la Sécession, la *Frise Beethoven* qui souligne le génie du musicien sur les quatre murs, soit 34 mètres de long. Protégé par des gens qui veulent abattre l'immobilisme – souvent des familles juives fortunées –, Klimt peut braver quelques scandales. Techniquement, la frise est exécutée à la caséine, une sorte de fromage, sur un socle de stuc incrusté de pierreries. Klimt déploie une forêt de symboles guère joyeux comme la nostalgie du bonheur et les souffrances de la faible humanité, le chagrin et tout de même la poésie et la musique. L'univers de Beethoven et peut-être, selon Malher, une interprétation de sa *9e Symphonie*. Les corps de femmes, admirablement dessinés, prouvent que ce célibataire endurci connaissait bien et admirait la Femme. *Les Trois Âges de la vie*, qu'il peindra en 1905, reste un panorama de l'évolution du corps tendre puis implacable.

Cette *Frise Beethoven* a connu un destin bizarre. Décidée par les sécessionnistes pour leur quatorzième – déjà ! – exposition collective, elle fut déposée après la manifestation pour une raison inconnue. Puis, elle devint la propriété d'un particulier et restait invisible du public. Retrouvée et achetée par le gouvernement autrichien après 1970, elle a dû être restaurée et a réintégré son écrin d'origine.

Arpentant la Kärtnerstrasse, et en regardant le côté gauche des magasins vers la cathédrale, vous remarquerez sans doute les initiales W.W. Un symbole archiconnu et une aventure formidable dans la Vienne *Jugendstil*.

Ce Wiener Werkstätte ou Atelier viennois – nous dirons W.W. par commodité – est apparu sur le Graben voisin le 19 mai 1903 alors que Vienne était encore sous le choc d'un magistral *Tristan et Iseult* que Gustav Mahler avait dirigé à l'opéra. On parlait parfois de l'autre Wagner, Richard... Mahler, né en 1860, admire Wagner ; cela ne l'empêche pas de relever le défi lancé par le maître de Bayreuth. Selon lui, il était impossible d'écrire une symphonie après Beethoven car *« la symphonie doit être pareille à l'Univers, elle doit tout embrasser »*. Mahler, l'un des ultimes représentants du souffle romantique, est considéré comme l'un des meilleurs chefs d'orchestre de son époque. Il s'intéresse de près à la mise en scène, ne choisissant pas uniquement des chanteurs pour leur voix mais aussi pour leur aptitude à incarner le rôle. Il règne sur l'opéra de Vienne, favorisant une autre révolution, celle du dodécaphonisme de Berg et de Webern, estimant que la musique doit, elle aussi, cesser d'être un art figuratif. Mahler est très attentif à la Sécession et il a rejoint le cénacle révolutionnaire. Sa femme, Alma Schindler, est la fille d'un peintre qui avait partagé l'atelier de Hans Makart mais sa mère s'était remariée avec un sécessionniste, le peintre Carl Moll.

Dans le W.W., un duo incroyablement doué se propose d'introduire le beau et la qualité dans des objets courants. Dans le fond, c'est une adaptation des principes d'Otto Wagner à la vie quotidienne, un peu comme les chaises du *Café Nihilisme* sont signées du grand créateur Thonet. Joseph Hoffmann et Koloman Moser visent une clientèle qui n'est ni la masse obligée d'accepter la laideur ni l'élite qui peut choisir de beaux objets.

Architecture, verre, céramique et arts de la table sont les objectifs jusqu'à 1907. En application de l'article 3 des statuts de l'Atelier, il est précisé que les objets vendus sur place ne seront pas fabriqués industriellement mais avec le savoir-faire d'artisans associant la beauté au fonctionnel. Encore une révolution ! Koloman Moser, né en 1868, est stupéfiant par son éclectisme. À croire qu'il sait tout faire et avec talent, aussi bien un tableau de la forêt viennoise, une table d'ébène et d'ivoire, une gravure, le carton d'un vitrail, un fauteuil ou même un pastiche de Botticelli. On vient de loin dans cet atelier, même des nouveaux arrondissements, les 20e et 21e, situés sur l'autre rive du Danube mais qui, en 1904, font désormais partie de la ville.

Les créations en tous genres se succèdent. La soirée du 30 décembre 1905 aura des répercussions mondiales. Elle se déroule au théâtre An der Wien. Dans la salle, déjà mythique, le Tout-Vienne se presse pour la création d'une nouvelle opérette,

La Veuve joyeuse, sur une musique de Franz Lehár. Ce grand compositeur, auteur de partitions inoubliables et tellement viennoises (il était hongrois !), a dirigé l'orchestre de cette salle en 1901. Dans le rôle-titre, Mizzi Gunther triomphe au point qu'Arthur Schnitzler dira : *« Si on devait élever une statue à l'opérette, elle aurait les traits de Mizzi Gunther. »* En 1920, cette artiste aura déjà chanté 700 fois ce rôle ! Depuis toujours, à Vienne, la représentation du 30 décembre est une des moins favorables de l'année, les gens se préparant au réveillon de la Saint-Sylvestre.

Le directeur, M. Karczag, ne se fait aucune illusion : Lehár s'est trompé, sa partition est faible ; ayant déjà passé la pièce par profits et pertes, il a donc pris un billet de train pour la Côte d'Azur le lendemain matin. Là-bas, au moins, il s'amusera peut-être en rencontrant une vraie veuve ; elles ne manquent pas sur la Riviera ! Mais contrairement à ses prévisions, en sortant du théâtre, de nombreux spectateurs fredonnent la valse dite de « l'Heure exquise ». Un demi-succès, de l'estime et une recette qui s'annonce modeste car les réservations pour les jours suivants sont peu nombreuses. C'est alors qu'Émil Steininger, secrétaire de la direction du théâtre, a une idée de génie, comme le raconte un expert, historien du spectacle, collectionneur hors pair et directeur d'un beau théâtre parisien, mon ami Jacques Crépineau. Astucieusement, Steininger charge un certain Moritz, coursier et factotum du théâtre, de distribuer des billets gratuits dans Vienne puis d'en réduire progressivement le nombre. Au lieu de deux places, il en remet une, trois au lieu de quatre et ainsi de suite. Le public mord à l'hameçon, les spectateurs alléchés n'ont plus qu'à payer leurs places manquantes. En quelques semaines, le procédé donne d'excellents résultats et le succès finit par venir. On joue à guichets fermés. Le directeur Karczag, prévenu, regagne Vienne par le premier express. Et à qui veut l'entendre, il répète qu'il a toujours cru en cette opérette, que c'est un chef-d'œuvre, que Lehár surpasse Strauss... Sourions quand on sait qu'après avoir auditionné la valse lente de « l'Heure exquise », il avait grommelé devant le compositeur *« C'est de la musique, ça ? »* Oui, c'était de la musique ! Et au souper qu'il offre pour la centième représentation, il ose répéter *«J'ai toujours dit: ça, c'est de la musique!»* devant un Franz Lehár vengé. En un an, *La Veuve* atteint 300 représentations à Vienne, un record. Qui ne l'a pas vue n'est pas Viennois ! Dès 1910, on en dénombre plus de 20 000 dans 400 théâtres du monde entier, chantées et jouées dans 25 langues... Or, lors des premiers mois du spectacle à Vienne, on rencontre, régulièrement à la même place dans une galerie bon marché près du *«paradis»* de la salle, un jeune étudiant des Beaux-Arts qui voudrait être peintre. Comme des milliers d'hommes, il est amoureux de cette veuve balkanique à Paris. Il lui restera fidèle. Devenu chancelier d'Allemagne trente ans plus tard, ce fanatique à petite moustache ne manquera jamais une représentation de son opérette favorite même si les deux librettistes étaient juifs ! Un autre admirateur, nettement moins dangereux, assiste, en 1907 à l'une des représentations en anglais, au Daly's Theater de Londres. C'est le roi Édouard VII, qui n'a pu échapper au charme de l'œuvre donnée 778 fois sans interruption. Cette *Merry Widow* peu shakespearienne enchante l'ancien prince de Galles, heureux de retrouver, au IIIe acte, le décor de *Maxim's* qu'il avait assidûment fréquenté. En 1930, alors qu'on évoquait devant Franz Lehár le phénoménal succès de son opérette à cause de sa partition, le compositeur répondit, comme Offenbach, que la musique lui semblait, en réalité, tenir une place... relativement secondaire: *«Le succès d'une opérette est grandement lié à un bon livret; les caractères dans une pièce doivent être dessinés de façon si vivante que le public s'intéresse au sort des personnages. Je ne puis me prononcer en faveur d'un livret que si celui-ci fait tomber amoureux de l'héroïne et passer à travers les aventures du héros comme s'il s'agissait des miennes propres. Immédiatement après le bon livret vient l'œuvre du compositeur.»*

La Veuve joyeuse appartient au répertoire viennois traditionnel mais l'Art nouveau s'est aussi manifesté sur les scènes de la capitale. Le 19 octobre 1907, le théâtre-cabaret *Fledermaus* (encore *la Chauve-Souris* fétiche...) présente son premier spectacle dont la publicité est assurée par une étonnante affiche de Bertold Löffler figurant des masques. En même temps, le W.W. commence une production de cartes postales montrant l'intérieur du « *Kabarett* », reproduisant l'affiche ou illustrant le programme, telle la série des douze numéros de variétés. Ce genre est encore une révolution car la vie quotidienne à Vienne et le spectacle y sont bien mis en scène. Des artistes étincelants, souvent venus de Bohême ou de Moravie, ont une précision du dessin, une virtuosité des cadrages et une vérité des personnages inédites, sans parler de l'audacieux mariage des couleurs. Ce témoignage, qui a la précision d'un reportage, n'a cessé de prendre de la valeur en raison de la rareté des documents. En 2005, les cartes postales d'Egon Schiele, qui n'en a fait que trois, sont vendues à près de 3 000 euros l'unité, celles de Kokoschka 1 000 euros.

Toujours en 1907, Stefan Zweig, qui a beaucoup voyagé et rencontré du monde, s'installe dans son nouvel appartement Kochgasse, numéro 8. Enfin, il se sent vraiment chez lui, disposant quelques meubles dont des fauteuils de cuir rouge, un tapis et rangeant amoureusement sa collection de belles éditions et d'autographes qu'il a commencée il y a des années. Par hasard, il découvre que sa voisine, une très vieille dame, est la fille du Dr Vogel, qui s'était occupé de Goethe. Quelle émotion ! Elle est certainement le dernier témoin vivant ayant croisé l'immense écrivain voyageur. Il lui montre un manuscrit de Goethe qu'il a mis sous verre. Un an plus tard, l'Atelier Viennois, le W.W., lance une nouvelle série de cartes postales pour le jubilé de l'empereur. François-Joseph règne depuis soixante ans. Jusqu'à 1913, environ 880 cartes seront éditées. Les dessins, tous originaux, ont été conçus pour ce format, comme un cadrage cinématographique. Des auteurs comme Moritz Jung en tireront leur célébrité mais pas les bénéfices espérés. En effet, dans le W.W. où on les vend ainsi que d'autres objets et des places pour le *Kabarett*, la diffusion reste faible, le prix élevé car la technique est chère et absorbe souvent la moitié des frais. Pour combler ce déficit, le W.W. s'associe un an plus tard, avec un équivalent allemand qui dispose d'un bon réseau commercial ; des vues d'outre-Rhin sont ajoutées à celles de Vienne. En 1909, le W.W. crée un département mode. Les dessins de Maria Likarz, entre autres, prouvent le rôle croissant d'artistes féminins dans cette encyclopédie du vêtement. Le W.W. s'étend ensuite à Budapest et Karlsbad, couvrant peu à peu tous les pays de la double monarchie. Quand Gustav Mahler, qui avait voulu se fixer à New York, s'était senti très malade, il avait demandé à être rapatrié à Vienne. Il ne pouvait mourir que dans sa ville. De fait, il s'éteignit cinq jours après son retour. L'opéra observa un deuil très silencieux.

Le progrès technique séduit aussi les Viennois puisque le 8 octobre 1909, en présence de l'empereur, le pionnier français de l'aviation Louis Blériot effectue un vol de démonstration. François-Joseph est admiratif. Il avait déjà enregistré sa voix sur le rouleau, grésillant, d'un Gramophone. Lorsque, en 1911, l'architecte Adolf Loos présente, au numéro 3 de la place Saint-Michel, c'est-à-dire devant la Hofburg, un immeuble dépouillé avec des colonnes de marbre vert, les attroupements s'accompagnent de protestations. Aucun immeuble de ce style – lequel ? – indéfinissable n'a déchaîné autant de passions à l'époque. Si on sait, aujourd'hui, que cette esthétique allait plaire au monde entier, il faut tout de même rappeler que l'empereur, jugeant le résultat très laid, ordonne qu'on ferme les rideaux de toutes les fenêtres, dont les siennes, donnant sur la place. On est loin, artistiquement, des pâtisseries architecturales du salon de thé *Demel* pourtant à deux pas. Mais, une fois encore, François-Joseph a laissé faire. Des Viennois baptisent l'immeuble, magnifique, *« la Maison sans sourcils »* (en avaient-elles avant ?) et l'humoriste Karl Kraus s'exclame que Loos, 41 ans, n'a pas construit un immeuble *« mais bien une pensée »*. Les Viennois n'ont pas fini de faire des découvertes. La même année, un Strauss, qui n'a aucune parenté avec les Johann et Cie, Richard Strauss, dirige la première du *Chevalier à la rose*. Une partition éblouissante sur un livret de Hugo von Hofmannsthal, né en 1874 et qui avait commencé à écrire à 16 ans, alors que ses camarades le trouvaient déjà génial. Stefan Zweig, lui-même ébloui, décrit le librettiste comme *« inquiet, inconstant, émotif, sensible à toutes les pressions, nerveux dans les relations privées et il n'était pas facile de l'approcher »*. Hofmannsthal fournira à Richard Strauss le livret d'*Ariane à Naxos* (1912) et de *La Femme sans ombre* (1919), introduisant des éléments historiques dans le drame lyrique. L'écrivain étonne ses amis en parlant sans notes, sans préparation précise mais chaque phrase relevait d'une harmonie parfaite. En 1912, l'hôtel *Impérial* se modernise et s'étend. Un an plus tard, la Nouvelle Hofburg est achevée. Son style n'a rien de nouveau ; il rassure de nombreux Viennois. Stefan Zweig fait un nouveau séjour à Paris pour rencontre Romain Rolland. Une estime et même une amitié de trente ans vient de naître, attestée par près de huit cents lettres. Le Français décrit l'Autrichien comme *« un chasseur d'âmes »*, Zweig appelle Rolland *« la Conscience de l'Europe »*. Tous deux sont épris d'idéal et d'humanisme. Lorsque, au début de 1914, le W.W., croulant sous les dettes, est mis en liquidation avec un passif de 1 500 000 couronnes, Vienne est triste. Trop souvent, les artistes – ils furent 48 au total – étaient leurs meilleurs clients, voire les seuls.

Si les derniers temps de la monarchie des Habsbourg-Lorraine montrent une société insouciante, du moins dans les milieux mondains où les seules préoccupations visibles sont l'amour, la musique et les fêtes, on ne peut nier que Vienne présente de vifs et choquants contrastes entre le luxe et la misère. L'influence considérable des juifs s'appuie, depuis janvier 1896 sur la parution du livre *L'État juif*, de Theodor Herzl, né à Budapest en 1860 et théoricien du sionisme. Ancien étudiant en droit, Herzl est devenu journaliste, correspondant à Paris (bien payé) du journal *Neue Freie Presse*, publié à Vienne depuis le 1er septembre 1864, et se place en tête des organes libéraux viennois, grâce à ses informations financières et diplomatiques pertinentes ainsi que l'excellent niveau de son feuilleton littéraire. Il est financé par la *Creditanstalt*, une banque contrôlée par la famille Rothschild. À Paris, Herzl, choqué et accablé, a assisté à la dégradation du capitaine Dreyfus. Pour le journaliste, c'est bien la sinistre preuve que l'assimilation des juifs, tant prônée notamment dans l'Empire, reste un leurre. Rentré à Vienne, il prépare son essai contenant des propositions politiques et sociales ainsi qu'une analyse des traditions juives. À Zweig, il dresse ce constat : *« Nous autres juifs, nous n'avons, depuis deux mille ans, aucune expérience de la mise en pratique dans le monde réel. Il faut apprendre à se dévouer inconditionnellement.»* Zweig se dit impressionné par cet homme : *«Il avait réellement une apparence royale avec son haut front découvert, ses traits purs, sa longue barbe de prêtre, ses yeux mélancoliques d'un bleu sombre.»* Herzl accentue son combat en lançant un journal, *Le Monde juif*. On surnomme son directeur *«le Roi de Sion»* et il se débat dans des attaques nourries par divers scandales financiers, dont celui du canal de Panama qui a ruiné des millions d'actionnaires, et l'onde, nauséabonde, de l'affaire Dreyfus. Malgré ses innombrables opposants, Theodor Herzl est honoré par une foule dense lors de ses obsèques, le 3 juillet 1904. Zweig, bien sûr, y assiste : *«C'était ici le chef d'un grand mouvement que l'on portait en terre. Ce fut un cortège interminable» [...] «Du coup, Vienne se rendit compte que ce n'était pas seulement un écrivain ou un poète mineur qui était mort mais un de ces créateurs d'idées qui, dans un pays, dans un peuple, ne se lèvent victorieusement qu'à de très longs intervalles.»* En réaction, l'antisémitisme viennois s'exprime dans le parti chrétien-social, né en 1887. En 1895, il conquiert la majorité absolue au conseil municipal. D'abord dissoute, l'Assemblée est reconduite en mars 1896. Son chef, Karl Lueger, sera bourgmestre de Vienne d'avril 1897 à 1910. En 1902, les accusations de fraude contre lui étant infondées, François-Joseph confirme son élection. Lueger le nationaliste reçoit divers surnoms, pas toujours aimables sauf celui, flatteur de *«Roi de Vienne»*. Huit ans plus tard, Vienne, avec ses deux millions d'habitants, est la quatrième métropole d'Europe après Londres, Paris et Berlin. Mais c'est la seule où l'hymne national puisse être chanté dans quinze langues...

En 1912, une pièce de Zweig, *La Maison au bord de la mer*, est montée au Burgtheater, l'illustre scène dramatique viennoise, comparable à la Comédie-Française. Même si les applaudissements sont nourris et les spectateurs convaincus, l'auteur tient à rester lucide : *«Je ressens de plus en plus le côté frelaté du succès bruyant. C'est quand même un cercle très restreint qui vous épaule.»* Au-delà de cette lucidité pudique, le dramaturge ne peut oublier en un soir la malédiction qui a frappé ce spectacle. Trois comédiens qu'il avait pressentis sont décédés brutalement. Le cas du deuxième est bouleversant. Il s'agissait du Viennois Josef Kainz, excellent acteur et très bel homme. Il avait demandé à Zweig de lui écrire une pièce en un acte. Ce texte, *Le Comédien métamorphosé*, est prêt quand Kainz déclare qu'il va le répéter après une tournée d'un mois en raison d'un contrat antérieur. En quelques jours, un cancer l'emporte. Josef Kainz, qui avait été acclamé dans *Le Prince de Hombourg* en 1886, était, selon Zweig *« séduisant par sa grâce spirituelle et son art de la diction qui n'a jamais été dépassé »*. Ce même Josef Kainz avait été remarqué et aidé par Louis II de Bavière au point d'être invité lors d'un de ses voyages en Suisse, une escapade qui avait suscité divers commérages...

Pour Stefan Zweig et Romain Rolland, qui poursuivent leurs échanges intellectuels, l'essentiel est d'éviter une guerre en Europe. Ce serait stupide. Et sûrement la fin d'un monde.

XII

LES ORPHELINS DE L'EMPIRE

De même que le XVIIIe siècle ne prend fin, réellement, qu'en 1815, le XIXe ne s'éteint, brutalement, qu'en 1914. Le XXe ne sera pas clément avec Vienne et l'Autriche, comme si l'Histoire s'acharnait à ravager une oasis d'art de vivre. Les traumatismes se succèdent. Le 28 juin, le double assassinat de l'archiduc héritier François-Ferdinand et de son épouse, Sophie, fait de ce couple, uni dans la vie puis dans la mort, les deux premières victimes de la Grande Guerre. Il est facile et dans une certaine mesure faux de considérer, aujourd'hui, qu'au printemps 1914, l'Empire glissait vers la catastrophe sans s'en rendre compte. Que Vienne dansait sur un volcan. Que tout annonçait une «*Apocalypse joyeuse*» – entre l'inéluctable et l'aveuglement, la lucidité était à l'étroit – et que personne ne s'en était rendu compte. Deux hautes personnalités, un peu médiums, avaient pourtant prévenu des risques que courait l'Europe, Sissi et son fils Rodolphe. Tous deux avaient dit, elle en 1890, lui vers 1880, que «*l'orage éclatera[it] dans les Balkans*» et qu'il fallait se méfier des affrontements ethniques, de la place trop importante de la religion, des revendications nationalistes jalouses... Les avait-on écoutés ? Entendus ? Non car on ne tient pas compte d'un prince prétendument dépravé ni d'une souveraine dépressive et anorexique. On les avait fait disparaître, l'un à Mayerling derrière le rideau de fumée d'une amourette sur commande, née au Prater, l'autre en assassinant à Genève sa beauté, sa bonté et son rang parce que selon l'anarchiste tueur, qui. deux jours auparavant n'était pas fixé sur une victime particulière du moment qu'on parlerait de lui, *« un Lucheni ne tue pas une blanchisseuse »*. L'impératrice-reine et l'archiduc futur empereur-roi étaient deux visionnaires. Ils dérangeaient. On les avait fait taire, trente-cinq ans pour le premier, vingt-cinq ans pour la seconde avant les coups de feu de Sarajevo, cité musulmane aux minarets dressés dans les montagnes et foyer d'agitation dans un empire dont le souverain venait de perdre son droit de veto à l'élection d'un pape... On aurait dû retenir le message instinctif de ces deux victimes des fanatismes. Et tenir compte des avertissements qu'étaient, depuis 1912, deux guerres balkaniques, justement...

Au matin du 28 juin 1914, François-Joseph ne faillit pas à son habitude. Séjournant dans sa chère Kaiservilla de Bad Ischl, au sud de Salzbourg, il se lève à quatre heures et consulte sur son balcon – la fenêtre de son bureau est la seule qui en ait un – son thermomètre et son baromètre suspendus à gauche. Aucun des deux appareils n'indique une dangereuse température diplomatique ni l'imminence d'un orage dévastateur. L'annonce de la mort de son neveu, qu'il n'aimait pas mais désigné comme l'héritier de la monarchie depuis la disparition de son fils Rodolphe, qu'il aimait, peut-elle encore davantage briser le vieil homme ? Il répète, comme un automate, *« Rien ne m'aura été épargné. »* Rien, en effet. Sa vie est devenue une liste de faire-part de deuil, de scandale, de défaite et cependant le monarque est aimé, respecté, entouré de compassion. Seul, le 21 octobre 1911, le mariage de son petit-neveu, Charles, avec la princesse Zita de Bourbon-Parme, a été l'occasion de voir un sourire entre ses longs favoris et d'admirer des dames élégantes en robe claire devant les opérateurs des actualités cinématographiques.

Entre l'attentat et la déclaration de guerre, un mois s'écoule. On prend le temps de faire une première moisson et d'attendre le retour de Russie du président de la République française. Ayant assuré le tsar du soutien de Paris en cas de conflit, il est surnommé *« Poincaré la Guerre »*. Si François-Joseph avait été persuadé que le conflit était inévitable, il aurait regagné Vienne immédiatement. Or, ce délai, accordé à la Serbie pour éclaircir les causes de l'attentat de Sarajevo, prend fin le 23 juillet. Excédé, l'empereur lance un ultimatum à la Serbie. Ce texte tient en vingt-quatre points. Vingt-trois sont acceptés, un seul est refusé par Belgrade, la présence d'officiers austro-hongrois dans la commission d'enquête. Pour ce motif – donc un seul, officiellement –, l'empereur signe, le 28 juillet, la déclaration de guerre aux Serbes sur son petit bureau, sous un buste de Sissi qu'il n'a cessé de regarder. Puis, il se lève, part pour Vienne ; il ne reverra jamais la Kaiservilla où il a passé soixante étés et dit au revoir, sur le quai de la gare, à Sissi au début septembre 1898, après un interminable regard angoissé. C'était un adieu. C'est encore un adieu, ce 28 juillet 1914, le dernier. Trois jours plus tard, c'est à Vienne que le souverain signe le décret de mobilisation générale. Contrairement à ses ministres et à ses généraux, François-Joseph a espéré, jusqu'au bout, un geste de la Serbie. Mais y croyait-il vraiment ? Était-il encore possible de s'accrocher à cette pensée qu'il avait formulée devant l'un de ses aides de camp : *« la rupture des relations diplomatiques ne signifie pourtant pas encore la guerre »* ? Non car c'était l'existence de l'État multinational qui était en jeu et sa clé de voûte, la monarchie, menacée. Et contrairement à sa réputation d'homme bardé de certitudes, François-Joseph dit encore au colonel Margutti, le 18 août : *« Cette guerre sera-t-elle heureuse pour nous ? Tout semble nous indiquer le contraire. »*

Vienne. Les bellicistes et les pacifistes s'opposent. La brillante métropole est figée. Ainsi, les canons font plus de bruit que les valses ? Ainsi, l'Art nouveau, sous toutes ses formes, ne résiste pas aux vieilles haines ? Les paradoxes éclatent. Quand on sait que le livre d'Arthur Schnitzler *Lieutenant Gustl*, contesté par les milieux militaires, a entraîné la radiation de son auteur comme officier de réserve mais que le même écrivain a vendu, depuis 1903, plus de cent mille exemplaires de son livre *La Ronde*, ce qui est un chiffre fantastique, on comprend que le temps des ombrelles a été remplacé par celui des casques à pointe.

Dans la capitale, les informations sur les épreuves, les revers, les offensives réussies, les retraites, la *« trahison »* de l'Italie, qui finit par rompre, le 20 mai 1915, son alliance avec Berlin et Vienne, et les chutes des ministères sont les conséquences de la guerre et de son engrenage infernal d'alliances. Ces deux années effroyables atteignent un paroxysme au soir du 20 novembre 1916. Depuis une semaine, la santé de l'empereur inquiétait son entourage. Il toussait sans cesse, restait fiévreux et avait perdu du poids. Une dépêche avait rappelé l'archiduc héritier Charles. Pour les médecins, seule la robuste constitution de leur patient a permis une rémission mais la fin est proche. Il faut s'y préparer, à Schönbrunn comme dans toute la ville. Fait remarquable, ce 21 novembre l'empereur se lève à 3 heures et demie du matin, trente minutes plus tôt qu'avant Sarajevo. C'est son horaire de guerre. Et rapidement prêt, il se met au travail, annotant les dossiers et faisant le point des opérations avec le chef de sa maison militaire, le général Bolfras. C'est la dernière journée d'un homme qui règne depuis 1848. Retenons son ultime ordre donné à son valet, Eugène Ketterl :

« Demain matin, 3 heures 1/2. »

On pourrait presque dire que l'empereur est mort en travaillant. Ce 21 novembre, dans son austère lit en fer, il n'a pu se réveiller et s'éteint, sans souffrir dit-on, vers 9 heures. C'est sa dernière fille, Marie-Valérie, qui lui ferme les yeux dans cette chambre de Schönbrunn. Il était né dans ce même château, à quelques pièces de celle-ci, en 1830. Un temps où le diaphane duc de Reichstadt vivait encore dans cette résidence... François-Joseph est le dernier contemporain des monarques qui régnaient en 1848. Après soixante-quatre ans de règne et à l'âge de 86 ans, le veuf de Sissi va peut-être enfin la rejoindre. L'avant-veille, Mme Schratt, l'amie de trente ans, était encore venue pour tenir compagnie au monarque qui avait tant souffert de la solitude. C'était le jour de la... Sainte-Élisabeth, dernier marivaudage dans des heures sombres. Sa maison, Gloriettegasse, est toute proche. Prévenue par Charles, elle dépose deux roses blanches de sa serre entre les mains croisées de l'empereur qu'on a habillé de son plus bel uniforme après l'avoir embaumé selon un nouveau procédé à la parafine. C'est une tenue d'apparat dite de Feldmarschall, tunique blanche, pantalon rouge à parements d'or. Quelques décorations militaires – il portait toujours les mêmes – et le collier de la Toison d'or ont été disposés sur sa poitrine.

Vienne, déjà accablée par la situation militaire incertaine, révoltée par le rationnement et le dénuement, choquée par l'assassinat, il y a exactement un mois, du Premier ministre, le comte Stürgkh, Vienne affolée est en deuil de son père. En pleine guerre, quel funeste présage ! Pendant cinq jours, les Viennois défilent devant sa dépouille sur un lit de camp. C'est un soldat, le général en chef, le maréchal que l'on pleure. Puis pendant trois jours, c'est à la Hofburg que son corps est exposé, dans la chapelle de la Cour, après Rodolphe, après Sissi. Le glas sonne. Vienne est abasourdie, incrédule, orpheline. Des files d'hommes âgés très émus, de femmes à la tête couverte de chapeaux ou disparaissant sous de longs voiles noirs et d'enfants impressionnés défilent. Le 30 novembre, le temps est clair mais le soleil pâle. Précédé de montagnes de fleurs en coussins et de couronnes mortuaires accrochées sur des voitures, le corbillard noir de la Cour est tiré par huit chevaux noirs, en harnais noir, selon l'étiquette espagnole. Conçue dans les selleries de la Cour de 1876 à 1877, cette lourde voiture funèbre imite les carrosses d'apparat baroques avec une suspension dite à soupentes, autrement dit des barres transversales sous les roues avant, petites, et arrière, beaucoup plus grandes. La décoration très chargée est un témoin du style historiciste qu'avait tant aimé François-Joseph. Ce corbillard, que l'on peut voir aujourd'hui, à l'entrée du musée des Carrosses de Schönbrunn, fut utilisé pour la dernière fois, soixante-treize ans plus tard, en 1989, pour transporter la dépouille de Zita[1]. Après avoir traversé

1. Dans ce musée, en vis-à-vis, on peut voir un autre corbillard, de couleur rouge sang. Il devait être attelé à huit chevaux blancs et était réservé aux membres non régnants ou n'ayant pas régné de la famille impériale. Normalement, en 1889, pour les obsèques de l'archiduc Rodolphe, il aurait dû être utilisé puisqu'il s'agissait du prince héritier. Après avoir hésité, François-Joseph avait opté pour le corbillard noir, contrairement à l'usage. On y vit

la ville que le monarque a fait transformer, moderniser et ouvrir à toutes les tolérances spirituelles et artistiques, le cortège atteint la cathédrale. Après l'office, en présence des nouveaux souverains, Charles, Zita, et de leur fils aîné l'archiduc Otto (il a 4 ans), voici l'heure de l'inhumation. La garde à cheval salue une dernière fois le monarque ; son successeur, dans le grand manteau gris à revers rouge des généraux autrichiens, salue son grand-oncle. On ne peut voir le visage de Zita tant son voile est dense. Après Rodolphe, après Sissi, François-Joseph entame, à titre posthume et par l'intermédiaire du grand maître de la Cour, le dialogue rituel avec le père abbé. Seul cet échange permet au défunt d'être inhumé dans la crypte des Capucins[1].

– Qui es-tu ? Qui demande à entrer ici ? interroge le religieux.

– Je suis Sa Majesté l'Empereur d'Autriche, roi de Hongrie, répond le haut dignitaire de la Cour.

– Je ne le connais pas. Qui demande à entrer ici ?

– Je suis l'empereur François-Joseph, roi apostolique de Hongrie, roi de Bohême, roi de Jérusalem, grand-prince de Transylvanie, grand-duc de Toscane et de Cracovie, duc de Lorraine, duc de Salzbourg... (j'en passe).

– Je ne le connais pas. Qui demande à entrer ici ?

Alors, dans une attitude d'humilité qui débarrasse l'impétrant de ses titres et vanités, le prince de Montenuovo s'agenouille et dit :

– Je suis François-Joseph, un pauvre pécheur, et j'implore la miséricorde de Dieu.

---

un signe d'estime et de confiance du père à l'égard de son fils, ce qui, sans doute, faisait taire les rumeurs, infondées mais insistantes, de mésentente entre le souverain et son successeur désigné.

1. Rappel : si l'usage de l'éparpillement des restes avait été supprimé par François-Joseph en 1878, il y eut une exception avant les funérailles de Zita, le 1er avril 1989. Son cœur fut scellé, à côté de celui de son mari, dans la crypte de l'abbaye de Muri, en Suisse, dans le canton d'Argovie. En revanche, le protocole du dialogue d'au-delà fut respecté pour elle, la dernière souveraine, bien que l'interlocuteur du père abbé ne fût plus le grand maître de la Cour.

– Alors, tu peux entrer, répond la voix derrière la lourde porte qui s'ouvre enfin.

Lors de la cérémonie, seuls les premiers rangs de la foule sont témoins d'un incident caché à l'opinion. L'un des huit chevaux est malade. Pour les cochers et palefreniers, c'est un très mauvais signe...

Charles Ier d'Autriche et Zita sont les derniers monarques habitant la Hofburg. Leurs appartements, où l'on peut voir leurs portraits avant la grande salle à manger, avaient été ceux d'Alexandre Ier puis ceux de Sissi. Courant décembre 1916, dans les remises de Schönbrunn, plusieurs voitures de la Cour sont nettoyées, passées au bronze ou repeintes puis démontées et hissées sur des chalands. Le Danube va les conduire de Vienne à Budapest où elles seront remontées pour le couronnement du couple impérial qui, à Budapest, est royal. Un landau de 1824, construit à Presbourg, transporte la couronne de Saint-Étienne et les insignes de celui qui est devenu Charles IV de Hongrie. En pleine guerre mondiale, ces événements veulent témoigner de l'union des peuples avec la monarchie mais la situation militaire semble contredire cette confiance.

Si l'année 1918 est militairement décisive, Vienne est aussi frappée dans les forces vives de ses arts nouveaux. Le 6 février, Gustav Klimt meurt. Le 11 avril disparaît Otto Wagner. Le 31 octobre, Egon Schiele est foudroyé par la grippe espagnole à 28 ans et Koloman Moser s'éteint également. Des génies foudroyés dans un empire à l'agonie. Seul de cette génération de talents, Oskar Kokoschka échappe à l'hécatombe viennoise ; né en 1886, il vivra jusqu'en 1980. C'est l'amour qui a fait de Kokoschka un véritable Viennois après ses séjours à Dresde. Devenu amoureux fou d'Alma, la veuve de Gustav Mahler, il souffre de son refus. Elle n'est pas qu'un passe-temps d'atelier où Kokoschka a peint, en 1913, un saisissant *Couple d'amants*. Pour se venger de l'indifférence d'Alma Mahler, le peintre confectionne une poupée de son à son effigie. Et la promène partout !

Dès 1917, l'empereur Charles a tenté une mission de paix séparée entre l'Autriche-Hongrie et la France. Cette guerre, qu'il n'aurait sans doute jamais déclarée, est une pure folie et comme son grand-oncle, il est convaincu que le désastre emportera l'Empire. L'échec de cette courageuse négociation entreprise en son nom par ses deux beaux-frères, largement dû à l'aveuglement idéologique de Clemenceau, laisse Charles effondré. On le soupçonne de pacifisme ; c'est un homme de paix, ce qui n'est pas la même chose. En août 1918, de Vienne, il promet d'accorder l'autonomie aux différentes nationalités de la monarchie.

Cette déclaration est suivie, le 16 octobre, d'un manifeste impérial mais il est trop tard. Le 11 novembre 1918, le souverain se trouve dans le salon chinois bleu de Schönbrunn. Une pièce très exotique avec des vases japonais bleu et blanc, des papiers peints à motifs indiens et des lambris en noyer. À Rethondes, l'Allemagne a signé l'armistice à 11 heures. Sur un petit bureau, l'empereur Charles Ier signe, au crayon, sa renonciation au trône. Contrairement à ce que l'on croit, il ne s'agit pas d'une abdication. Et il demeure, théoriquement, roi de Hongrie, ce pays témoignant d'une fidélité remarquable aux Habsbourg en ces heures dramatiques ; les deux tentatives de restauration effective en Hongrie échoueront à cause, entre autres, de trahisons et de mauvaises préparations. François-Joseph était mort à Schönbrunn ; c'est à Schönbrunn que meurt l'Empire. Le lendemain, 12 novembre à 12 h 55, la République d'Autriche est proclamée. La nouvelle est annoncée aux Viennois par cent coups de canons, comme autrefois pour un héritier mâle. Un politicien déclare :

« Maintenant, l'Autriche est une république sans républicains. »

À l'hôtel *Impérial* et au *Sacher*, les portraits de François-Joseph restent en place.

XIII

VIENNE LA ROUGE

Le 10 septembre 1919, le traité de Saint-Germain réduit l'Autriche à l'ancienne *Ostmark* (Marche de l'Est) de l'époque de... Charlemagne. La perte territoriale et de population est un choc effrayant. La jeune République – elle n'a pas un an – ne compte plus que 84 000 km^2 au lieu des 700 000 sous l'Empire et six millions d'habitants contre près de 55 millions avant 1914. Avec un million et demi de personnes, Vienne est donc la capitale hypertrophiée d'un petit pays réduit au neuvième de son ancienne superficie. Clemenceau, qui s'acharne à piétiner et à démanteler la monarchie vaincue en préparant un nouveau découpage européen, dit *« L'Autriche ? C'est ce qui reste. »* La ville qui, depuis des siècles, rayonnait sur les pays danubiens, perd sa fonction de métropole internationale. Les graves conséquences socio-économiques des décisions imposées par les vainqueurs génèrent des migrations et une forte augmentation de la population viennoise, ce qui provoque une cruelle crise du logement. Souffrances humaines, souffrances de la ville qui semble pétrifiée et stupéfaite.

Dès cette année 1919, la ville est dirigée par une municipalité socialiste ; elle sera en place jusqu'en 1934. Le courant révolutionnaire qui avait secoué Petrograd puis Berlin et gagné Vienne est une curiosité. Alors que les socialistes sont minoritaires dans le pays, ils dominent la vie politique viennoise. Vienne devient donc un État dans l'État, un champ d'expérience de démocratie ouvrière, *« un morceau de socialisme au cœur de l'État bourgeois »* dit le maire social-démocrate Karl Seitz. Cet homme, né en 1869, élu en 1923, sera le premier édile pendant onze années. Onze années essentielles dans l'entre-deux-guerres, celles de *« Vienne la Rouge »*.

Mais quel curieux spectacle que cette ville politiquement isolée et qui ne parvient pas à se débarrasser, qu'elle le veuille ou non, du poids des siècles passés et de ses traditions, populaires et aristocratiques ! Nombreux sont les habitants qui n'ont connu que François-Joseph comme souverain ; la défaite, l'humiliation et de terribles difficultés ajoutées à la disparition du vieil homme tant respecté, déconcertent une partie de la population. L'empereur, au moins, a eu cette grâce, de ne pas assister à l'écroulement de l'univers des Habsbourg, ces bâtisseurs d'Europe. Quelle est donc cette cité républicaine où, en 1920, le Manège d'hiver ouvre ses spectacles d'autrefois au public – avec les aléas qu'on devine – ; où en 1921, la statue commémorative de Johann Strauss fils (trop dorée aujourd'hui !) est inaugurée dans le parc municipal. Pour la circonstance, un concert est dirigé par Arthur Nikisch. L'orchestre, comme les musiciens, sont très émus. C'est bien la première fois qu'une valse de Strauss sonne faux et fait couler des larmes depuis plus de vingt années. L'autre siècle... Et où Anna Demel brave les interdictions du nouveau régime : son établissement, au même endroit depuis 1886, affirme rester le fournisseur d'une Cour évanouie.

Le mélange des événements, des idées, des comportements et des réalisations fournit des résultats inattendus. En 1925, pour la première fois en quatre siècles, l'École espagnole d'équitation part en tournée, en l'occurrence à Berlin où les échecs de la République de Weimar sont déjà patents. Peu importe, les lippizans sont un symbole exportable de la République si l'on peut dire viennoise. En même temps, un remarquable effort d'urbanisme est entrepris. Ces immenses ensembles ouvriers, les Hof, qu'il faut aussi voir, constituent de véritables cités. On les nomme les « Citadelles rouges ». Il y en a 398 en tout, impressionnants témoignages des expériences et des solutions de la Vienne socialiste, tant sur le plan architectural que par nécessité socio-économique. Ces logements sociaux (on en compte 64 000) sont concentrés dans certains quartiers, au nord et au sud de la ville, car jusqu'en 1918, la division entre arrondissements populaires, bourgeois et aristocratiques était tangible. Tel un fantôme obstiné, le souvenir de Johann Strauss fils revient hanter les mémoires. Le 25 octobre 1925, le centenaire de sa naissance est commémoré. Auparavant, les 17 et 18 octobre, l'Orchestre philharmonique a donné deux concerts. On joue *Le Beau Danube bleu*, ce qui surprend ou rassure, c'est selon, car depuis la guerre, l'emblématique valse n'était interprétée qu'à l'étranger.

En 1926 est achevé le *Reumannhof*. Commencé en 1924, ce bâtiment doit son nom à Jakob Reumann, premier « maire rouge » de Vienne dont une statue est érigée à la fin des travaux. Sous l'aspect d'un palais, l'architecte Hubert Gessner a dressé quarante bow-windows pointés en éperons au-dessus des arcades du rez-de-chaussée. À la même époque est achevé un autre ensemble qu'on ne doit pas manquer de voir, le célèbre Liebknechthof. Son nom honore Karl Liebknecht. Il était, avec Rosa Luxemburg, le fondateur du Parti communiste allemand, assassiné après son arrestation à Berlin, en 1919. Une certaine communauté idéologique est observée entre Vienne et Berlin, les deux capitales vaincues étant habitées par des soucis comparables. Pour cet immeuble, l'architecte Karl Krist a dessiné une arche ogivale et des tourelles à pignon d'inspiration gothique mêlées au style constructiviste. Étonnant. Dans cette ville à la fois perturbée et riche d'espoirs, il y a un couple qui symbolise la Vienne d'avant et celle de maintenant. L'archiduc Rodolphe n'avait eu qu'un enfant, une fille, Élisabeth, plus connue sous le diminutif d'Erzsi. Sa vie a été très agitée. Séparée de son mari, Ottto de Windisch-Graetz, dont elle a eu quatre enfants, elle avait blessé d'un coup de revolver la maîtresse de son mari, une chanteuse d'opéra. Le malheureux François-Joseph avait pu étouffer l'affaire en maudissant sa famille. Ensuite, Erzsi entretint une liaison tapageuse avec un officier de la marine austro-hongroise mort en mission au large de Venise en août 1915. Depuis, elle s'est engagée dans les luttes du

Parti socialiste autrichien et, en militante accomplie, vit avec le député social-démocrate Leopold Petznek, marié, père de famille, ancien instituteur et athée. Son parcours politique, très engagé dans la nouvelle Vienne, vaut à la petite-fille de l'empereur un surnom entré dans l'Histoire : elle est « l'Archiduchesse rouge » dans Vienne la Rouge. Précisons, pour la beauté du tableau, qu'elle n'a jamais renoncé à un train de vie princier digne d'une riche héritière des Habsbourg. Otto, qui est toujours son mari aux yeux de la loi, ayant découvert qu'elle avait aussi une liaison avec le précepteur de leurs enfants, tente de les récupérer, accompagné de gendarmes. Le 21 mars 1921, il s'est présenté au château de Schönau. Devant les risques d'une bagarre, il a renoncé et n'obtiendra le divorce qu'en 1924. Maintenant, de château en hôtel particulier, Erzsi poursuit son existence de bohème chic (disons gauche caviar...) et s'installe dans la banlieue de Vienne pour être plus près de son amant, toujours marié. Ils ne passent pas inaperçus !

Les dramatiques erreurs des traités de paix, aggravées par le sectarisme antiautrichien des puissances alliées, ont enlevé à Vienne ses débouchés naturels. On y vit très mal et les Viennois, giflés par une situation qu'ils estiment excessive et injuste, sont tentés par l'extrémisme. Le 15 juillet 1927, une violente et sanglante émeute révolutionnaire éclate. La cible est le Palais de Justice. Les troubles ont été déclenchés par l'acquittement de trois membres du mouvement des Anciens Combattants qui avaient abattu un ouvrier et un enfant lors d'un affrontement avec des partisans de la Ligue de défense républicaine. Sitôt le verdict connu, des ouvriers ont mis le feu au temple de l'injustice. En même temps, l'Université de Vienne, considérée comme un fief des idées du national-socialisme venu d'Allemagne, est investie. La police tire... Le jour suivant, on déplore, en vingt-quatre heures, 89 morts et plus de 600 blessés victimes des combats de rues. Le Parti social-démocrate exige le retrait immédiat du chancelier Seipel, l'accusant de tolérer, sans réagir, les activités des Anciens Combattants. Les émeutiers lancent un appel à la grève générale, le climat est insurrectionnel. La grève se termine le

18 juillet. Le gouvernement déclare être maître de la situation mais il a été contraint de faire appel à l'armée et à la police pendant trois jours. Les journaux viennois accusent Moscou d'être, en sous-main, responsable des troubles. Un quotidien de Francfort réplique d'une phrase dangereusement prémonitoire : *« La situation à Vienne ne saurait s'améliorer sans une annexion au Reich. »* Notons que quelques nostalgiques de l'Empire n'hésitent pas a écrire dans un journal de voyages, *Les Capitales européennes*, que même si Venise n'appartient plus à Vienne depuis 1866, les altitudes en Autriche demeurent calculées à partir du niveau de la mer Adriatique, toujours autrichienne selon eux !

En 1928, outre la surélévation de l'hôtel *Impérial*, la ville célèbre le 25e anniversaire du défunt W.W., l'Atelier viennois. Un splendide album est publié, avec un hommage de Le Corbusier au formidable mouvement qui avait marqué d'un art créatif tous les domaines et non, comme on le pense souvent, la seule peinture ou le dessin : *« [...] J'avais découvert le W.W. alors que je n'étais qu'un jeune garçon et que je fréquentais l'école de ma ville natale* [La Chaux-de-Fonds, en Suisse], *dans les années 1903-1906. Les œuvres de Hoffmann m'apparaissaient comme l'expression la plus lumineuse de l'évolution architecturale. »* [...] *« Aujourd'hui où les jeunes générations, sans regarder en arrière (et sans dire merci), tentent de s'approprier les fruits du travail d'infatigables chercheurs, de véritables pionniers, il n'est que justice – et cette mission est bien agréable – de témoigner notre gratitude à l'égard de personnalités telles que le professeur Hoffmann à l'égard d'entreprises aussi hardies que le Wiener Werkstätte. »* Le 30 octobre 1930, avec l'inauguration du Karl Marx Hof, commencé en 1924, Vienne se dote d'une majestueuse structure qui s'étend sur un kilomètre de long et s'articule autour de six tours centrales surmontant des arches de treize mètres de portée. L'ensemble a l'allure d'une porte triomphale. Un monument, dans tous les sens du terme. Sur les tours, des oriflammes flottent aux mâts. Ce corps central est rouge (évidemment !) et ocre, sa façade agrémentée de statues. Des cours communiquent avec des jardins par des arcades. Selon le vœu de l'architecte Karl Ehn, les classes laborieuses doivent bénéficier du confort ; les dix types d'appartements proposés sont tous équipés de l'eau courante et du gaz de ville. Astucieusement, ces constructions intègrent des équipements collectifs avec piscine, jardins d'enfants, laveries, dispensaire, pharmacie, bibliothèque, boutiques et même une poste. A-t-on vraiment inventé depuis 1930 ? Véritable cité, on y compte plus de mille trois cents appartements. Autour, ce qu'on nomme aujourd'hui des espaces verts s'étalent entre les collines de Döbling (19e arrondissement) à l'ouest et la vaste gare de Heiligenstadt, à l'est, près des bois où Beethoven avait transcrit son désespoir.

Tous ces bâtiments, d'une qualité d'invention et de construction incontestables, comprennent, pour les sept plus importants, au moins huit mille logements. La même année, en direction de l'ancien village de Florisdorf (21e arrondissement), s'élève l'imposant complexe d'Engelsplatz. Plusieurs tours, donnant sur des cours, abritent mille quatre cent soixante appartements. Avec le nom d'Engels s'achèvent les réalisations de Vienne la Rouge dans le domaine de l'urbanisme et de l'habitation populaire.

Après que le stock du W.W. a été vendu aux enchères et l'aventure créatrice définitivement liquidée, le 20 mai 1932, le nouveau chancelier fédéral est Engelbert Dollfuss. Né en 1892, originaire d'un milieu paysan de Basse-Autriche, il a fait ses études de droit et d'économie politique à Vienne et à Berlin. Catholique fervent, militant du Parti chrétien social, ancien ministre de l'Agriculture, il a été élu chef du gouvernement avec une seule voix de majorité. Pratiquement inconnu, il se révèle énergique. Hostile aux querelles du parlementarisme, il rêve de faire de l'Autriche un État chrétien autoritaire et paternaliste. Il veut que Vienne change... En mars 1933, prenant le prétexte d'une question de procédure, il suspend le régime parlementaire et fonde, en mai, le Front patriotique pour se substituer à toutes les formations politiques. Sa situation est rapidement délicate : à l'intérieur, il s'appuie sur les antimarxistes, à l'extérieur sur le fascisme de Mussolini. Il engage la lutte à la fois contre les socialistes et les nationaux-socialistes qui réclament l'Anschluss, Hitler étant, selon ces derniers, le seul capable de venger les effets désastreux du

«Diktat de Versailles». Et pour tout compliquer, les austro-marxistes d'Otto Bauer s'opposent aux sociaux-démocrates. Vienne a la fièvre. Dans le courant du printemps, Dollfuss interdit les organisations hitlériennes. Le 20 mai, des bagarres opposent les étudiants juifs de la faculté de médecine qui finissent par s'enfuir à l'approche d'autres étudiants partisans d'Hitler, armés de gourdins et de pioches.

Mussolini propose au chancelier de garantir l'indépendance autrichienne contre les appétits d'Hitler. Vienne ne doit plus être un champ de bataille et... la démocratie y est inutile ! Du 12 au 15 février 1934, Dollfuss, indomptable, écrase dans le sang une nouvelle insurrection socialiste ; les milices ouvrières de Vienne la Rouge sont poursuivies. C'est une véritable guerre civile qui est déclenchée dans les rues ; il y a même une tentative d'instauration d'une Commune mais l'affaire ne dure que quelques heures. Bastion de quelques insurgés, le Karl Marx Hof est attaqué au canon par l'armée envoyée par Dollfuss. Partiellement détruite, la citadelle modèle doit se rendre. Les combats continuent sur les boulevards entre socialistes et chrétiens-démocrates. Dollfuss réagit en interdisant tous les partis et toutes les organisations ouvrières. Le résultat ? le 1er mai 1934, Dollfuss promulgue une surprenante Constitution, italianisante puisqu'elle s'inspire à la fois du fascisme de Mussolini et... des encycliques pontificales ! Vienne la Rouge devient la capitale d'un État corporatif chrétien, ce qui, on s'en doute, ne convient pas à Berlin. Le 25 juillet 1934, un commando de SS autrichiens réussit à s'introduire au cœur de Vienne, dans la Chancellerie, et assassinent Dollfuss. Toutefois, malgré ce forfait qui enflamme les mentalités viennoises, le putsch national-socialiste est un échec : les partisans d'Hitler ne parviennent pas à s'emparer du pouvoir.

Le successeur de Dollfuss est Kurt von Schuschnigg, né en Italie, sur les bords du lac de Garde, à Riva, en 1897. Ancien élève des Jésuites, il est resté très attaché à la tradition catholique des Habsbourg. Son prédécesseur avait remarqué ce député chrétien-social et l'avait nommé, en janvier 1932, ministre de la Justice. Vienne s'interroge : comment le nouveau chancelier peut-il maintenir l'indépendance autrichienne face à un Hitler exaspéré et menaçant ?

En tentant de régulariser ses relations avec lui, une démarche que d'autres dirigeants européens adopteront avec le succès que l'on sait. Le 11 juillet 1936, il obtient la promesse du Führer qu'il n'interviendra pas en Autriche... à condition d'introduire dans son cabinet des gens favorables à l'Allemagne. À Vienne, ces concessions ne font qu'exciter les ambitions des nationaux-socialistes autrichiens... La dégradation du climat politique, les intimidations de moins en moins voilées aboutissent à une convocation du chancelier Schuschnigg à Berchtesgaden le 11 mars 1938. Le chantage est sans détour : Hitler exige des mesures d'amnistie en faveur de ses sympathisants condamnés, leur intégration dans le Front patriotique et la nomination de leur chef Seyss-Inquart au ministère de l'Intérieur. L'Autrichien tente une ultime manœuvre le 9 mars 1938 en annonçant un plébiscite sur le maintien de l'indépendance autrichienne. Pour Hitler, cet acte de résistance – c'en est un – est insupportable. Berlin adresse un ultimatum à Vienne. Le 11 mars, Schuschnigg est contraint de démissionner. Le clergé, en particulier les évêques qui le soutenaient, l'abandonne et se rallie, hâtivement, au régime hitlérien lorsque les premiers soldats de la Wehrmacht entrent en Autriche. Les barrières frontalières sont levées, ils n'ont pas à faire usage de leurs armes, la route de Vienne est ouverte... Leopold Petznek, l'amant d'Erzsi, est enfin veuf mais il est arrêté puis relâché. Kurt von Schuschnigg sera détenu par les Allemands jusqu'en 1945 ; en 1947, il émigrera aux États-Unis où il deviendra professeur d'université.

L'annexion de l'Autriche par l'Allemagne, l'Anschluss, est proclamée le 13 mars 1938. Des timbres sont émis à l'effigie d'Hitler. Ils portent la mention *Deutsches Reich*. En bas, de travers, on peut lire *Osterreich*. En lettres noires. Vienne attend Hitler dans quarante-huit heures au plus tard. Le traité de Versailles n'est plus qu'un papier chiffonné. Une époque noire commence.

XIV

UNE VILLE TRÈS OCCUPÉE

Place des Héros *(Heldenplatz)*, le 15 mars 1938. Vienne réserve un accueil triomphal à Adolf Hitler, arrivé la veille. 200 000 personnes écoutent, enthousiastes, le fils d'un petit douanier autrichien qui avait vécu misérablement à Vienne de 1907 à 1913 dans un foyer de sans-abri puis dans une pension et échoué deux fois au concours d'entrée de l'Académie des beaux-arts. Dans la fière capitale des Habsbourg, il avait tenté de gagner sa vie en peignant des tableaux et en vendant des cartes postales. Vienne ne lui avait laissé que de mauvais souvenirs puisqu'il avait dû fuir ses autorités militaires mais le destin de cet État multinational l'avait profondément frappé. Vingt-cinq ans après ces humiliations, Hitler savoure sa revanche mais n'aimera jamais la ville où il a souffert. Deux drapeaux rouges à croix gammée flottent au premier étage de l'hôtel *Impérial* où le chancelier apparaît et prononce un autre discours. Si la majorité de la population espère retrouver une place parmi les pays respectés, des opposants se font également entendre mais avec moins de succès. Le 7 octobre, les Jeunes Catholiques viennois manifestent contre le diabolique Hitler. Du 9 au 10 novembre, les échos de la terrible Nuit de cristal à Berlin entraînent aussi des attaques de magasins viennois tenus par des juifs. L'hôtel *Impérial* devient une annexe de la Wilhelmstrasse berlinoise, le ministère allemand des Affaires étrangères. Vienne est désormais placée sous l'autorité du *gauleiter* Baldur von Schirach.

Le 1er juin 1939, les superbes chevaux de l'École espagnole sont mis en sûreté dans les écuries de la Hermesvilla, là où Sissi montait en amazone sans témoins. Le 31 décembre, un « Concert spécial » – c'est son nom – est dirigé par Clemens Krauss. La dynastie des Strauss, qui est au programme, symbolise le nationalisme autrichien et l'esprit viennois malgré l'Anschluss. Précédée d'une répétition habillée – habit, robe longue – la veille, cette prestation de l'Orchestre philharmonique peut être considérée comme la véritable naissance de l'actuel Concert du nouvel an, bien qu'il se soit déroulé le jour de la Saint-Sylvestre, donc le dernier de l'année 1939. En revanche, c'est le 1er janvier 1941 qu'est organisé le premier Concert du nouvel an. Toujours avec Clemens Krauss au pupitre et la musique du roi de la valse. Titre de la représentation : « Johann Strauss Concert ». Vienne résiste en défendant une identité artistique qui n'a pu être annexée et il en sera ainsi jusqu'à la fin de la guerre.

En 1943, avec le début des bombardements alliés, la cité tente de subsister face aux dramatiques problèmes de ravitaillement et au début de 1944, le marché noir a pris la dimension d'une industrie pour survivre. L'amant d'Erzsi, Leopold Petznek, est déporté au camp de Dachau, près de Munich, d'où il sera libéré plus tard par les Américains. En août 1944, les théâtres et les lieux publics sont fermés et la semaine de travail portée à soixante heures. Vienne n'est plus Vienne. En octobre, la ville subit la levée en masse *(Volksturm)* de tous les hommes âgés de 16 à 60 ans tandis qu'elle devient le refuge des déserteurs et des opposants à la folie hitlérienne. Pour essayer de faire diversion, le Concert Strauss est doublé, les 1er et 2 janvier 1945. Le 12 mars, Vienne subit les plus graves bombardements alliés de toute la guerre sur la capitale détrônée.

À partir du 5 avril et jusqu'au 13, la bataille de Vienne fait rage. Les 11 et 12, un gigantesque incendie dévaste la cathédrale Saint-Étienne. Une catastrophe due aux flammèches des maisons calcinées tout autour de la place. Si, grâce à un mur élevé au début de la guerre, des trésors tels que le portail du Géant, la chaire et le tombeau de Frédéric III ont pu être épargnés, les dégâts restent considérables. Sont détruits la charpente gothique, des stalles de la nef principale, le monument érigé en souvenir du départ des Turcs, des vitraux, des orgues, des oratoires. Même le bourdon de 22,5 tonnes, la célèbre Pummerin, qui avait été coulée, en 1711, avec les boulets de canon abandonnés par les Turcs, est détruite. La toiture s'effondre, les tours sont des torches géantes, l'architecture de l'édifice est anéantie à 45 %. La cathédrale, relevée par tranches, sera rendue au culte en 1948. Un nouveau bourdon, qui pèse une tonne de moins que le précédent pour un diamètre de 3,14 mètres, a été fondu à Saint-Florian, en Haute-Autriche, où l'on peut aussi voir et entendre le plus bel orgue du pays. Cette nouvelle cloche souligne l'entêtement viennois devant l'adversité. Elle est décorée de... six têtes de Turcs et de trois scènes en relief, dont une tirée du siège de 1683. Il est instructif de lire les deux inscriptions apposées le 5 novembre 1951. La première dit ceci : *« Je fus coulée à partir du butin confisqué aux Turcs alors que la ville, saignée à blanc, exultait d'avoir courageusement triomphé de la puissance ennemie. »* La seconde concerne la destruction de la cloche originale : *« J'ai éclaté dans la braise de l'incendie. J'ai été projetée de la tour ravagée alors que la ville gémissait, accablée par la guerre et l'angoisse. 1945. »* La Pummerin est une héroïne viennoise, ornée aujourd'hui des armes de la République d'Autriche et de plusieurs blasons. Solennellement consacrée le 26 avril 1952 par le cardinal Innitzer, elle n'a pu reprendre sa place dans la tour nord qu'en octobre 1957. Les Viennois entendent le son grave de la Pummerin au moins dix fois par an, lors des fêtes religieuses, du nouvel an et... de la mort du cardinal-archevêque.

Le 13 avril 1945, les armées soviétiques de Tolboukhine et de Malinovski sont rejointes par des patriotes viennois. Lors de la bataille de Vienne, les troupes staliniennes harcèlent les Allemands repliés dans toute la ville intérieure. La Hofburg est cernée. Fin avril, il faut évacuer les lipizzans par train, vers Schärding, en Haute-Autriche. L'opération est placée sous la protection de l'armée américaine, qui offre une mémorable reprise équestre au général Patton, lui-même ancien cavalier ayant participé aux épreuves de dressage des jeux Olympiques de Stockholm en 1912.

Dans les rues viennoises éventrées, le spectacle des derniers combats puis des redditions est parfois gênant. Comme me l'a rappelé le libraire que j'avais connu lors de mon premier voyage, les Viennoises qui valsent avec leurs *« libérateurs »* soviétiques et leurs accordéons avaient, sans doute, aussi valsé avec leurs *« sauveurs »* allemands sept années plus tôt... Mathématiquement, cette constatation s'imposait, qu'elle plaise ou qu'elle dérange. « *Chez vous aussi, à Paris,* me dit-il, *des foules ont accueilli avec ferveur le maréchal Pétain avant d'acclamer, aux mêmes endroits, le général de Gaulle...* » Mais, plus tard, on apprendra que quelques scènes « de liesse », filmées par les opérateurs de Staline comme ils en avaient reçu l'ordre à la libération « organisée » de certains camps, n'étaient qu'un montage, une mise en scène. En bref, de la propagande. Hitler avait un concurrent mais on a mis du temps à l'admettre.

Le bilan des bombardements alliés est lourd : 12 000 morts et 20 % des habitations détruites. De mai 1945 à la fin de l'année, Vienne connaît la plus forte mortalité enregistrée en Europe. Depuis le 5 avril et la constitution d'un gouvernement provisoire, le cabinet Renner, les Alliés ont décidé de soumettre Vienne à une occupation quadripartite, comme le sera Berlin. L'Autriche elle-même est divisée en zones ; les Français sont à Innsbruck et au Tyrol, sous les ordres du général Béthouart, le héros de Narvik, qui laissera le souvenir d'un gentilhomme et d'un vainqueur sans hargne ; fasciné par le destin de Vienne, il a consacré, plus tard, une biographie au prince Eugène, un autre illustre libérateur... La villa où Erzsi et Leopold Petznek survivent est réquisitionnée d'abord par les Soviétiques puis par les Français.

Le 1er janvier 1948, le chef d'orchestre Clemens Krauss reprend sa place à la direction du Concert du nouvel an. La demande du public – qui a froid, faim et se dit trahi une deuxième fois par l'Allemagne vaincue – est si forte que le programme comporte sept concerts plus deux le jour de la Saint-Sylvestre. La musique de Strauss est une panacée ; elle a résisté et permis de résister au nom de la mémoire viennoise. Le 31 décembre 1952, pour satisfaire les amateurs, des répétitions sont ajoutées dans la matinée. Jusqu'à sa mort, en 1954, Clemens Krauss dirigera treize concerts. Remarquable connaisseur de l'œuvre des Strauss père et fils, il demeure encore aujourd'hui une référence pour ses successeurs.

Le 4 mai 1948, la petite-fille de François-Joseph épouse enfin Leopold ; ils emménagent dans une maison à moitié en ruines, peuplée de colonies de rats ; ils ne récupèrent leur ancienne villa qu'en 1956. Petznek y meurt, âgé de 75 ans. L'« Archiduchesse rouge » finira sa vie seule, le 16 mars 1963. Elle avait perdu deux fils et s'était brouillée avec ses deux autres enfants. La fille de Rodolphe a une nombreuse descendance *« viennoise »* assurait-elle : huit petits-enfants, vingt-huit arrière-petits-enfants et, en 2003, trente arrière-arrière-petits-enfants...

1949. Une date dans l'histoire de Vienne, sa description d'un après-guerre poignant et une date dans l'histoire du cinéma mondial avec la sortie du film de Carol Reed *Le Troisième Homme*, devenu un classique en même temps qu'un document inoubliable. Sur l'atmosphère de l'époque et l'occupation alliée, c'est certainement le long métrage qui montre le mieux la tristesse de la ville et de ses habitants qui souffrent, les trafics en tous genres pour survivre (comme pendant la guerre...), les soupçons et les règlements de comptes. Par ailleurs, sa musique, l'une des plus connues au monde, a révélé un instrument, la cithare, à tous ceux qui n'ont jamais passé une soirée dans une guinguette du côté de Grinzing. Le thème, lancinant, interprété par Anton Karas, qui en était le compositeur, est un mythe. Très évocateur, il évoque des images inoubliables. Palme d'or au festival de Cannes 1949 – le premier –, *Le Troisième Homme* a eu, de nouveau, les honneurs de Cannes le 12 mai 2005 avec la projection d'un passionnant documentaire de Frederick Baker *Dans l'ombre du* Troisième Homme, sur le tournage du film, riche d'enseignements divers. Que raconte *Le Troisième Homme* ? C'est un tableau saisissant de Vienne en 1946. Dans les ruines, un commerce clandestin de la précieuse pénicilline est organisé (le point de départ du scénario est authentique). Un romancier américain part à la recherche d'un étrange ami. Celui-ci est, en fait, un agent double. Passé au service des Soviétiques, il a abandonné une jolie femme. Le disparu se nomme

Harry Lime (il donne son nom au thème musical) et cultive le cynisme. L'une de ses répliques est cinglante : en huit siècles, la Suisse, modèle démocratique, n'a inventé que l'horlogerie avec ses coucous criards sortant d'un chalet de poupées... Les scènes dans les égouts et sur la Grande Roue du Prater, l'admirable photographie en noir et blanc deviennent une mémoire de la ville meurtrie, noircie, vaincue, traumatisée et partagée. Orson Welles, dans le rôle de Harry Lime, est paradoxalement très présent dans son manteau noir à col relevé alors qu'il n'apparaît, en réalité, qu'aux deux tiers du film. Le reportage sur le tournage est aussi palpitant que le film lui-même. L'assistant de Carol Reed à l'époque, Guy Hamilton, est devenu un cinéaste populaire comblé, réalisateur de quatre James Bond, dont *Goldfinger.* En 1946, dans des plans où c'était possible, il a été aussi la doublure improvisée d'Orson Welles, qui n'était pas encore arrivé à Vienne :

« *Une nuit, pendant le tournage, Carol Reed a vu des gens passer devant nos grands projecteurs. Cela lui a donné l'idée de filmer des ombres, pour ne pas perdre de temps. Il m'a demandé de courir devant la lumière. Mais comme j'étais beaucoup plus mince qu'Orson, il m'a conseillé de mettre, comme lui, un grand chapeau, un grand manteau et surtout... de laisser un cintre dedans pour avoir la même carrure que lui ! On a tourné trois ou quatre nuits comme cela en attendant qu'Orson Welles débarque.* » C'est d'ailleurs à cause de Welles que le tournage, déjà compliqué, fut épique. À l'époque, Orson Welles avait de gros problèmes d'argent et des ardoises dans tous les hôtels. De même, comme réalisateur, il avait plusieurs films en suspens, passant de l'un à l'autre. Du coup, son contrat avec le producteur était plutôt comique : « *Si tu paies les laboratoires, je suis d'accord pour le rôle !* » Le producteur accepta. C'était Alexandre Korda. Et c'est parce qu'il avait de l'argent bloqué à Vienne et que les transferts étaient impossibles de l'Europe de l'Est vers celle de l'Ouest que le film fut réellement et intégralement tourné à Vienne. Autrement, le décor aurait été Piccadilly Circus et les bas-fonds de Londres. Mais dans cette histoire remarquablement racontée – le film n'a pas pris une ride –, la vedette parallèle est la patrouille d'occupation. On les appelle « les Quatre de la Jeep » parce qu'ils sont quatre soldats des pays vainqueurs qui sillonnent la ville, un Français, un Britannique, un Américain, un Soviétique. Si Vienne est bien divisée en quatre secteurs, chacun étant attribué à une puissance, on a oublié que seul le premier arrondissement, celui du centre, était administré à tour de rôle, chaque semaine. Une occupation tournante. Le film, d'ailleurs, commence par un mystérieux accident sur la Josefsplatz, devant la Hofburg, dans le cœur historique de Vienne.

En 1949, la ville est sombre bien que souvent à ciel ouvert. Les véhicules civils sont rares, les chevaux de fiacre maigres mais très sollicités, le charbon et le bois manquent, les ruelles sont inquiétantes, la population apeurée ou résignée. Vienne est punie pour la deuxième fois au XXe siècle. Comment ne pas songer à l'admirable livre de François Fejtö, ce fils d'un libraire hongrois, né au temps de François-Joseph. Dans son classique *Requiem pour un empire défunt*, il a démontré comment et pourquoi la destruction de l'Autriche-Hongrie en 1918 n'avait été dictée que par des raisons idéologiques et non stratégiques. Après 1945, le sort s'acharnait sur Vienne, coupable d'exister encore. Pour les successeurs de Clemenceau, Wilson, Masaryk et Benes, c'était encore trop.

Peu à peu, le voisinage soviétique n'étant pas particulièrement attractif, l'esprit viennois reprend le dessus. Cette même année 1949, le musée des Beaux-Arts, soutenu par des échafaudages, reçoit la donation de Louis et Clarisse de Rothschild, qui comprend des œuvres néerlandaises, dont plusieurs tableaux de Franz Hals. En 1952, une nouvelle donation est acceptée avec l'entrée de la collection Czernin, qui comprend le célébrissime *Peintre dans son atelier* de Vermeer.

Le 1er janvier 1955 – Vienne est toujours occupée –, après une longue délibération, les musiciens de l'Orchestre philharmonique choisissent de confier la direction du Concert à Willy Boskovsky. On le retrouvera au pupitre pour vingt-cinq concerts, de 1955 à 1979. Le 30 décembre de cette année – le traité du Belvédère a été signé, Vienne n'est plus occupée –, il ajoute un concert spécial, pour rendre hommage à l'armée autrichienne. Elle avait été fâcheusement oubliée. L'Autriche étant redevenue un État indépendant, libre et fréquentable, l'École espagnole d'équitation donne, le 26 octobre 1955, une première représentation dans le célèbre Manège d'hiver qu'elle vient de réintégrer. Il ne fait pas chaud, plusieurs spectateurs gardent leurs manteaux mais ce retour d'exil est un très bon signe. Les chevaux et la tradition ont été sauvés par le colonel Alois Podhajsky, directeur de l'École pendant vingt-cinq ans. Un personnage. Et un héros puisqu'il s'est montré aussi ferme face aux dirigeants nationaux-socialistes que face aux forces d'occupation et même face à la bureaucratie viennoise, ce qui n'était pas une résistance facile ! Tous avaient la prétention de lui apprendre son métier. Il s'était appliqué à le faire en imposant de respecter, autant que possible, un héritage exceptionnel. Jamais il n'avait cessé de porter le légendaire uniforme marron à double boutonnage, culotte et gants blancs, bicorne sombre. Plusieurs décorations ont salué sa rigueur, son indépendance et son intransigeance pour maintenir la tradition équestre, dont celles remises par les souverains du Danemark et des Pays-Bas. Musique, peinture, cheval... Il ne manque que la fine pâtisserie aux pommes tièdes. On se rassure quand, en 1956, Klara Demel, fille adoptive d'Anna Demel que la République vient aussi de récompenser, prend la direction du salon de thé, toujours *« fournisseur de la Cour »* en lettres dorées. Enfin, Vienne est redevenue viennoise.

XV

LA RENAISSANCE D'UN PHÉNIX

C'est la guerre froide qui a réchauffé la vie viennoise. La Hongrie communiste de 1956 est à trente minutes de la Hofburg et les Autrichiens n'ont pas besoin de visa pour se rendre à Budapest. Histoire oblige. Dans l'autre sens, de Budapest vers Vienne, le visa se mérite. Idéologie oblige. Vue de l'Est, Vienne, bien que neutre, symbolise l'Ouest, avec ses lumières, son trafic, ses restaurants, ses palaces qui accueillent de nouveaux occupants – les touristes – et son cosmopolitisme retrouvé. À partir de 1957, Vienne recommence à jouer un rôle international adapté aux temps nouveaux. Elle accueille le siège de plusieurs organisations de l'ONU, dont l'Agence internationale de l'énergie qui, en 2005 a essayé de contrôler la production nucléaire iranienne. Si, en 1961, le Manège d'hiver reçoit la visite de deux femmes célèbres portant chapeaux et gants, S.M. la reine Elizabeth II et Jackie Kennedy, il est certain que la souveraine peut soutenir une discussion équestre de haut niveau avec l'écuyer en chef ainsi qu'avec la séduisante épouse du président américain, experte en concours équestres. Pendant ce temps, John Kennedy et Nikita Khrouchtchev s'affrontent dans cette capitale devenue un centre de congrès, en particulier celui des espions. Prague, Bratislava et Budapest sont à portée de microfilms, donc d'échanges d'agents. En 1965, l'installation du siège de l'*Opep* (Organisation des pays exportateurs de pétrole) dans le nouveau quartier d'affaires de l'autre côté du Danube permet d'espérer un contrôle de la production pour de meilleurs prix à la pompe en cette époque du règne automobile. Avec les chocs pétroliers de 1974 et de 2005, même si le prix final du baril est fixé ailleurs, c'est Vienne le thermomètre de l'actualité pétrolière, guerres, terrorisme et cyclones inclus. Cette même année 1965, après le décès de Klara Demel, son mari, le baron Frederic von Berzeviczy-Pallavicini, reprend Demel. Artiste fort doué, disciple du fameux Atelier Viennois, le W.W., il ajoute au magasin du Kohlmarkt une nouvelle décoration ; il conçoit également le design et l'emballage des paquets actuels. En 1967, le siège des Nations unies pour le développement Industriel (Unido) s'installe aussi à Vienne. On ne sait plus où loger les diplomates. En 1971, les premiers visiteurs du musée privé Freud sont déçus : le célèbre divan est resté à Londres !

En 1972, le propriétaire de Demel vend son affaire puis s'installe en Italie et enfin à New York, en qualité d'architecte. Les trente années suivantes, Demel a souvent changé de mains selon un feuilleton suivi, avec appétit, par les journaux. Il y eut des moments difficiles et des gâteaux moins légers qu'avant... Depuis 2002, cette institution, parfaitement dirigée et administrée, est la propriété d'un groupe autrichien de restaurants et de traiteurs. Et le personnel de salle, toujours exclusivement féminin, continue de porter la robe noire, le col de chemisier et le tablier blancs. Les Viennois surnomment les serveuses les *Demelinerinnen.*

En septembre 1972, le nouvel écuyer en chef de l'École, le colonel Hans Handler, organise les festivités célébrant les quatre siècles depuis sa création, en 1572. De superbes spectacles se déroulent dans le Manège d'hiver mais aussi à l'Hôtel de Ville et à Schönbrunn. Le Cadre Noir de Saumur est invité. Le 1er janvier 1980, Lorin Maazel succède à Willy Boskovsky pour diriger le Concert du nouvel an. La notoriété de ce chef d'orchestre ajoute à l'importance de l'événement, télévisé depuis 1955. Avec l'Eurovision, des dizaines de millions d'amateurs savourent un apéritif viennois. Lorin Maazel tiendra la baguette – et le violon – jusqu'au 1er janvier 1986. Les rencontres entre les « Grands » deviennent des sommets. Celui du 8 juin 1979, qui réunit Leonid Brejnev et

Jimmy Carter a pour ordre du jour la limitation des armes stratégiques. Et les questions sont angoissantes : les missiles soviétiques, les redoutés SS 20, peuvent-ils anéantir l'Europe ? Les États-Unis ont-ils sacrifié la sécurité de l'Ancien Monde au profit de la leur ?

Le 27 décembre 1985, un double attentat terroriste, dans les aéroports de Rome et de Vienne, prouve que cette dernière est toujours un carrefour mais d'un danger hélas nouveau. À 9 h 15, dans un terminal de Schelwat, trois voyageurs de *« type arabe »* (selon les journaux viennois) lancent des grenades contre des passagers de la compagnie israélienne El Al. Bilan : 3 morts, 47 blessés dont deux enfants âgés de 3 et 11 ans. Les Viennois sont accablés et furieux. Leur hospitalité, leur rôle d'intermédiaire et de négociateur entre les peuples sont pulvérisés par des barbares. Vienne apprend à vivre avec la menace d'attentats en raison, c'est un comble, de sa neutralité et de sa situation géographique, déjà largement soulignée par Metternich.

Heureusement, l'innovation créatrice continue. En 1986, un immeuble, construit par la municipalité et conçu par le peintre Friedensreich Hundertwasser, est le sujet de toutes les conversations. Il faut s'y rendre car c'est une magnifique curiosité. À l'angle de la Kegelgasse, numéros 36-38 (rue de la Quille), et de la Löwenstrasse (rue des Lions), dans le 3e arrondissement, à l'est de la ville, voici le HLM le plus cher du monde et la maison de tous les fantasmes. C'est un surprenant kaléidoscope, heureux mélange de couleurs, de matériaux, de végétaux. C'est aussi une anomalie architecturale – ou un répertoire incomplet – où l'on s'amuse à reconnaître des bulbes d'églises russes, des cabines téléphoniques anglaises, des balcons classiques français et d'autres en baroque catalan, des jardins suspendus comme à Babylone et des colonnes de palais crétois ! Commandée en 1982, cette résidence est une version prolétarienne de l'univers créé et interprété par Louis II de Bavière. Attention ! Ce n'est pas une maison d'architecte mais une maison d'artiste ! Le peintre n'aime pas la ligne droite. Il nous propose donc des colonnes ventrues en faïence, de l'or, de la couleur, des mosaïques à tous les niveaux. Il ajoute des terrasses avec des chênes, des fleurs et prévoit même des pâturages à moutons que les Viennois ne s'imaginaient pas trouver en ville. Pendant les travaux, Hundertwasser était toujours sur le chantier, davantage peintre qu'entrepreneur même s'il maniait truelles et pinceaux. Cependant, au cours de la construction, il a fallu renoncer aux moutons et à leur prairie, mués en simples jardins. Les enfants se consolent avec la salle de jeux équipée d'un double toboggan : ils sont surveillés par leurs mères depuis une loggia où elles peuvent tricoter et papoter, après avoir fourni, Vienne oblige, l'une un gâteau, l'autre le café. Dans le grand jardin d'hiver, les occupants font souvent la fête. Est-ce la *« Maison des Schtroumpfs »* comme l'ont surnommée, affectueusement, les Viennois ? Oui et non, dit-on dans les cinquante logements aménagés. Hundertwasser lui-même a déclaré à l'un des résidents, Andreas : *« Tu sais, cette maison, ce n'est pas qu'une maison, c'est mon âme. »* Andreas est devenu un guide de ce monde plein de surprises. À propos de surprises, le budget de la construction était la contre-valeur de 40 millions de francs, grâce au soutien, généreux, du maire socialiste de Vienne, Helmut Zilk. Pour entrer, chaque locataire doit débourser l'équivalent (en 2005) de 500 000 francs pour 110 mètres carrés plus une vaste terrasse de 72 mètres carrés. À part ce ticket peu économique, le loyer est très modéré : 45 francs le mètre carré, charges comprises, grâce à un système de financement très répandu à Vienne et en Autriche. L'occupant acquiert le droit de conserver son bail sans limite de temps et même de le transmettre à ses descendants et ascendants directs. Cette maison, devenue une attraction viennoise, a été imitée dans le sud de l'Autriche, à Graz, dans le service anticancéreux d'un hôpital, en Allemagne et au Japon. Hundertwasser est mort en février 2000, à bord d'un paquebot, lors d'une traversée transatlantique.

Le 1er janvier 1987, l'Orchestre philharmonique modifie sa tradition ; désormais, chaque année, le Concert a un chef différent mais ils peuvent revenir à plusieurs reprises. C'est Herbert von Karajan qui inaugure, spectaculairement, cette rupture avec l'ancien usage. Les chefs suivants seront Claudio Abbado (1988, 1991), Carlos Kleiber (1989, 1992), Zubin Mehta (1990, 1995, 1998), Riccardo Muti (1993, 1997, 2000, 2004), Lorin Maazel

(1994, 1996, 1999, 2005), Seiji Ozawa (2002) et Nikolaus Harnoncourt (2001, 2003). Le Concert du nouvel an 2006 doit être dirigé, pour la première fois, par Mariss Jansons, chef du *Concertgebow* d'Amsterdam.

Le samedi 12 mars 1988, l'heure est au souvenir, au recueillement et à des interrogations dont les réponses remontent à un passé douloureux et controversé mais qui ne doit pas être extrait de son contexte historique. La journée commémore le cinquantenaire de l'Anschluss et ses victimes. Une personnalité est très remarquée et sa présence vivement commentée, l'archiduc Otto de Habsbourg-Lorraine, le fils aîné de Charles et de Zita. Sa famille est autorisée à rentrer en Autriche depuis 1983. L'attitude courageuse de l'archiduc opposé à Hitler dès 1933, les menaces qu'il avait subies ainsi que la confiscation de tous ses biens le placent dans une situation inattendue au cœur de l'Autriche républicaine en effervescence. De vives critiques se sont élevées contre le comportement, jugé ambigu, de Kurt Waldheim, actuel président autrichien. La gauche, scandalisée, exige sa démission. Les conservateurs, plus nuancés, se prononcent pour son maintien en raison de la situation en 1938, de ses contradictions, rappelant qu'il est facile – et injuste – de juger ce chaos cinquante ans après, alors qu'on en connaît l'issue. Enfin, certains commentateurs diplomatiques viennois s'étonnent – et on les comprend – du caractère tardif de ces révélations-accusations. En effet, personne n'avait rien trouvé à redire quand M. Waldheim avait été élu secrétaire général de l'ONU... Et si l'affaire, soigneusement médiatisée, n'était qu'une façon de déstabiliser à nouveau les autorités viennoises et l'Autriche, qui apprécient de moins en moins la pression communiste toute proche, y compris les craquements de ses dictatures ?

Malgré le froid et la neige glacée, 10 000 personnes sont rassemblées sur la Ballhausplatz, devant la Présidence de la République scandant des slogans hostiles. Otto de Habsbourg, au même moment, quitte la cathédrale Saint-Étienne où une messe a été dite notamment à son intention. Beaucoup voient en cet homme aux lumineuses qualités d'Européen un recours possible à la tête de l'État. Un Habsbourg président de la petite Autriche ? C'est peu envisageable... Les Hongrois lui feront la même offre. Ne faisant aucun commentaire sur cette crise, l'archiduc s'avance sur le Graben, en direction de la Hofburg. À 75 ans, il ôte son chapeau en loden pour saluer ses admirateurs et ceux de l'ancienne monarchie. S.A.I. et R. a loué la grande salle de cérémonies dans l'ancien palais où son père tentait, désespérément, entre 1916 et 1917, d'instaurer la paix. Sous d'immenses lustres de cristal, le député européen allemand (CSU), qui réside en Bavière, se présente plus comme un patriote visionnaire que comme un héritier. Dans son discours, il remercie, en espagnol, l'ambassadeur du Mexique. Pourquoi ? Parce que le Mexique fut l'unique pays, le 12 mars 1938, qui a protesté contre l'entrée des troupes de Berlin en Autriche. Un rappel historique destiné aux adeptes de la mémoire sélective... Puis, en hongrois, il s'adresse à des gens venus de Budapest. Enfin, en allemand, il défend l'adhésion de l'Autriche à l'Union européenne ; celle-ci aura lieu en 1995.

Le 9 novembre 1989, après la chute du Rideau de fer et celle du Mur, Vienne, par sa position de ville orientale en Europe de l'Ouest, est envahie de foules libérées du monde communiste disloqué. Le taux d'immigration grimpe et avec lui un certain agacement ou un enthousiasme certain, c'est selon... De toute façon, l'ancien *« rempart de l'Occident et de l'Europe »* cher à Talleyrand rejoue un rôle, historique, flatteur mais guère confortable. Vienne est en première ligne puisque à l'extrémité est du pays alors qu'autrefois, elle en était le centre.

Le 27 novembre 1992, un spectaculaire incendie ravage la salle de bal de la Hofburg. Le feu se propage à la magnifique Bibliothèque nationale et menace l'École d'équitation. Par précaution, les écuries sont évacuées ; les chevaux, énervés par la fumée et le ronflement des flammes, se retrouvent dans la rue. Les passants parviennent à calmer quelques lipizzans qui sont conduits vers les jardins. Les gazons et les plates-bandes du Volksgarten sont piétinés par les sabots. Cela aurait pu être bien pire.

De 1999 à 2005, les manifestations politiques entre les socialistes et le parti nationaliste de Jorg Haider ne cessent de provoquer des défilés monstres de protestation. Des centaines de milliers de personnes s'en prennent à... la démocratie quand les résultats ne leur conviennent pas. L'originalité gênante de Vienne, du moins pour encore une ou deux générations, est un passé mal considéré mais qui avait été applaudi et fêté. La repentance n'est pas la seule solution ni même la bonne. Un exemple le prouve : le 15 mai 2005, la célébration prévue du 50e anniversaire du traité du Belvédère et le 10e de l'adhésion autrichienne à l'Europe (si je puis dire...) avec spectacle son et lumière rappelant le dernier bombardement allié, le 12 avril 1945. Le mélange des anniversaires est fâcheux, d'un mauvais goût dénoncé par le maire social-démocrate de Vienne, Michael Haupl. Plus grave et plus troublant est un sondage qui indique que 55 % des personnes interrogées avouent ne pas savoir à quoi correspondent ces célébrations. Le passé est mélangé, contradictoire, mais il est le passé et il a existé. Fort heureusement, Vienne est un magasin de souvenirs plein de ressources pour calmer les esprits. Les 30 juillet et 2 août 2005, Placido Domingo a dirigé, au théâtre An der Wien, l'orchestre de l'opérette de Franz Lehár *Le Comte de Luxembourg*. C'est beaucoup plus intéressant, cette union parfaite de deux formes d'art, que des règlements de comptes falsifiés. Et le même mois, la maison de vente aux enchères Kinsky a annoncé qu'un lustre de Josef Hoffmann et de Koloman Moser avait été adjugé, par téléphone, pour la somme de 250 000 euros alors que l'estimation n'était que de 40 000 euros. Ce lustre, acheté par un Londonien qui va sans doute l'exposer à New York, avait été fabriqué pour l'escalier de l'Atelier viennois, le W.W., situé Neustifgasse. En laiton doré et en verre, il a été très bien conservé.

Un éternel retour, une création permanente, un charme définitif, c'est Vienne. Il faut tout cela et on y trouve tout cela, à la veille de la présidence autrichienne de l'Union européenne, ce qui ne manquera sûrement pas d'intérêt. Qu'en septembre 2005 Vienne impose, dans ses négociations, la Croatie pour examiner la candidature turque n'est qu'un rappel à l'histoire, trop oubliée, d'un empire.

REMERCIEMENTS

L'auteur tient à adresser sa très sincère gratitude à toutes les personnes, organismes et institutions qui l'ont aidé à compléter son enquête. En particulier : Ursula Painvin, ses neveux Dominik et Alfons et Jutta Hufenbecher, pour leur contribution à sa documentation, à ses recherches sur place ainsi qu'à des travaux de traduction, parfois complexes.

TABLE DES MATIÈRES

Impression réalisée sur CAMERON
par BRODARD ET TAUPIN
La Flèche

pour le compte des Éditions du Rocher
en novembre 2005

Dépôt légal : novembre 2005
N° d'impression : 32382

Imprimé en France